核時代の想像力

大江健三郎

新潮選書

目次

核時代の想像力

プロローグのための短い小説＝沈黙の講演者

男の父親は洪水のあと、にごり水に竿をつきたてて溺死者を探索する作業にたくみであったが、遺族に感謝されることはなく、悪食の魚どもには憎まれた。男は自分の沈黙の、血の匂いのするにごった深みに錘りをおろして、本当の言葉をさぐりあてる作家の仕事についていた。沈黙こそが、かれの仕事の基本条件であったのだが、それでも時どきかれは、髭をそって講演のために劇場へと出かけた。開幕ベルの鳴っているあいだ、舞台脇の穴で、汗をかき、舌をかわかせ、発熱に赤くなったかと思えば、悪寒にあおざめるかれは、あわれな希望の蝶をなんとか咬もうとする犬のようであった。かれのあわれな希望とは、この頭をかかえて坐りこんでいる自分の沈黙の重量に、これから自分の発する声の総量が、なんとか見合うようにということだ。劇場のベル係が、そのような男をみるにみかねて、なぜ利益にもならぬ講演のためにやってきたのか、と訊ねると、

——もし黙示録の世界におけるような、最後の尋問者から、おまえはどのような時代に、なにを頼りに生きたのか？　と問いかけられたとしたら、こんな具合に答えようと、練習しているのです、とかれはいった。

ベル係の場所からは演壇の声が聞きづらかったし、その職業上の義務はベルを鳴らすことのみだったので、ベル係は講演のあいだはいつもゴムの耳栓をつけていたのだが、時どき覗き穴から窺ってみると、男はいつも同じことのみを叫びたてているようだった、溺死しかねぬ格好で。

——ぼくは核時代に、想像力を頼りに生きています。

まったくあいつは最後の尋問のさいの陪審員席にむかって話しているかのように死にものぐるいで、くちごもり、つまずき、それでもまた、しゃべりつづけようとするじゃないか、と閉幕ベルを鳴らしたくて苛だちながらもベル係は、なんとなく根源的な不安を感じて考えた。

1

戦後において確認される明治

長篇小説を書きおえたあとは、その成果の良否にかかわらず、まことに気が滅入ります。この数箇月そうした憂鬱な状態のうちにいるのですが、そのような日々に考えるのは結局、自分がものを書いて生きているけれども、それが他人につたわってゆく確実な手ごたえが、どういう人びとにどういうかたちで読まれているのかはっきりしない、ということにつきるように思います。しばしば数多くの人びとに、自分のつまりは個人的なゆがみにみちた文章を読まれているということを考えては、直接的な恐怖感を見出して憂鬱の暗さが強まってくることもあるのですが、そういう日々に、連続して、いま自分がどういうことを中心にして考えているのかということを、あまり数多くない人びとに直接に聞いていただく、そして当然あるだろうところのいろいろな疑問点をあげてもらったり、きみとは逆に自分はこう考えるというような声をそのたびごとに聞かせていただいたりすれば、それらをあわせ考え、自分に衝突させながらまえへ進んでいけば、自分自身の態度というものもあらためて確認できるのではないか、そのように考えて、これから毎月一回ずつお話をすることにしたのであります。

そこでどういう縦の連続性においてお話したいかといいますと、「想像力にかかわって、自分がどういうふうにものを認識するか」ということを、様ざまな側面にわたって考えたいのです。すなわち、現在、自分の認識の中心にいったいなにがあるのかということを考えてゆけば、それが想像力というものにいたるのだとぼくは思っております。そこで想像力の課題として、文学の問題を、また社会的な問題を考えてゆきたいのです。

なぜ想像力のテーマを自分の認識の中心に置くか、ということが出発点たらざるをえませんが、そのまえにぼくがこれまで、想像力についてしばしば、書いたり、話したりしてきたことを、いくつか思いだしていただければと思います。もっともぼくの考えはほとんどつねに誤解されてきたようでもあります。ある批評家は、ぼくについて、かれはものを直視しない、ものを見ないと批判しました。その批判を検討してみると、想像力を発揮することで、ぼくがものを直視することの代理をさせているというふうに、この批評家は論理をたてているらしいのです。こういう考えかたはこの批評家だけにとどまらない。かれよりもっと若い批評家が、ぼくにたいして掩護射撃をしてくれるような論文を書きましたが、その論文でもやはりぼくはものを直視しない作家だということになっています。そしてそれは想像力の世界にぼくが生きている人間だからだと理由づけて、むしろそれに肯定的な意味をあたえていたと思います。しかし、ぼくにはその両がわからの批評を、客観的にいってともに認めがたい。ものを直視するとはなにか、ものを認識するということはなにか、それこそが想像力を発揮することではないか、と根本的なところでぼくは反批判したいのです。

もともと想像力という言葉をわれわれ日本の小説家はもとより、広くいって日本人全体が、あまり一般的には用いないように思います。その点、外国語の世界では対蹠的です。たとえばフランス文学の世界を眺めてみると、まことに具体的に、日常的に想像力という言葉が使われていることに気づきます。例をあげますと、最近、バルザックの『ランジェ公爵夫人』という小説の新しい、良い翻訳がでました。それを任意にひらいてみると、ランジェ公爵夫人が、アルマンという将軍を愛している、という設定のうちに自然に想像力というこの言葉があらわれます。将軍が行進してくるのを、王と一緒に雛段にならんだ高貴な人びとが見ている、公爵夫人もそれを見ているひとりです。この恋するランジェ公爵夫人の心にどういう現象があらわれるかを描写しながら、バルザックは想像力という言葉を使うのです。「将軍がきらびやかな軍服に身をかざり、彼女の足が届かんばかりのところを行進していった……」

ぼくの友人の翻訳で、じつにいい仕事ですが、真面目な学者のやることですから厳密をきわめています。「彼女の足が届かんばかりのところを行進していった」とあまりに正確に訳されてみると、恋する女が将軍を蹴とばすために待っているようで、これはぼくは「彼女の手が届かんばかりの……」と妥協して訳してもいいのじゃないかと思うほどですが、つづいて、「軍服が女たちの想像力におよぼす強い印象はどんな貞淑ぶったご婦人たちでも認めるところだ」とバルザックは書くのです。軍服が女たちの想像力におよぼす強い印象というふうにすっきりと具体的に想像力という言葉を使います。これはとくに高踏的な内容を喚起すべく高級な言葉を使ってみたというものではないでしょう。女たちが軍服を着た男からどんなに強い印象をうけるかと、ごく日常的な内容にかかわりつつ、そこにぴったりした言葉として想像力という言葉が使われているとみなしてよろしいでしょう。こういう光景をこのように描きつつ、日本語の世界でもまた、想像力という言葉が使われるようなふうに、ぼくは想像力という言葉を一般化したいと思うのです。

ついでにこの『ランジェ公爵夫人』を読みすすめますと、想像力という言葉がそのまま使われているのではないけれども、ぼくがそのように使いたいと思う想像力という言葉の意味あいを端的にあらわしている一節があります。公爵夫人は将軍を愛しているけれども、宮廷の心理小説風のかけひきがある。将軍が手紙をもたせてきたのにたいして、それではこの夕方あなたのもとに伺いましょう、というような色よい返事を公爵夫人はしておいて、結局は待ちぼうけをくわせます。こんどは将軍のほうでおなじことをやりかえす。その、逆転した関係での、むなしく待ちうけるランジェ公爵夫人の心の動きをとらえている文章です。将軍のアルマンがやってくる、「そう思うと彼女の胸は張り裂けるばかりだった」と文章は進みます。「待つことがたけり狂う嵐ともならず、つぎからつぎへとあふれ出る快い喜びともならぬ人たちこそ不仕合せというものだ。そのような人たちは様ざまな事物を心によびおこし、現実の姿だけでなく、その隠れた本質さえも垣間見させてくれる、あの心の炎をもちあわせていないのだ。恋する身で待つということは、絶えずたしかな希望を心にくみ取り、事実の幻滅をあじわうおそれもなく……」ここもっとこなれた日本語ふうに訳すならば、「事実の幻滅をあじわうことも恐れず」というほうがいいでしょうが、訳者の意図はよくわかります。「情熱のおそろしい炎に喜んで身をまかせることではなかろうか」

バルザックのいっているこの「心の炎」こそが、ぼくは想像力というものだと思うのです。想像力は心のおだやかな状態において、魂の静謐な状態においてのみ機能するのではない。想像力の機能は強く激しく働く性格において、まことに恋する女の心理の動きのようでもあるものなのだろうと思います。熱い心の炎が様ざまな事物をよびおこす。様ざまなことどもを事物を、心によびおこす、ということが重要です。

われわれの想像力はある事物を心によびおこす、そして現実の姿だけでなく、その隠れた本質さえも垣間見させる、とバルザックはいうのです。すなわち現実の姿をわれわれに見せてくれるところの想像力があり、それは同時にその隠れた本質をわれわれに垣間見させるところの力をもっている機能なのです。単にものの外形を認識するだけでない、その内がわにふくまれている隠れた本質までも認識させるところの人間の能力をさして、われわれの想像力と呼ぶならば、それによって想像力の意味の世界は広がっていくだろうと思います。

もうすこし別の側面からも検討してみましょう。しばらくまえまで、ぼくも想像力ということを考えるとき、とくに観察力と想像力とを並べてみることによって、その意味あいをはっきりさせようとしてきたのです。その段階でのぼくの考えかたでは、想像することによって観察が完成されるということが中心でした。観察力が力を発揮するのは想像力におぎなわれてだと、ぼくは考えました。同時に、しっかりした観察力のある人間のみが想像力をもまた十全に発揮することができる、というダイナミックな相関関係をぼくは考えていて、この観察力と想像力とのふたつの機能をはっきり結合することをしたいと思ってきたのですが、いまぼくのはじめようとする連続講演の目的のひとつとして、あらためてそれを検討したいのです。すなわち観察力と想像力とをひとまとめにして、われわれの認識の機能を見きわめること、それにむかって論理をすすめてゆきたいのです。この側面から想像力について考えるうえでのひとつのヒントとしていま頭に描いているもののひとつに仏教の言葉があります。それは『往生要集』のなかでぼくが出あった言葉なのです。ぼくが『ヒロシマ・ノート』を書いていたとき、浄土宗の信徒の婦人が広島の災害を「まるで『往生要集』だ」、といっておられるのにふれて、ぼくはそれ以来この本を読みつづけてきました。著者の源信が地獄についてまことに微細で正確な数値による想像力を発揮する。ひとつの地獄では亡者がつねに敵意をもっている。その地獄におちた人間の誰かれなしに敵意をもっていて、ほかの亡者にあうと、たちまちつかみかかって喧嘩をはじめる。われわれ戦後の世代の小説家とか評論家とかもいまやそういう亡者になったと、しみじみしたりもしながらぼくはこの本を読みます。

地獄の光景がまずくりひろげられてあり、その地獄からまぬがれて浄土にいたるためにはどう生きればいいかと源信は説きます。そのためには念仏しなければならない、西方浄土を心に思い浮べて祈らなければならない、と説く魂のハンドブックです。まことに実用的な本でもあります。西の方にむかって仏さまを念じる、念仏するにあたって初心者はどうすればいいかということから親切に書いてあります。初心の者はまず部屋を薄暗くするのがいいという。西の方へむかって念仏するのですが、そのさいに涙を流してはならない、つばきを吐いてはならない。それから排泄してもならないという。そういう具体的な実践家の文章がつづくなかに「観想」という言葉が用いられます。ぼくの理解しうる範囲で端的にいえば、観想するということは仏の具体的な躰や、浄土の模様を心に思い浮べて観察するしかたのことで、それを事観ともいうそうです。事観の、まず事というのはなにかというと、ものごとに具体的な差別がある、われわれが具体的な個性をもっている、そのようなものを事という。そうした具体的なものをこえた真理、本体、本質をあらわすのが理というのだそうです。そこで事観ということは仏または浄土の模様をまことに具体的に思い浮べることのようです。そしてその事観をさしてあるいは観想という、また観相という、そして同時にそれを観察という言葉でも表現するのだということです。まったくの素人の判断ですが、ともかくわれわれが仏、浄土にむかって心を集中して、それを考えつめてゆくということ、観想ということは、すなわち想像するということでしょう。それが仏教の言葉では直接に観察という言葉につらなってゆく。そこで両者はおなじ言葉である。観察するということはまさに想像することなのだと、われわれの現代の言葉の世界にひきよせても理解できるところのヒントがここにあるのではないかとぼくは考えるのです。

そこでぼくの方法は、観察力と想像力というふたつの言葉について、一般におこなわれているように別のものとはみなさないではじめようということです。あるいは観察し、あるいは想像する行為を別の次元の、別の世界の、それぞれ異なる認識の方法とは考えないで、実在するものを現に見ることも、そもそものはじめから想像力の発揮ということだと、ふたつを統一して考えたいとぼくが基本的に思っていることを、まず頭においていただきたいのです。

そこで最初に、われわれは、明治時代についてどういう想像力を働かせながら今日を生きているか、という検討からこの連続講演をはじめたいと思います。それも戦後を生きているわれわれ日本人にとって、明治がどういうふうに実在しているか、をあらためて考えたい。われわれ戦後の人間の明治へのどういうイメージが、架空の、まぼろしのイメージであり、どういうイメージが、われわれの戦後に現実的につながっているイメージなのかということを考えてゆきたいと思います。そういう意味をこめて、「戦後において確認される明治」というのが、いまぼくのたちむかおうとするテーマです。ここ数年「明治百年」ということが非常にしばしばいわれてきました。今年にむかってそれはじつに激しい、とくに政府は積極的な世論操作の運動をおこなっています。その政府の宣伝する「明治百年」の成立と発展を見ていると、まことにあきらかに「明治百年」の特殊に方向づけられたまぼろしが強権によってつくりあげられてゆく工程がすっかり見えてくるという感じがします。そこで当然に民衆のひとりとして自分はそういうまぼろしとはちがうもっと確実な「明治百年」を考えたい。そこでどういう方向づけの「明治百年」をきみは考えているのかと問われるならば、ぼくは自分の戦後体験、戦後の新しい憲法のもとでの生活としての戦後体験と重ねあわせられるものとしてのみ「明治百年」を考えているとまず答えたいと思います。その視点からいえば政府がおこなっていることは、戦後を抹消する、戦後をわれわれの意識の上から払い除いてしまう方向づけです。ほとんどいまや、戦後という時代はなかったのだ、したがって悲惨に負けた戦争すらなかったのだという「明治百年」の宣伝がおこなわれていると思います。

それにはすべての個人が抵抗するほかない。ぼくにとってのその抵抗はぼく自身が、戦後と明治とをどういうふうに結びつけているのかということをお話することにはじまります。すなわち明治時代にたいして戦後の人間のぼくがどういう想像力をもっているのか、どういう性格の想像力の行使によって明治を、戦後についてあらためて認識する上での支えとするかということをお話することからはじまると思うのです。
政府がいま「明治百年」についてどういう宣伝をおこなうつもりかということを、端的にあらわしている歌が発表されていますから、その明治百年頌歌を紹介しましょう。

光あり、誇りあり、ここに百年
ふりかえる明治のあゆみ
このくにのいやます栄え　うけつぎてさらに進まん
われらわれら　のぞみあらたに——

響きあり、応《こた》えあり、ここに百年
たくましき明治の力
たたえつつ　試練をかさね　大いなる　道を拓《ひら》かん
われらわれら　つねに励みて——

稔りあり、泉あり、ここに百年
豊かなる明治のこころ
ことほぎて　香りをうつし　よろこびを
ともにうたわん

この歌の作者はごく一般の民衆のひとりですが、かつて少年航空兵の歌を作って、やはり公募に応じ入選した人だそうです。ぼくはこういうお祭りにふさわしげな歌を作ろうとするひとりの民衆の善意というものを疑うわけではありません。しかし、こういう歌を入選させた総理府までをも無邪気だとみなすわけにはゆかない。われわれはいま、この歌に耳をかたむけて、それがわれわれの内部にひきおこすひびきを聞いてみるべきでしょう。

この歌は、たくましき明治の力、豊かなる明治のこころ、と歌う。しかしほんとうに、光あり誇りありここに百年、というのが近代・現代史であったろうか？　われわれのこの百年は、光あり誇りあり、という状況だけであったろうか？　稔りあり、泉あり、であったろうか？　そのようにいちいち考えてゆくと、まったく数知れぬ疑いが湧いてきます。われわれの百年は償いようもないほどの暗黒をふくんでいる。ひとまえで確認しあうことのおそろしいほどの屈辱感もある。明治という時代において直接にあきらかになったわが国の病根というものがあり、それがすっかり治癒しきっていないことは、われわれが現にそれを知っているでしょう。ほんとうに豊かな百年だったか。明治の日本人が、そして今日の日本人にいたるまでにわれわれがかちとったもの、つくりあげてきたものの総体は、決して豊かなものだけではなかった。貧しいものは現にうんざりするほど残っている。ゆがんだものも、いじましいものもありあまっている。そういう現実的反証に抗《あらが》ってこういう歌が作られる。この歌にはほんとうは実体がない、事実に反している、そ

う いう歌を民衆のなかのひとりが懸命に作る。それはわれわれ文筆業の人間もふくめてよくあることですが、強い権力のもとでは、その権力の顔色をうかがって、まことにその強権の無言の注文によく答えた文章、詩句をつくって先駆けする、そういう現象がおこります。そういうタイプの作家、詩人がおり、そういうタイプの民衆がいる。権威主義的なタイプとでもいいますか、わが天皇制のもとでそれはまことに多かったタイプです。この製鉄所で働いている労働者詩人が戦争中には、少年航空兵のための強権の宣伝の意を体して少年航空兵の歌を作った。いまはこの歌というわけです。それはすでにこの詩人が無定見だとかいうことじゃない。当然にこういうタイプの民衆に働きかけて、こういう歌を作らせ、それを公式な歌とすることでもって政府がなにをしようとしているかということが問われるべきです。強権がはっきりもっている意図における「明治百年」、その鎧《よろい》の袖のみえるイメージは不用意に表に押しだしたくないという政府にとって、民衆がこういうまことに内容空疎な歌をうたって、「明治百年」気分をだしてくれればまことに便利です。そこでこれが採用される。「少年航空兵の歌」についていえば率直にいって、その歌にあこがれて少年航空兵になり戦場に死んだ稚《おさな》い人間は数多くいるにちがいないのですが、それについてもそれはその歌と作者に罪があるのではなくて、そういう歌のあいまいさのかげで世論を操作し、民衆を動かすところの強権が非難されるべきなのですが、実際、こんなたぐいのあいまいな歌などがおそるべき力を発揮しうることを知っているのが強権であり、民衆がそれになんとか参加してゆくというふしぎなメカニズムが、もしかしたら「政治と文学」のひとつの秘密かもしれないとぼくは考えています。

少年航空兵の時代は去ったが、あらためて現在われわれにあたえられようとしている公的な歌が、光あり誇りありここに百年、ふりかえる明治のあゆみ、このくにのいやます栄え、という歌なのです。この歌を政府がわれわれにあたえる今日的な理由を整理してみましょう。ここに強権というものがある、それが民衆とのあいだの真のコミュニケイションをすっかり断ち切っている。知らしむべからず、よらしむべし、民衆はなにをやられるかわからないでいるという状況で政治をおこなうことが、強権にとってもっとも理想的なことですが、現在の社会は、ともかくマス・コミュニケイションの社会ということになっています。マス・コミュニケイションの社会においては、表むき政府が民衆とのあいだのコミュニケイションをまったく開く意志がないと正直に示すことは利巧じゃない。現にテレヴィジョンで国会が写し出される。あるいはデモンストレイションがあれば、どんなに制作がわの操作がおこなわれても、やはり警官が学生や労働者をなぐるところは写ります。かつてのわれわれはデモの現場にゆかなければ、自分の眼でそれに接することはしないでいられた。しかし現在はすくなくともテレヴィジョンでそれに出あわざるをえない。テレヴィジョンを見るものに強権ははっきり姿をあらわしている。その事実は動かせない。それではそうした事態に政府としてどう対処するか、それをどう処置するか？　そこで現在われわれの政府がやっていることは、テレヴィジョンをはじめとして、報道にあいまいさのおおいをかけることです。にせの情報をあたえる、あるいは物事をあいまい化するための情報をあたえることです。あいまいな言葉を大量にそそげばその場をしのげるということで、そうした情報をあたえる。真実の報道の濃度をあいまいな情報で薄くする。実際の、真実の情報のまわりに、にせの情報を林立させる。それが現在、政府のおこなっていることでしょう。そこは日本語のあいまいさを大いに利用して、まったくあいまいな、意味がいくらにでもとれるところの情報をあたえることによって、民衆に一応のコミュニケイションの錯覚をおこさせる、そして民衆がそれについて深く考えつづけてゆくことを途中で停止させる、民衆の思考停止を誘うことをもっぱら志している。そうした特別な民衆操作のためのいっとう有効な武器が、この歌にあふれているたぐいのあいまいな言葉です。

思考停止ということで、ぼくは子供のときの思い出をもっています。ぼくが大人の自転車にやっと乗って、坂道を下っていた。猛烈にスピードがでてきて、そのときぼくはブレーキを踏むときを考えながらも、踏めば倒れそうで、そのうちなにも考えられなくなってしまった。前方の曲り角に大きな橋がある。坂からは正面になっている橋の根元のアーチ型の空間が見えて、そのアーチ型を支えている柱に自転車がぶつかればぼくは、はじきとばされて川におちて死ぬだろうというたしかな予感をもちました。しかし自転車はどんどん進んでいる、その進行のスピードそのものに、自分の思考がまったく追いつけないでいるという感じがある。恐怖さえ自転車のスピードに追いつけない。そこで麻痺したようになってぼくは走ってゆき、結局はアーチ型の窪みに自転車がはいったので、肋骨は折りましたが、躰がはさまれて、はじきとばされはしないですんだ。そのときぼくが考えたのは、非常に猛烈なスピードは人間にすべての判断を停止させることがある、人間はスピードにのっかって思考を停止することがある、そのときには不安や恐怖より奇妙な快感のごときものがあるということでした。子供ながら、人間はふしぎなものだと思いました。

いま、われわれの政府はおそろしいところにむかって非常に激しいスピードで進んでいる。そのスピードに麻痺しかけている乗組員のわれわれに、あいまいな言葉が投げあたえられると、そのあいまいさゆえに、われわれはかえって安定した気分になってしまう。あいまいなままで判断停止して、それ以上に追及してゆこうとする思考力をかえって邪魔に感じる。マス・コミュニケイション下の広く知的な層のひろがった今日の日本の民衆をそういう状態に陥らしめることを、政府が積極的に考えているのであろうと思わざるをえません。

たとえば首相は沖縄を旅行して羽田空港にもどると、国民がみずから国をまもるという決心をもてば、沖縄は三年をまたず、もっと早く返ってくる、などというどこに責任の所在の自覚があるのか疑わしいことをいいました。おなじくまことに空虚な権威をこめて、国をまもる気概とかいったりもする。こうした言葉はすべて実体のあいまいな言葉です。気概という言葉など、日本的あいまいさの典型でしょう。国民の品格などもおなじです。個人の気概、個人の品格というふうに使えばこの言葉もいくらかは、確実な意味をもちますが、それも判断は気分的なものであって、とくに集団に使われればまことにあいまいをきわめます。国民の、というような限定辞があいまいさを倍加します。それは強権が意図的にあいまいな言葉を民衆にあたえることで、われわれがほんとうに国家について、あるいは国際間の平和について考えつめてゆく作業を中止させる、判断を停止させるということです。そのための宣伝がいまやひっきりなしにおこなわれてきているると思います。しかもそうしたあいまいな言葉の意図的使用の現在の焦点が、「明治百年」という言葉であろうと思います。「明治百年」とは、誇りたかく、いやます栄えのうちにあり、ゆたかな稔りの百年だと歌うとき、われわれはそれによって思考を停止すればなんとか安心して立ちどまっていることができるでしょう。強い権力が国ぐるみでそれをすすめてくれるんですから。しかし、当然にそういうことは民衆は避けたほうが真の安全だろうと思うのです。一般にあいまいな言葉を使用することでひそかに目的を達成する、実力を発揮するのはつねに強いがわの人間だからです。

ひとつの企業体の社長がその運転手にたいして、まあ、きみに悪いようにしないから、などとあいまいなことをいったとすると、要求を出したがわの運転手は九割がた絶望するほかないはずでしょう。こうしたあいまいな言葉は、絶対に、弱い運転手のために有利に働くことはない。社長自身の意志をとおすうえでの便利な手段としてある。こうした場合にはたとえば運転手が組合をつくって、社長に対抗するほかはないわけですが、たとえば給料のベースアップを要求するにあたって社長に、まあ、いいようにやってください、とあいまいなことをいったりする代表はいないはずです。とにかく、まあ、いいようにやろう、という言葉を使ってひそかにしめたと微笑するのは強いがわであって、まあ、いいようにやりましょう、といわれて、絶望するのは弱いがわだからです。あいまいな言葉を使って隠れた実力を発揮するのはつねに強いほうであって、なんとか正確な言葉でもって言質を取らなければならないのは弱いがわの人間なのです。そこで強権にたいして、当然にわれわれ民衆は、できるだけ正確な言葉による言質を取らなければならない。国家がどのように進んでゆくかということについて民衆は政府に、できるだけ正確な言葉、具体的な内容のある言葉でもって問いつめ、それの答えを追いもとめてゆかなければならない。

現状ではそのほかには抵抗の基盤がないとぼくは思うのです。「明治百年」という言葉をうけいれて明治と今日にたいする自分独自の認識は放棄してしまう。政府の「明治百年」イメージの操り人形になる。われわれがそれを拒みたいなら、自分は明治からの百年の近代化の総体をどのように認識しているかということを示さねばなりません。明治にたいする自分自身の想像力を発揮しなければなりません。そこで実際にそれをおこなおうとして、ぼくにはやはり敗戦後の、戦後の二十年の歴史が、われわれをみちびく現実的な根拠となると思うのです。すなわち戦後の現実を観察することが、明治にたいする想像力を確実に支えることになるし、明治にたいしてそういう想像力をもつことが、戦後の現実をあらためて認識しなおす力をあたえてくれると思います。

　もともと、あいまいな言葉を使って政府が国民の判断を停止させる、そのやりくちは、現在はじめてわが国におこなわれているわけではない。まず明治時代に国家権力が近代的に整備されてくるにしたがって、しだいに大規模におこなわれてきたことだと考えるべきであろうと思います。旧憲法が発布された明治二十二年の春に、まだ憲法の内容を知らぬ民衆が興奮して喜んだ。ただ、憲法が発布されるということを聞いただけで非常に喜んだ。ぼくもまた実際に、その一例を聞いたことがあります。しばらくまえですが、郡山の安積《あさか》平野の古い開拓村の九十幾つの老婦人から、その方の弟さんが、憲法が発布されるということを聞いて喜んで、たんぼの畔を踊りまわったという思い出話を聞いたのでした。実際そういう風潮が広くあったのでしょう。しかしそういうときにも眼をさましている人間はいた。憲法の内容がわからないうちに、それを喜んでどうなるのだろうと反省する人間はいたわけです。たとえば中江兆民がそうしたひとりでした。中江兆民の弟子で、やがては大逆事件で死刑になるところの幸徳秋水がみごとな文章で書いています。

「明治二十二年春、憲法発布せらるゝ、全国の民歓呼沸くが如し。先生歎じて曰く、吾人賜与せらるゝの憲法果して如何の物《もの》乎《か》、玉耶《か》はた瓦耶、未だ其実《そのじつ》を見るに及ばずして、先づ其名に酔ふ、我国民の愚にして狂なる、何ぞ如此《かくのごと》くなるやと。憲法の全文到達するに及んで、先生通読一遍唯だ苦笑する耳《のみ》。

先生其《その》著、三酔人経綸問答に於いて諷して曰く、世の所謂民権なる者は自ら二種有り、英仏の民権は恢復的の民権なり、下より進みて之を取りし者なり、世又一種恩賜的の民権と称す可き者有り、上より恵みて之を与ふる者なり、恢復的の民権は下より進取するが故に、其分量の多寡は我の随意に定むる所なり、恩賜的の民権は上より恵与するが故に、其分量の多寡は我の得て定むる所に非ざるなりと。」

すなわち兆民先生は実際の憲法にがっかりしたけれどもそれだけでとどまるのではない。「我党宜しく恩賜的民権を変じて、進取的民権と成さざる可らず」と決心された、というのです。こういうように、ただ憲法をあたえるという言葉だけで、その実体はあかさない政府と、しかもそれに歓喜する民衆がいた。それにたいして恩賜的な民権はだめなのであって、恢復的な民権、自分自身の力でかちとるところの民権をもたなければならない、とする人間がいたということを、明治のなかばについて考えるさいに頭にいれておかなければなるまいと思います。

さて「明治百年」の宣伝を、戦後の現実につきつけて検討するとき、どこを舞台にして考えればいっとういいだろうか、戦後と明治以来の近代化を重ねあわせてみるのにどこを舞台にとればもっとも具体的に核心にふれて考えることができるだろうか？　ぼくはそれが沖縄であろうと思います。

一九六七年秋、ぼくは沖縄に二度目の旅をしたのですが、沖縄に滞在しているとき、とくに困難な現場の教育にあたっている先生たちと会っていてぼくは自分が育った戦争直後の民主主義時代の雰囲気はこういうふうだった、と強く認識することがありました。同時に外国の占領があり、外国軍政の圧力がある、そういう場所での民主主義はどれほどひどく皺寄《しわよ》せされるか、ゆがませられるか、ということをもまた認識せざるをえないということがありました。じつは沖縄におけるそのゆがみというものはわれわれ本土の人間が沖縄に皺寄せしているのであって、自分たちはなんとか新憲法下で頬かむりしてきたのであり、われわれ本土の人間の今日にいたる生活のごみのようなもの、皺のようなものはみな沖縄に押しつけられている、そういうことをあらためて深く感ぜざるをえませんでした。すなわち、われわれが戦後に所有したはずの民主主義のプラスの面を実現している沖縄の人びとに会い、われわれの戦後民主主義のしっかり具体化されなかったゆがみがおしつけられている、新憲法の外の、外国の基地の沖縄という、すさまじいマイナスの面を現実的に認識せざるをえない場所として、沖縄があるということを考えつつぼくは帰ってきたのです。そこで沖縄に焦点をしぼって話をすすめながら、戦後と明治にさかのぼりわれわれの近代について考えたいと思うのです。

まず新憲法の適用されていない軍政下にありながら沖縄の子供たちが、民主主義感覚というほかはないものを確実にもっているということをお話したいのです。沖縄においてわれわれの憲法は実施されていない。そこで憲法によって保障された民主主義はそこに存在していない。しかし子供たちは民主主義についての強い感覚をもっている。それはどのようにして実現されたか？現場の教師が強く頑張って、その教育を民主主義にむかってまっすぐ押しすすめているということを、それはわれわれに教えるものだと思います。沖縄の小・中学校での民主主義教育はじつにはっきり方向づけられている、とぼくは感じました。子供たちの話をいろいろな場所で聞いていても、端的に感銘を受けるのはそれが民主的だということなのですが、そこで日本に復帰するということは、単純なナショナリズムで祖国に復帰するということではない。それは民主主義の権利を実際にかちとるために日本に復帰するんだ、新憲法のもとに帰ってゆくのだという強い意識です。日本に復帰するということはほかならぬ新しい憲法を獲得することそのことなのだ、という考えかたがまことにはっきりしているのです。そこで消去法を用いて整理するとして引き算をしてみれば、すなわち民主主義の権利をうるために復帰を考えるということを、日本に復帰するという命題とイコールで結んで、両方のおなじ言葉である復帰という言葉を消去してみれば、そこに浮びあがる新しい命題は、すなわち日本とはなにか、それは民主主義の権利だということになるでしょう。復帰するということは民主主義を獲得すること、という命題もまたはっきりしてきます。日本あるいは祖国が問題なのではない、民主主義の権利を獲得することが重要なのです。そのために帰ってこようとしているのです。そして一般にそれらの子供たちは、天皇家についてきわめて冷淡である、ほとんど関心をもってすらいないということを、那覇やコザあるいは石垣島の小学校や中学校でぼくは確認したと思います。それはなぜだろうか？　もし日本に復帰するということが、ナショナリズム的な発想、祖国に帰る、あるいは母国に帰ること、それは一般の人情なんだという、例のあいまいな政府の宣伝にあるような発想でゆけば、沖縄の人たちにわれわれは天皇家の実在するところへ帰ってゆくんだという感じ方が広くもたれてしかるべきでしょう。ところが、天皇家について、じつはぼくの会ったかなりの数の子供たちは何も考えていない。そこでぼくがあらためて反省させられたのは、われわれが本土でもっている新憲法においての、天皇についての規定は、いかなる意味でも、われわれの民主主義的な権利ではないということでした。われわれのそなえている民主主義の権利のうちに天皇条項はふくまれていない。それは単純なことかもしれませんが、しかも民主主義の原理と象徴天皇とが相対立するものでないかもしれないが、ともかく民衆の権利とそれは別のものだということを、沖縄の子供たちが確実に知っているということは大切なことだとぼくは思います。

そのように沖縄の子供たちの民主主義の感覚が確実にあるということ、それは沖縄についてプラスに評価されるべき面ですが、それはなまやさしいことで達成された成果ではありません。憲法に支えられず、いわば独力で子供たちをそのように教育する現場の教師たちに、まことに多くの圧迫がおこなわれてきたことは誰もが認めるでしょう。最近、教員たちの抵抗によってついに教公二法案という法律が廃案になりました。それはわれわれの本土では抵抗できなかった、教育二法案とおなじもので、教師たちの政治活動を押えようとするものですが、それが廃案になった。その教公二法反対を教師たちが強く押しすすめていたさなかに、ひとりの指導者が、右翼に股をナイフで刺されるというテロ事件がおこった。被害者は沖縄の復帰運動の中心の教職員会で政治経済部長をやっており、人権協会という沖縄の民衆の権利のための機関の事務局長もしている福地曠昭という人です。この実践家はおとなしいおだやかな人間で、テロのとき、足の動脈の小さく枝分れしているところを切り取られたために足がまだうまく動かないということで軽くひきずって歩いておられましたが、しかしそのような躰でも首相の訪米にあたってはハンガー・ストライキに参加して頑張っているという人間なんです。いかにも沖縄の人間らしい、おだやかな平常心をもちつづけて、そうした政治活動を人間的なものにしている、そういう人間が真昼に那覇の街なかで右翼に刺された。彼は九十八日間病院にはいっていて、アメリカの独立記念日に退院したとユーモラスに静かに話していました。かれを刺した若い男がどういう人間かというと、ある政治団体と称する会に属する人間です。その会の若い男がやったということはわかっています。そこまではわれわれ本土の新聞も報道しました。

しかし報道されなかったこともあります。そのひとつはこの会が本土の右翼団体と密接な関係があるということです。沖縄の右翼団体と本土の右翼団体とがつながっているということがひとつ、そしてもうひとつは、この会に情報を流して操作した模様なのが、やはり沖縄の政治問題の研究会というかたちでつくられている団体であることとです。そしてその研究会は沖縄の民主党――本土では自民党にあたる――の外郭団体というべきものだということとです。この実際におこったテロリズムのすぐまえに沖縄の社会党の建物に放火したあと日航機に乗って本土へ逃亡してきた、そういう人間もまたこの研究会の一員でした。ともかく沖縄の民主党と沖縄の右翼とが深い関係をもっていて、そのうえでこうしたテロリズムがおこなわれた、ということはあまりに当然すぎるとでもいうわけでしょうか、本土の新聞には報道されていない。それはものを確実に見ようとする人間ならばただちに見てとってしまうようなことです。

ところがもうひとつこれは具体的におそろしいことですが、そのテロリストに裁判所は五箇年かの軽い判決をくだしたあと、上告した犯人を千ドルで保釈したのです。この若いテロリストは沖縄の狭い土地の上を自由に歩いている。かれは那覇の街で、かれが刺したことは刺したが、殺せなかった福地曠昭さんにばったり出あうかもしれない。福地さんはいまも護衛されることなしに、足をまもるためのステッキだけをもって歩いている。かれが耐えねばならぬ新しいテロの脅威は大変なものでしょう。そういうことがいま現に沖縄にある。沖縄の民衆のかちとろうとしているデモクラシーは、憲法によって保障されていない以上、たえず現場で、個人の力の積みかさねで、とくに教師たちがまもってきたものです。そしてそれゆえにこそ当の教師たちがこういう苦しい状況にあるのです。現に戦争をしている外国の基地で、実際に民主主義的な姿勢をまもりぬくとはこういう困難と恐怖に抗ってなのだと沖縄の教師たちの存在は、はっきり教えます。それは端的にわれわれの民主主義の恩賜的な側面のもろさについて具体的に考えさせるものだろうと思います。

もうひとつ沖縄の戦後の民主主義がどうつくられたかの実体を示す挿話があります。宮古島に生れて育ったひとりの少年がいました。戦争が終る直前までかれら宮古島の子供は穴ぼこに隠れておびえて暮していた。戦争は終ったが、沖縄は占領された。沖縄はまことに大きい犠牲をはらったのですから、そこから立ちあがる、ということだけでも大変なことです。大人たちがたとえなにもできなかったとしても、それは自然でしょう。ところが、この宮古島の少年は仲間を集めてポンポン蒸気を一隻借りると、それに乗って沖縄本島にやってきた。そしてかれらは米軍の本部に陳情にいったのです。沖縄本島に琉球大学がつくられると聞いたけれども、自分たちもそこに入れてもらいたい、宮古島という離島だからといって自分たちを差別することはしないでもらいたいということを陳情したのです。そこでこの少年と仲間は琉球大学に入ることができた。そのあと少年は、というよりもう青年ですが、本土に留学し、またアメリカに留学しました。いまは沖縄にもどって農業協同組合の仕事をしています。そのかたわら独力で沖縄人文図書館という図書館をこしらえました。かれはそういう人間に育っていったんですが、そもそも戦後すぐに宮古島の子供がこういう冒険をするということの着想はどこにあったのだろう。なにが少年たちにこういう勇気をあたえたのだろう。そしてそれは明治時代の出来事の島ぐるみの記憶だったのではないかとぼくは思うのです。明治時代に宮古島の農民が本土の国会にまで請願しにきたことがあるからです。

宮古島で明治二十六（一八九三）年の十一月に、島の農家が各戸二、三銭ずつ出して、中村という代表ほか四人を国会に送って請願させました。島の政治を島の人間に解放してもらいたい、冗員——むだな役人たちを淘汰してもらいたい、島の費用を軽減してもらいたい、人頭税を廃止してもらいたい、それを地租にかえてもらいたいと、まことに明治の近代化の核心にふれたことを宮古島の現実にそくして、かれらは請願したのです。

この請願の意義を考えるには、沖縄の歴史をふりかえってみる必要があります。実際、沖縄の歴史をふりかえること、それを学ぶことは今日のわれわれに必要です。現在、われわれの政府は、わかりきったこととして、沖縄の人たちは喜んで祖国に帰ってくるのだと、祖国へ復帰することを、かれらはひたすらめざしているのだといいます。しかしそれは事実にそくしているだろうか？　われわれは戦争において沖縄の民衆を犠牲にし、つづいて戦後ずっと沖縄にたいしてまことにひどい重荷を課したままです。その全体をいちど沖縄の人間の眼で直視してみることを避けたままでのんびりと、かれらは祖国に帰りたいのだといえるだろうか？　いや、それよりもっと、歴史にさかのぼって明治時代の沖縄がどういう状況だったのか、われわれの国家権力が沖縄の民衆にたいしてどういうことをしていたのか、ということを考えてみると、ますます単純なナショナリズムの祖国復帰ということはあやしく思えてきます。そこには非常な差別がありました。たとえば府県制が本土でおこなわれたのは一八七九年すなわち明治十二年です。ところが沖縄では明治四十二（一九〇九）年にやっとそれがおこなわれた。三十年もおくれてはじめて府県制が実施されたのです。衆議院議員選挙法が施行されたのは、本土では明治二十三（一八九〇）年で、その年に国会が開設された。しかし沖縄に衆議院議員の選挙法が施行されるのは明治四十五（一九一二）年です。二十年以上ものひらきがあるのです。しかもこれは特別制の選挙法であって、一般のそれがおこなわれたのは一九二一年、すでに大正十年になってのことです。沖縄の人たちにわれわれが、日本に帰ってきてもらいたいという、しかしおたがいの背後の、沖縄の明治百年とわれわれの明治百年とを一緒にしてしまってはならない、それでは多くのことが欠落するはずです。すなわちわれわれは、この近代化の百年のあいだ、曲りなりにも七十八年間は、代表を国会におくりえたわけです。しかし沖縄の民衆は戦前にしても明治四十五年から昭和二十（一九四五）年までしか、議員を送りだすことはできなかった。戦後は、これはもうずっと代表を国会に送ることができないわけですから、六十七年間も、自分たちの民権を代表する国会議員なしで暮してこざるをえなかったのです。この百年間のうち、沖縄になんとか民衆の声を中央政権にむかって発しうる可能性のあったのはほんの三十三年間であって、しかもそれは旧憲法下の、まことに制限された民衆の権利であったのです。

法律の表面だけみても沖縄の人たちは、われわれ本土の人間とくらべて戦前から非常なハンディキャップを背おってきました。そこでわれわれが現在の沖縄の状況をまともに認識しようとするときにも、明治以来の差別の総体にわれわれの眼がむかってゆくことがなければ、いっさいは正確にとらえられないと考えて妥当であろうと思うのです。戦後二十三年間、沖縄には核兵器をふくむアメリカ軍の大きい基地があり政治も経済もアメリカ人の圧力のもとにある。そういうところへ沖縄を押しこんでおくことでなにが保障されたかというと、じつは本土のわれわれの民主主義が保障された。なんとかわれわれが戦後の民主主義を二十三年間、その体裁だけはたもつことができた。新しい憲法をすっかりひっくりかえすまでにはいたらなくてすんだ。ことに軍備の問題についていえば、なんとか現在の状態に、といってもそれはおおいに憲法違反の実体がありますが、ともかくそれなりに制御しておくことができた。それは端的にいって本土から切りはなされた沖縄の人間がひずみを一身に引き受けてくれているからでしょう。戦後にあたえられた民主主義はやはりだめな民主主義だったのだ、欺瞞の民主主義だったのだという声が、最近は保守的な人びとのみならず、もっとも革新的な人びとのうちにもありますが、ぼくはそれがすっかりまちがっているとはいいえないと思うのです。たしかにわれわれの民主主義体制にはいかがわしいところがあった。それがどこに端的にあらわれているか？　沖縄にあらわれている。沖縄の今日あるところの、その総体においてあらわれている。われわれが戦後に獲得したもっとも重要なものを考えるとすれば、それはまず憲法であり、そして核兵器を使わないという決意だと思いますが、沖縄にはその憲法はなくて、核兵器が実在するのです。われわれの民主主義体制の戦後は、沖縄にすべてゆがみを集積することでなりたってきたということなのです。

それを明治百年ということで考えれば、明治維新以後のわれわれの国の発展の背後に沖縄の犠牲の土台があった。それを歴史家は琉球処分とよびますが、沖縄が明治四（一八七一）年の本土の廃藩置県にあたって鹿児島県の所管となり、一応日本の領土としてはっきり中国から断ち切られた。しかしとくに沖縄の知識人たちのうちには、中国との関係をもちつづけようとしている人たちがいた。したがって日本の中央政府の琉球処分には、中国との縁をはっきり切らせてしまうという側面があったわけです。台湾征伐はそのもっとも不幸な一部分でしょう。明治の末になっても、沖縄の知識人で中国に亡命し政治的な努力をかたむけていた、いわゆる頑固党の人たちはいたのです。中国に亡命して、いつか日本から沖縄を切りはなし、もとの琉球王国にすることを考えている人がいたということを忘れてはなるまいと思います。明治時代にわれわれの祖先は沖縄の民衆にたいして、あらゆる法律において三十年から四十年ものギャップを置いて差別しながら、しかもその土地と民衆の労働からの利益はむさぼってきた。そして中国との関係について沖縄の人たちが自由な選択をおこなうことは、一方的に制限していたわけです。中国が植民地化されかねない時代ではありましたが、ともかく沖縄独自の中国関係をすっかり押しつぶしてしまうところの明治時代であった。それは戦中の沖縄、戦後の沖縄の現状に重ね写しにして見ることの必要な状況だと思います。

沖縄にある米軍基地は核兵器をもふくめて対中国の基地です。沖縄の民衆は、その土地に対中国のアメリカの基地をもつ以上は、どのようにしても中国にたいして正常な位置をとりかえすことはできはしない。われわれ本土の人間はいまや民主主義の条件について沖縄を差別している。新しい憲法をそこに施行していない。しかも核兵器のようにわれわれ本土の人間はなんとかそれからまぬがれているところのものを沖縄に背負わせている。そして中国との関係をもっとも危険なかたちに硬化させる基地たらしめている。まことに戦後の沖縄を考えることは、すなわち明治の沖縄をあわせ考えることにならざるをえないとぼくは思います。明治の沖縄にたいする想像力をもつことによって、戦後の沖縄についての、より辛くやりきれない認識力をもたざるをえない。しかもそれは本土の人間の視点からいうのであって、沖縄の人たちは、まさにそれを父祖の時代から今日にいたるまで、肌身に感じて生きてきたのです。それを思えば沖縄について考えるにあたってその視点を明治においても戦中においても、また戦後においてもそうですが、ひとつの恥辱感、大きい恥の感覚なしでは考えつづけることはできないでしょう。すなわちわが国の近代化の百年のいちばん暗く、恥ずかしい部分に直面しないではいられない。しかもなお、いまわれわれの政府は、沖縄の本土復帰そのものの実体をあいまいな言葉、欺瞞の言葉でごまかそうと努力しています。一九六七年の政府の方針は、核兵器つきの沖縄が返ってくる、というイメージを出すことであった。それに対して沖縄の民衆はどう反応したか？　沖縄の世論調査はこぞって核つき返還にたいしてまったく否定的だった。すると政府はそれを、あれはまちがっている結果にすぎぬ、本質的な答えじゃない、沖縄の民衆は左翼の宣伝にのせられているか、きれい事だけをいってみているのだと批判をしたのです。しかし、まともに考えてみれば沖縄の民衆の反応はまったく論理的です。その論理的な答えは戦後二十数年の実際の歴史がつくったのです。沖縄の人たちが戦争をつうじてはらった犠牲は日本のどの府県よりも大きい。しかも、戦争の悲惨のあと、かちとられたものをいささかももたないのが沖縄の民衆です。すなわち民主主義の憲法をもっていない。核兵器反対の論理をつらぬくどころか、核兵器を所有した基地そのもののなかにかれらは生きているのです。しかもなおかれらが、自分自身の手によって戦後的なものを恢復しようとするとすれば、ほんとうの民主主義をかれらが確実に自分たちの生活に現実化するほかにはありません。同時に、戦後の日本人がかちえたところの核兵器反対の思想を、当の核基地でそれに抵抗して確実に自分たちのものとするほかはない。そのふたつを達成しない本土復帰は、いかなる復帰でもない、ということを沖縄の人たちが確実に知っているからこそ、世論調査はあのような結果を出したのです。沖縄の人たちは、われわれがいま恩賜的にあたえられたものとしての弱さを見出している戦後の民主主義を制度上はもっていないところの人たちであるが、それを逆に自分たちの手で恢復しよう、かちとろうとしている人たちだというべきであろうと思うのです。しかもかれらが核兵器と同居している以上、それをやらなければじつは生き延びることができないのだと、切実に考えている人たちなのだと思うのです。そういう人たちとともに、われわれが日本の戦後をあらためて考えつめてゆき、明治以後の百年間の近代化を考えなおすことは、もしかしたら日本人にあたえられたところの恩賜的なデモクラシーを恢復的なデモクラシーに、自分の手でかちとった民主主義につくりかえる方途を確認し直す今日の唯一の方途であろうとぼくは考えているのです。

この明治以来の百年をそのようにふりかえりながら、明治と戦後を重ねあわせて、なおその独自な立派さの有効な日本人はどのようなタイプの人間だろうということを最後に考えてみたいと思いますが、じつはぼくはそのひとつのタイプを二葉亭四迷に見出しております。

二葉亭四迷はまことに様ざまな点ですぐれた想像力のある人間だったと思いますが、たとえばかれは音楽についてつぎのように考えていました。日本に洋楽がはいってくる、それははいってこなければならないけれども、単に輸入の洋楽だけでは日本人を真に感動させることはできないだろう、日本人の肺腑をつらぬく音楽が、洋楽の形式で実現されなければならない。それができたときはじめて洋楽は、はっきり日本人のものになるのだということをいっています。「何しろ日本人の音楽には日本人の肺腑に徹るやうな或物がなけりやならぬ。何だか知らんが確かにある。それが日本人の特色だらう。だから、よし西洋楽が輸入されるにしてからが、その特色――その或物が摂取され調和されて、特殊な日本音楽になつて来なければ、心から日本人を動かすことはできぬ」とかれはいったのです。それはどういう時代にのべられた意見だったかといいますと、明治四十一（一九〇八）年であって、われわれの近代化の百年間のちょうど半ばごろにあたりますが、その当時になお日本には洋楽というものがこの程度のはいりかただったわけです。それよりもっと以前に、明治初年にさかのぼればますますひどい状態であった。

《ザ・ファア・イースト》という当時日本に来ていたイギリス人がつくった週刊新聞の記事が最近いくつか翻訳されましたが、その中に一八七〇年、すなわち明治三年には、外国の楽器をじょうずに演奏できる日本人はひとりもいなかったことが書かれています。そのころ指揮者は親分とよばれていたそうですが、実際にどういう親分が棒をふっていたかというと、イギリスからやってきた軍隊の第十連隊楽団長のフェントンという人であった。かれが薩摩出身の人たちに音楽を教えたわけです。薩摩バンドという言葉がありますでしょう。薩摩出身の人たちの音楽家がまずはじめにあらわれた。ところが、親分としては困ったことに、初めはみんな楽器で音をだすことができないのに、少し音がでるようになると結局みんなやめていってしまう、実際上、音沙汰なしになりました。

そういう時代ですから、そのイギリス人のジャーナリストは、いままでのところたいていの日本人は楽団が好きだといってはいるが、実際には音楽のことなどさっぱりわかっていないのだ、と批評しています。それが一八七〇年のことでした。そして一九〇八年になっても二葉亭があのような感想をのべる程度にしか洋楽は日本人のものになっていなかったのです。

しかし現在でいえば、たとえば武満徹の音楽は、ぼくはまことに日本人の肺腑にとおるものだと思うのです。しかもそれは特殊に日本化された洋楽ではない。ほんとうに世界の音楽だということができるでしょう。われわれの文化もこの百年に、そのような意味ではたしかに進んできたわけです。それは誇るに足ることでしょう。ところで、その二葉亭四迷を明治から今日にいたる日本人の良き典型とぼくがいいたいのはこの音楽について語った『酒余茶間《しゅよさかん》』という文章の、その最初のところにあるこういう一節に関係します。「毎時《いつも》いふ実感論だが、恁《かくのごと》く維新の動乱の空気にも、稍《やや》実感的に触れてるので、それで一味ハイカラならざる或る（言はば豪傑趣味ともいふべき）もの、さては国家問題、政治問題の趣味などが僕等には浸み込んでゐるのさ」とかれはいうのです。二葉亭は五、六歳のときに、明治維新を体験した。動乱の雰囲気というものを知っている。それで政治問題や国家問題について無関心となれない、そういうことをいっているのですが、この文章をとくに引用しますのは、表現の細部についてもまた重要なところがあると思うからです。それはこの談話筆記でずっと「私は」といってきながら、ここだけ「さては国家問題、政治問題の趣味などが僕等には浸み込んでゐる」とかれが複数でものをいっていることです。それは単に二葉亭だけでなく、二葉亭の同時代の人たちはみんな維新を体験した、そこで政治問題、国家問題について無関心ではこれなかったということだろうと思います。

　しかしもちろん二葉亭は独特です。かれはその生涯の終りにあたって、明治四十一年の六月にペテルスブルグへゆきました。そしてすぐ神経衰弱になってしまうのですが、そのときかれは子供のときから、廃藩置県がおこなわれたその年から、のんでいたところの煙草をよします。子供のころからのんできた煙草をよすということは象徴的です。かれは生涯をやり直す気持だったのでしょう。しかし、その翌年に肺結核を悪化させて日本に帰ってくる途中、ベンガル湾で死にシンガポールに埋葬されるのですが、ともかく二葉亭がペテルスブルグへ出発するときに、友人にこういうことをいったといわれています。「ぼくは人に何らか模範を示したい、なるほど人間というものはああいうふうに働くものかということを、できはしまいが世人に知らせたい」。中国に屈原という詩人がいます。その詩集が『楚辞《そじ》』です。この屈原という詩人も、もともとは政治家であって、結局国家の権力者にいれられないで自殺します。その死にあたって『懐沙』という詩を書き汨羅《べきら》の淵に身を投げたということになっております。その詩の最後の節は、目加田誠訳では「もはや死の避けられぬのを知った／願わくはこの身を惜しむまい／明かに世の君子に告げる／私はこの世の法となろう」という言葉です。この詩を二葉亭は読んでいたであろうと思います。そして二葉亭がペテルスブルグにゆくにあたっての最後の言葉は、その背後に屈原の最後の詩をふまえているのではないかと思うのです。すなわち、二葉亭は現実の政治の世界ではなにもすることがなかった人間です。そしておそらく近い死をまぬがれえないと予感している、そのとき自分は「明かに世の君子に告げる／私はこの世の法となろう」という屈原の詩が、二葉亭の内部で「ぼくは人に何らか模範を示したい、なるほど人間というものはああいうふうに働くものかということを、できはしまいが世人に知らせたい」という言葉につながったのではないかと空想するのです。

政治問題、国家問題に強い関心をもちながら、じつは小説家として生きてきたひとりの知識人がいる。かれは結局現実になにもできなかったし、これからもなにもできないかもしれない。しかし、人間というものはああいうふうに働くものか、ああいうふうに行動するものかということを世の中の人に知らせたいといちどいってみる資格はどんな人間にもあるわけでしょう。二葉亭の政治問題にたいする関心、国家問題にたいする関心は、そういうふうに自分の死を賭けて、あるいは端的に死を目前にひかえて、自分はこういうふうに生きるんだ、こういうふうに生きたんだということを世の人に示そうと考えることに集中した。そういう人間をモラリティの感覚を確実にもって外部世界にたいする人間だとぼくはよびたいのです。こういうモラリティの感覚をもって政治問題、国家問題と相たいする、そのようにして生きたひとりの明治の人間が二葉亭四迷だったとぼくは思うのです。そして、ぼくは二葉亭にならって、あらゆる政治問題、国家問題を考えるにあたって、その考えかたの基本となるものは、その主体が、人間というものはどういうふうに働くものかということを世の中に示したいというモラリティの感覚をそなえていることだとぼくは考えるのです。

このまえ、羽田でひとりの学生が殺されました。だれが殺したのかという問題をいまは離れて、そのひとりの人間が死んだということはどういう意味をぼくにつきつけるのかを考えますが、かれはノートをのこしました。そのなかに、きみのように国家の体制を信じない人間に、なにを罪悪だという根拠があるんだと問われて、それは醜いからですと答える部分がありました。羽田で死んだあの青年は、そういうモラリティの感覚を根幹において国家を、政治を見つめており、行動に参加していった人間だったのだと思うのです。なぜデモンストレイションにゆくか、それはかれの醜いとみなすものに対決するためです。死を賭けなければならぬかもしれないが、それでも自分の醜いとみなすものに抗うべく青年は出かけていった。この死んだ青年をもふくめて、かれらを暴徒とよんだ声は大きくひびいたけれども、これはまさに暴徒の了見とは逆のものです。

ひとりのモラリティの感覚の確実な若い人間が世間にたいして、国家にたいして、そのように対決したのです。それはぼくに二葉亭の態度とまさに相似ていると考えさせずにはおきません。ぼくは明治のもっとも良き日本人を考えるにあたって、そういう強いモラリティの感覚をもちつつ、国家や社会にたいしている人間、そしてたとえ実際に自分がなにも実践できないところに追いつめられてしまっても、たとえば屈原が死のまえに「明かに世の君子に告げる／私はこの世の法となろう」といったように、あるいは二葉亭が「ぼくは人に何らか模範を示したい、なるほど人間というものはああいうふうに働くものかということを、できはしまいが世人に知らせたい」とはっきりいいうる人間こそをそうよびたいのです。そのように二葉亭と、われわれの同時代に生きてデモンストレイションに参加して死んだひとりの青年をつないで考えれば、ぼくはそういうかたちでのみ明治が今日に、正統的に受け継がれていると認識するのです。それは決して栄えある明治でないかもしれない、ゆたかな明治でもないかもしれない、光輝く明治でもない。しかしわれわれがあらためて戦後を確実に生きていくためのもっともまともな方向づけとは、二葉亭と死んだ学生とをつなぐ方向ではないか。そのように戦後をとおして明治を認識しなおしたい。あるいはそうした明治にたいする想像力をつうじて、あらためて戦後の今日にたいする自分の認識を確実にしてゆきたいとぼくは考えているのであります。

（一九六八年一月）

2　文学とはなにか？　(1)

——同時性の問題をめぐって——

このひとつながりの話をはじめるにあたって、ぼくは沖縄の話をしましたが、それについてよせられた質問は、つぎのようにぼくを問いつめるものでした。沖縄にいっていろいろ考えた、考えつづけているということは納得したけれども、それではきみはどうするのか、これからどうしようとするのか。沖縄に住みついてまず沖縄の日本人になることからはじめてはどうか、という問いかけもあったほどですが、この問いかけはじつは想像力の問題に確実に触れているものだと思います。根本的なところまでおしつめれば、沖縄の問題をほんとうに考えるには自分が沖縄の人間とならねばならない、沖縄の人間としてものを考えるのでなければ沖縄の問題について最後の選択決定をすることはできない、ということは、ぼくもまたつねづね感じているところです。しかし同時に、われわれが沖縄の人間ではない、沖縄の犠牲のうえに立っている本土の人間だということから出発することによって、この矛盾に立ちむかわねばならないことも事実です。それは結局、想像力の問題に本質的に触れてくる鍵にほかならぬはずでしょう。

また、もうひとりの質問者は、こういうふうに問いかけられました。沖縄に自分でいったときには、まことに古いタイプで受けとられている日本に復帰しようと考えている人たちが多くあるのを見てきた。それはきみが見てきた新しい沖縄の日本人の感じかたとはすっかり異なった人びとのようであったが、それはどうだろうか、という質問です。ぼくはこの沖縄を旅行した人の見てきたところのことは正確な観察だったであろうと信じます。それはぼくが最初に沖縄にいったとき、たしかにそのようなタイプの復帰観をもっている人たちが多く見うけられたからです。そこで批判的な意識をはっきりそなえている人たち、たとえば、いまも石垣島でりっぱな仕事をつづけているあるジャーナリストは、もし、いますぐ沖縄が日本に復帰すれば、ここは日本で最も古い、保守的な土地となるだろう、沖縄は保守党の票田となるだろう、と暗い見とおしを語っていたものです。

しかしその旅行から三年たって、あらためて沖縄へいったぼくを待っていたのは、沖縄が日本に復帰するということは思想的にどういうことなのか、未来にかかわってどういうことなのかという反省を確実に深めている人たちがふえてきているという事実でした。それがとくに若いゼネレイションの人たちにおいてふえているということもまたいえるであろうと思います。それはこの数年の、たとえば教公二法案に反対する運動を教師たちが進めてゆくあいだに、教師たちは苦しいところに落ちこんだけれども、テロリズムに出あったりすらもしなければならなかったけれども、それはあらためて教師たちの考えかた、思想的な体質をまえに進めた、同時にそれは生徒たちをもまたまえに進めたということではないだろうかと思うのです。実践《プラクティック》ということが人間をつくりかえるとすれば、それはとくに教育の現場でもおなじなのであって、この三年間に沖縄の意識的な人たちは確実にまえにむかっている。そして同時に、矛盾やひずみも大きくあらわれてきている。そうしたひずみとの正面からのとりくみによって、沖縄の新しい未来の展望がひらけつつあるということをぼくは思うのです。質問をよこされたかたの、沖縄での観察を正しかったはずだと考えながらも、われわれは古い要素の存在を沖縄に見出すとともに、また新しい要素の存在をも見出すことに怠慢であってはならないだろうと思います。しかも沖縄の現実の進みぐあいからいえば、この新しい要素はいまや激しく広がってゆく方向にあるとぼくは信じていると答えたいと思うのです。

　きょう、文学とはなにかという、古くて新しい設問を自分自身に課して、話をすすめるにあたって、ぼく自身の論点を、かなり狭い範囲に区切りたいと思います。それはもっぱら同時性ということにかかわります。同時性ということが、文学の本質にかかわって、どういう意味あいをもつか？　文学をつくる者、文学を受けとる者、あるいは広く文学と離れて、ひとつの時代をともに生きる、またそれぞれ異なった時代を生きる人間にとって同時性とはどういうことなのかについて、ぼくがいま考えていることをお話すれば、まずぼくにとって文学とはなにかという問題の端的な切り口を示すことになるように思うのです。文学について話しながら、もっとも、ぼくは詩について話さないでしょうし、演劇についてもまた話すことがないであろうと思います。しかし、演劇にしても詩にしてもぼくがそれらの分野に強い魅力を感じているということは、まずいっておきたいと思います。それは、たとえば音楽が好きなように、ぼくは詩が好きなのだといってもいいように思うのです。音楽を自分がつくることができず、また音楽について完全にそれを理解することができたという自信をもたないように、詩についてもおなじく、ぼくはそれに魅《ひ》きつけられているけれども、それをつくることはできない、またひとつの詩を十全に理解したと他人にむかって語れることもほとんどないように思うのです。それでいて、なおかつぼくは小さな詩のごときものを書くことがあります。なぜぼくが詩のごときものを書くかといいますと、それは自分の文学的な発想のうち、これは詩ではないのだと、否定する契機をたしかめるために詩のごときものを書くといってもいいのではないか。すなわち自分が決して詩ではないものを書く、というひとつの否定によって、散文の世界における、ひとつの確実なものをたしかめたいと考えてのことのように思えます。そうした場合、詩人と小説家とはおなじく言葉にかかわりながら、まことにちがう人間だということを、ぼくは強く実感するわけなのです。

　ぼくとほぼ同年代の谷川俊太郎さんの作品に『鳥羽』といういい詩がありますが、そこに「本当のことを云おうか」という一行があります。ぼくは「本当のことを云おうか」という谷川さんのこの一行に鋭く影響されてきて、そしてそれをモティーフのひとつにすることによって『万延元年のフットボール』を書いたのでした。その後谷川さんからつぎのような意味あいの手紙をもらいました。きみがぼくの詩の「本当のことを云おうか」という一行を散文のかたちで追及してゆくのを読むと、ダンプカーに追突されたような気がした、という手紙です。この詩人の手紙をやはり散文化してみると、詩人は高性能のスポーツカーである、ポルシェ・カレラとかロータス・エランとかいう自動車である。小説家の営為はダンプカーに似ているということかとも思います。たしかに詩人のそういう考えかたには正しいところがあるとぼくはつねづね思っているのです。ダンプカーの本質的な特徴はなんであるかというと、まず、鈍いということでしょう。実際ぼくはダンプカーが乗用車と衝突したところを、六甲山のふもとでほんとうに見たことがありますが、その日の夕刊ではダンプカーに乗っていた少年は衝突したことに気がつかなかったという談話を発表していました。衝突されたほうは即死していたのであります。

詩人のオーデンはどういう定義を小説家にあたえたかといいますと、深瀬基寛博士の翻訳で引用しますが、つぎのようです。「正しい者たちのなかで正しく、不浄のなかで不浄に、もしできるものなら、ひ弱い彼みずからの身を以て、人類のすべての被害を鈍痛でうけとめねばならぬ」。このオーデンの詩句のうちもっとも重要な言葉は「鈍痛で」というところであろうと思います。詩人が鋭い痛みによって受け止めるところのものを、小説家は鈍い痛みによって受け止める。詩人は若死にしてもそのなかに完成がありますが、小説家には、その仕事の本質そのもののなかに、なんとか生き延びなければならぬというところがあるのではないでしょうか。鈍痛で死ぬ場合だってありますが、ともかく生き延びるべくつとめて鈍痛に耐えねばならぬ。死ぬときも鈍痛のうちに死ななければならない。小説家でも早く死んだものには、むしろ詩人的特性をそなえている人たちが多いようにぼくは思っています。そしてぼくは、生き残っている小説家には、一般に鈍いところ、鈍痛で忍耐しているようなところがあると思っています。このオーデンについて思いだすことですが、いいだ・ももというすぐれた批評家で、かつ実践家である、そして小説家でもある人がいます。そのいいだ・ももさんがぼくのオーデン理解ということを批判して文章を書きました。それはオーデンについてあの男はかれの言葉が正確だ、といっているけれども、むしろオーデンの言葉は多義的なのではないか、という批判です。多義的、多義性という言葉はフランス語でいえばambigu, ambiguïtéということで、ひらったくいえばあいまいな、あいまいさという言葉でしょう。すなわちひとつの言葉がふたつ以上の意味をそなえていて、確実にひとつの意味をとらえることができないようなとき、これは多義的だ、あいまいだというのでしょう。そうした意味をこめて考えますと、オーデンの詩句を多義的だというにしても、それは単なるあいまいさではない。このようには批判しうるものではないのではないかと思うのです。散文の場合は、言葉の意味づけが一義的でなければならない、正確でなければならない、ということはたしかで、散文がはっきり提示するひとつの意味を理解することが読む者に必要です。しかし詩についていえば、たいていの詩の言葉が一義的ではない。詩の一行がふたつあるいは三つの意味をもつとき、じつはそれぞれの意味が読み手に重要な働きかけをするのです。それぞれの意味がダイナミックな関係をもってあいかかわりながら、ひとつの詩的実体をつくりあげている。それはまことに現実そのもののようです。たとえばひとりの人間を見て、その人間についてただひとつの意味を抽出することなどはできはしません。その人間が様ざまな機会に様ざまな行動をおこすことを考えれば、一般に人間は多義的なものでしょう。それとおなじく、詩から、詩の一行から多義的な受けとりかたをすることが、すなわち詩においては正確な受けとりかたなのだとぼくは考えております。ぼくも詩のまねごとのようなものをつくりますが、このオーデンをめぐるくいちがいのときには、いいだ・ももを批判する、という詩のごときものを書きました。本文はきわめて簡単で、いもだ・いも　というのであります。もっともこれは多義的というより、単なるナンセンスにちがいありません。

　ぼくは、詩には、表面的に多義的と感じられるものでも、じつはその多義性そのものが、その性格を失うことなく確固とした意味をつくりあげているものだと考えているのです。しかし小説家の散文はちがいます。小説家もまた様ざまな、多義的な要素のある言葉を用いるけれども、できるだけそこにひとつの正確な意味をみちびきだしたいと考えているのです。もっとも小説家は詩人でなく、学者でもない。小説家が自分の小説について語る語り口はたいてい、鈍く暗い、手さぐりで語っているようなところがあります。自作について小説家が語るところのことはたいていあいまいで、鈍い感じがするものです。批評家から見れば小説家の論理はもどかしいでしょう。まずその職業の本質において小説家よりも批評家は論理的に優位に立っているように思います。ただひとつ小説家に有利なポイントがあるとすれば、たとえばぼくが自分の小説について語るということは、自分のこの十年間の小説家としての体験にそくして、話すことができるという、常識的なポイントにすぎません。したがって、いまのぼくもぼく自身の体験としてあらわれてきた問題としての、小説とはなにか、文学とはなにかということを話すことにかぎるほかはなく、しかもそこで、ぼくに体験的に重要であると考えられるのが、同時性という問題だということをあきらかにしてきょうの出発点としたいのです。

さて、すでにはっきりしてきたとおり同時性ということをぼくはつねづね考えてきましたが、この同時性という言葉自身が、それこそこれまでいってきたように様ざまな意味をもった、多義的な言葉です。ぼく自身にたいするこの言葉のあらわれかただけにかぎっても、あるときはAという意味あいで、あるときはそれとまったくちがったBという意味あいであらわれました。しかも結局考えてみれば、いま詩について指摘したこととおなじく、同時性という言葉は多面的な意味あいをもってわれわれにかかわっている。しかもそのひとつひとつが小説家にとって重要な意味あいをもっていると感じられます。その意味あいのあらわれかたにしたがってひとつずつ検討してゆくほかありません。ぼくが小説を書きはじめたとき、つぎのような、単純ではあるが根本的な質問にあってめんくらったことを思い出します。ひとりの友人がぼくにドストエフスキーの小説があるのに、なぜきみは小説を書くのかね、それは無意味な労役じゃないか、といったのです。ぼくはそのときまことにそのとおりだと思って、恥ずかしく、かつむなしい気持になったものです。そのうち、ぼくは単にぼくのみならず数知れぬ作家が、ドストエフスキーの小説があるのに、なぜあらためて小説を書くのか、ということを考えていて、それは決してドストエフスキーに対抗しようというのじゃない、それはやはり同時代の人間にたいして、わたしはこのように生きていますと語りかけたいからなのだろうと、また読者のがわからいえば、なぜドストエフスキーだけを読むのではなく、同時代の人間の書いたものを読むかといえば、われわれと同時代に生きている人間がいまどのようにものを見て、感じているか、ものを考えているかということについて、具体的な情報を得たいと感じるからこそではないか。そこに現代の小説をめぐってのコミュニケイションがあるのじゃないだろうか。そこに小説を書き小説を読む同時代の文学的生産が成りたつのじゃないだろうか。そうした点で同時代の作家の意味あいが認められうるのじゃないだろうかと基本的なことを考えるようになりました。

ひとつの例を挙げますと、ソヴィエトにアクショーノフという若い立派な作家がいます。この作家はたとえば『星のついた切符』をはじめとしてわが国にも翻訳のある、すぐれた小説を書いている青年で、日本にもたびたびきています。その幾度目かの機会にぼくと一緒に酒を飲んでいたとき、アクショーノフ氏がぼくにきみはいま小説を書いているか、そして、書きすすめにくいときはきみはどうするのだとたずねた。ちょうどそのときぼくは三年ほども『万延元年のフットボール』を書きしぶって苦労していたときでした。そのときぼくはこういったのです。自分が夜おそく小説をうまく書けないでいる、そのときたとえばアクショーノフという若い作家がシベリア大陸のむこうにいて、やはり夜おそく小説を書き悩んでいるのではないかと思う、それを考えると力づけられる、とぼくは、まあ正直なことをいいました。するとアクショーノフ氏もじつは自分もそうなんだ、といって、その後同じ内容の文章を書いていました。実際、小説家と、かれよりほかの人間とのつながりとは基本的にそういうことなのじゃないでしょうか。われわれがひとりの人間として現実にいま、この時代を生きている、そのときかれよりほかの人間のことを意識にのぼせる。かれはいまなにを考えながら、このおなじ現実世界にかかわって生きているだろうかと考え、そしてそれを確認しようとする。それはぼくにとって、本質的に意味のあること、人間の意識の本質にかかわって意味のあることだと思えます。小説家の場合に特殊化すれば、それこそが同時代に生きる人たちにむかって、小説を書きたいというねがいを喚起させる根本的な動機なのじゃないかと思うのです。同時に、それはもっとも根本的な意味で読者に、同時代の作家を読もうと考えさせる動機なのじゃないかと考えるのです。ひとりの同時代の作家がドストエフスキーにくらべてどのように凡庸であり、まちがいばかりおかしているたぐいの作家であったにしても、じつはその凡庸さそのもの、そのまちがいそのものが、同時代に生きている他人へのひとつのメッセージ、通信の声として意味があるといわざるをえない場合もあるはずではないかと思うのです。じつはぼくはそれこそを信じようとして、作家として生きているというのが、もっとも正直だろうと思うのです。夏目漱石の『こころ』に、なにも積極的な達成をしなかったが、大きい罪をおかしたわけでもない主人公、ただ友達を裏切ってその恋人と結婚してしまった男がいて、結局は自殺するときひとつのメッセージをのこします。「記憶してください、私はこんなふうにして生きたのです」というメッセージがその核心ですが、われわれ小説家は、同時代の人びとにたいして「記憶してください、私はこんなふうにして生きているのです」という、ときにはみじめなメッセージを送りつづけているのではないか。また読者が一冊の書物を読むことによってそのメッセージを受けとり、逆に自分はどのようにしていま生きているのかと、なにものかにたいして記憶をもとめる、そういうことがあるのではないか。そうしたコミュニケイションがわれわれ同時代に生きる人間のあいだにおこなわれている、その意味あいにおいてのみ、ひとつの時代に加担して小説を書くということの意味があるのじゃないだろうかとぼくは思うのです。このような側面として、同時代に生きている書き手と受け手にとっての小説、ということで小説の機能を説明する意味をこめた、同時性という言葉を確認することができるのではないかと思います。しかもそれは単に小説の機能のみにかぎることではありません。われわれが同時代に生きている、ある人間とある人間とがおなじ時代に生きている、ということの本質的な意味にそれはふれてゆく契機でもあるとぼくは思うのです。

じつはきょうまことに辛い事実が報道されました。それは昨日（二月二十六日）広島で浜井信三氏が六十二歳で亡くなられたという報道です。浜井さんは広島に原爆が落ちたとき、市の配給課長でした。市民のための配給関係の仕事を全部やっておられた。氏自身も原爆によって被爆されたわけですが、同時に一般の民衆、なん十万という広島の人たちが傷ついている、着るものもない、たべものもない、そういう危機に配給課長として、いわばすべての広島の人たちの生命を預からざるをえない位置におられました。そこで傷つきながら浜井さんはじつにめざましい行動をおこします。軍隊に、県庁に、直接働きかけて食糧を衣類を確保した。そうした現場の努力によって被爆した広島を立ちあがらせ、生き延びさせたひとりです。原爆が落ちたあとのひとつの都市に自分がひとりで立って、どのようにして自他ともに人間的なるものを恢復すべく行動をおこすかということを、具体的に想像することはまことに難かしいはずです。ところが現実にそうした状況に、ひとりの男がいた。その男はこのような反・日常的な状況において平常心をもちこたえて、たべものの配給とか、衣料の調達とかの手段を確実に恢復しようとつとめる。すべての配給系統が断ち切られてしまっている。自分の部下たちは死んでしまうか、傷ついている、かれ自身もまた傷ついている。それでいてかれは頭のかたい軍人を相手に、配給系統を組みたてなおしてゆくのです。たとえば軍隊へゆくと、毛布のストックが多くあるのですが、それを被爆した市民にくれといっても、相手の軍人は突然立ちあがって、えいっ！　と気合をかけて、軍刀で板に切りつけたりする、戦争末期のデスペレートな気分になっている軍人なんです。結局はその軍人自身がまともな素朴な心をもっていたことは、その後の行動で確実に示されますが、当面のかれは戦争が終ったということ、原爆という抵抗不可能の巨大な破壊力をもったものが落ちてきたということでうちのめされている。かれの顔は破滅のほうにむかっている。いわば世界の終末をかれは予見しそうなところにいる。ところが、おなじ状況に、もっと無防備で立ちながらも、浜井さんは積極的な方向に、生き延びる人間の方向にむかっている。世界がなお未来にむかって存続するという方向にむかっているわけです。かれは地味な活動だけれども、大量の乾パンを見つけてきたり、例の毛布をもってきたりして、具体的に確実に民衆の生活をすこしずつ恢復させる仕事をした。もしそれがなければ——かれの行動とか、原爆病院長の重藤博士とかの行動がなければ、原爆後の広島での生命にむかう最初の方向づけを誰がなしえたろうと疑われる、そういうことをやりとげた人間が浜井さんです。その後、つねに一貫して広島の都市と人間の恢復という方向にむかって努力しつつ生きたのが浜井さんの戦後でした。永く広島の市長だったことは誰もが知っています。

しかも浜井さんは市長としての有能な活動をしたのみならず、世界全体にむかって、人類の頭上に原爆が落されたことの意味あいを確実に認識させようとする活動をもつづけられました。広島が外国から募金をする、とくにアメリカから外債を募集する。そして広島に大きい平和産業をつくるという活動です。原爆における加害者たるアメリカ人をもふくめて全世界の人間が、原爆という大洪水以後の人間の復興ということに、あるいは原爆の本質的に内包する人間の滅亡という契機への全的な否定ということに参加することだという意味づけから、浜井さんは出発したのでした。アメリカにおける外債の募集の責任者がマイク正岡という人物ですが、かれはいまはじまろうとしている募金が非常にうまくゆくだろうという予測を浜井さんに知らせています。ところがまさにそのとき、一九五四年の三月一日、ビキニ環礁で水爆の実験がおこなわれた。それを契機にアメリカの世論がすっかりひっくりかえってしまったのです。それまでは原爆の災害にたいして人間的に復興するための努力をする、原爆の悲惨を生き延びる、それにさからって生命を確保するという方向づけにおいて、広島の復興基金に参加しよう、それでもって本質的には、明日の自分を救助しようというのがアメリカの民衆の世論だったわけです。ところが、ビキニ環礁における水爆実験によって、たちまちそのタイプの世論はくつがえり、募金もまたすっかりだめになってしまった。水爆をなおも強めていくことによってアメリカおよびアメリカ市民の安穏をはかるのがいちばんではないか、という、明日を生き延びようとする欲望の点ではさきの世論とおなじであるが、方向は逆の世論が一般的になったのです。そのとき浜井さんの生涯においてのまことに最悪の挫折があらわれたのだとぼくは思います。それはもしかすれば、われわれ原爆後に生き残った日本人と、人類すべてにとっても、もっとも大きい曲り角だったのじゃないかとさえぼくは思っています。すなわち原爆にたいして、それのもたらす悲惨を直視し、克服することで原爆後の今日を生き延びる人間のための運動にむかって世論がおころうとしていたところへ、より大きい威力をもった水爆が実験された。民衆は水爆の威力に頼って生き延びようという方向に転向したのでした。こうした根本的な挫折を体験したあと、しかもなお浜井さんは政治的な実践家として活動してこられたわけですが、今度、市長をやめて参議院議員に立候補しようとしておられた。そのための演説をしたあと、突然に二度ほど苦しげな呻き声をあげて、そのまま心筋梗塞で亡くなられたということであります。浜井さんが左翼連合の候補というような位置でなく、民社党の候補で選挙にのぞまれようとしていたことも悲劇的に感じられます。われわれとおなじ時代を浜井さんは生きてこられたわけですが、しかしじつは浜井さんは、むしろ原爆によって悲惨な死をとげたなん十万の人びとと一緒にのみ、真に生きているのだという感じのメンタリティをもっておられた方だと思います。それはまた人間の生きてゆくかたちのうえでの同時性ということの意味あいを、これまでのべてきたのとは逆の方向にひろげて認識させる役割りを果すものだとぼくは思うのです。すなわちひとりの生きている人間が、すでに死んでしまったなん十万の同志と一緒にのみ生きようと決意するとき、かれにとって同時代を共有しているのは生きている他人ではなくその死者たちだ、ということですし、その死者たちは生きているひとりの男とともにこの時代をなお生き延びたのだということです。

画家のゴッホが、親戚のある男が死んだときに、未亡人に絵を送ってそこに、「生者の生きんかぎり、死者は生きん、死者は生きん」という意味の詩を書きつけて贈った、ということは広く知られています。まさにその意味あいで浜井信三さんが生きているあいだ、広島のなん十万の死者たちが、浜井さんとともに生きていたのでしょう。そしていまや、その中核であった浜井さんが死んでしまった、それはあらためて広島のなん十万もの死者が死んでしまったということです。そういうとき、できるならばわれわれは、浜井さんの魂においてともに生きていた死者たちの数多い魂のいくつかをなんとか分担してひきうけなければならない。すくなくともわれわれ自身がもういちど浜井さんとともに、広島の原爆による数十万の死者をあらためてよみがえらせる努力をしなければならぬとぼくは考えております。ぼくは深く浜井信三氏の死を悼むものです。

ふたたび問題を一般化しますが、浜井さんが生きておられたあいだ、広島の死者たちが浜井さんとともに同時に生き延びていたのだと、考えるのが妥当であるように、われわれの意識のなかでも、そこに同時的に存在しているのは、単にいまおなじ時代を生きている人たちだけにとどまりません。たとえば、ぼくが現に生きているということは、同時代に生きている人たちと一緒に生きていることではあるけれども、たとえば友人で、フランスで自殺した人間がいますが、そういう友人のことはやはりつねに、自分はかれと同時的に生きているのだという気持を失うことができません。しばらくまえ、ぼくの先生が、自分はもう六十歳をこえて、生きている友人よりも死んでいる友人のほうが多くなった、そこで死にやすくなったと感じる、死んでしまった者たちの世界のほうに、むしろ自分と深くかかわった世界があると感じられるのだ、といわれたことがあります。きみもいま死が恐くてもゆっくり待てばそのようになるだろうと、いわば、勇気をつけてくださったわけです。ぼくはそれはほんとうだろうと思いました。考えてみれば、自分と同時的に生きている人間として能動的に誰を選びたいか考えてみると、ぼく程度の年齢でも同時代に生きのこっている人間より、すでに死んでしまった人間たちのほうに重点がかかるかもしれないからです。実際、ぼくが自分の死について考えて、意識のうちに共生感をもちつつ思いうかべてゆくはずの人間を考えてみると、その人間と同時代を生きてきたからという理由で選択することはあまりないのではないだろうかと思います。それは小説において同時性ということが問題にされるところのもうひとつの契機として検討すべきだろうと思うのです。

ぼくの体験にそくして申しますと『万延元年のフットボール』は、ぼくの最初のプランではいわゆる歴史小説だったのです。万延元年に起点をおいて現代に、とくに百年後の安保の年にいたる歴史的時間を追ってゆく小説にしたいと思っていました。そこで技術を学びたいと思って様ざまな歴史小説を読みましたが、そのうち、結局は常識的なひとつの発見をしました。それは結局どのような歴史小説の作家も、歴史的時間をさかのぼって視点をすえながら、じつはかれの想像力は、この現代に深く根づいているということです。卑近な例をあげれば、たまたまナボコフの『ロリータ』が翻訳されて話題になっていたころの日本の時代物の大衆小説に、「そもじの名は?」とニヒルな武士がたずねると裸の白人女が、「アイ・アム・ロリータ」と答えるという場面がありました。この作家はなんとかこの今日の現実から自分の想像力をひきはなして、過去のある時代に参加してゆきたい、その歴史的な時間でのニヒルな武士に自分を一体化させたいと思っているけれども、その想像力のどこかに、いまかれを現実的にとらえているロリータのイメージがある。そこで「そもじの名は?」「アイ・アム・ロリータ」ということになったんだろうと考えて愉快な読書経験をあじわいましたが、ぼくもまた、まず万延元年に自分の想像力の触手をもっていきたいと考えながら、そう考えている自分自身の足をとらえている今日の現実をほうっておくことができない。たとえば万延元年に四国の山村でおこった事件を追ってノートをつくりながら、どうしても意識せざるをえないのは、いま自分がこれを書いているのは自分自身の意識と肉体をつつみこんでいる現実の時間のなかだということでした。現実のぼく自身の内部と関係を断って万延元年にむかい、タイム・マシンにのることはできない。それではどうなんだろうか、自分にとって万延元年が重要なんだろうか、それとも今日の現実が重要なんだろうか、と小説を書きなやんでいる自分に問いつめると、やはりこの現実が重要なんだとしか答えようがないのです。もっともこの現実が重要だけれども、ぼくは想像力をこの現実のみにとどまらせておくことにも不満足だ。もともとぼく自身の想像力は万延元年という一時点を、小説のうちに設定するという発想によって、根本的に喚起されているところがある。万延元年という時点と、一九六〇年代の今日という時点があって、そのあいだを自分の意識がたえずいったりきたりしている。万延元年にむかって意識を集中することによって、今日の現実をこえてゆくけれども、万延元年にいたると、その運動自体によって、そうした意識の動きのそもそもの動機が、自分の生きている現実にあるということを認めざるをえない。おそらくは、万延元年が必要なのでもなく、われわれの時代のみが必要なわけでもなく、むしろそのあいだをいったりきたりする乗りこえ作業が問題なのだ、万延元年と一九六〇年とのふたつの陣地をいったりきたりするボールのような自分の意識が、もっとも重要なのだということにぼくは気がついたのです。そこであの小説のかなり奇妙な時間構造ができあがったわけです。

そのときに考えたことは、結局、歴史とはどういうものなのだろうという根本的な疑いでした。歴史ということを根本的に考えつめてゆくとどういう実体にぶつかるのだろうか。端的にいって、いまここに歴史は実在しないわけです。われわれはいまここに生きているけれども、万延元年の歴史的時間における現実の総体はすでに過ぎ去ってしまっている。どこにも存在しない夢の思い出にひとしい。もっとも人間は複雑です。はじめ例を犬にとりましょう。たとえば現在ここに一匹の犬がいるとする。その犬にとっても、かれが突然になにかの異変で犬になったわけではない。人類史そのものほども古くから祖先の犬がいたわけですが、しかしこの現在の犬はその祖先たちの歴史についてなにも知らない。かれの意識に犬の歴史は不在です。かれはただ、自分の生きている現在そのもののみが重要であるから、なんとか苛酷な現実を生き延びようとして、郵便配達夫に吠えついたり、御主人に尾をふったりしているわけでしょう。しかもなお、犬の歴史は相当に由緒正しく存在する。ただ現実的な犬が歴史的な犬を認識できない、先祖への想像力をもたないということにすぎない。ところが、われわれ人間は歴史の諸段階を想像することができる。歴史のうちに、ある現実の一面をはっきり想像することはできるけれども、具体的に犬とちがった、過去のあらわれかたがあるわけではない。われわれも、犬同様に、タイム・マシンに乗って過去にゆくことができるのではない。また未来にゆくことができるわけでもない。われわれには現実の現在しかない。そこから出発すれば人間の歴史は、結局のところわれわれひとりひとりの生きている時間のうちにすっぽり包み込まれているものにすぎないと考えるほかはないでしょう。それは小林秀雄氏がもっと精密に考えておられることです。しかもなお、われわれに歴史が存在する。それはわれわれが自分自身の想像力によって歴史のなかにひとつの同時性を発見するからではないだろうか。ぼくが万延元年に生き死にするひとりの人間にたいして、いま生きている自分のイマジネイションを投入していく、その行為によって万延元年という歴史的時間があらためて生きはじめる。ぼくとの同時性をもちはじめる。それは現実に生きているぼくの意識のなかにおこる想像力の作用にすぎないが、しかし、それをこえているところもあるのです。かつて万延元年という歴史的時間が存在しなかったとすれば、今日の現実のぼくのそうした想像力の発揮もないだろう。じつはいまそうした想像力を働かしているところのぼく自身を逆に決定しているのが、それが万延元年なのです。そうしたかたちで万延元年が一九六〇年代とともに、ぼくの意識のうちにおいて同時性をもちはじめる。それもまた文学における同時性の重要な機能だといわざるをえないでしょう。

それを歴史的な同時性というふうに呼ぶとすれば、こんどはまた個人をこえた同時性というものも考えねばなりません。歴史について考える場合、われわれは個人の意識の暗闇をとおって過去にむかっていくのですから、それを個人的な次元で歴史的時間をこえる同時性とみなしていいかと思いますが、その逆に、個人の意識では把握不能の同時性を、いわば同時性の全体をとらえようとする意図を小説家がもつ場合があります。最近ではトルーマン・カポーティのいわゆるノンフィクション・ノヴェルに『冷血』という作品がありましたし、また戦後すぐにはジャン゠ポール・サルトルに『猶予』という小説がありました。これらの共通の特徴はあるひとつの事件、あるひとつの時代の動きを、綜合的に描こうとすることとです。ある状況のなかで生きている個人にしてみれば、状況は一面的にしか理解できない、一面的にしか見ることができないというのが一般でしょう。それをあえて、綜合的にとらえてゆこうとする方法、ひとつの状況の復元を全体的に達成するために、様ざまな側面の要素を同時性を支えにしてすべてとらえながら復元してゆく、という方法が文学にあります。たとえばこの会を例にとりましょう。ぼくの意識のなかでは、ぼくがいま話していることを、なんとか受けいれられている、反撥しながらにしても一応は聞いてもらっていると思ってぼくは話しつづけているわけです。ぼくの意識において会の進行は、ぼくが話し、それが受け手によって聞かれているという形式で進んでいるわけです。ところが、たとえばそこにおられるあなたの意識ではこの会はおおいに別のものでありうるわけです。話は進行する、おれは聞いていない、さあ眠ろう、というかたちで進行しているのかもしれない。しかし、それはぼくの意識のがわからはわかりません。それを綜合的に書こうとすれば一九六八年二月二十七日の最悪の経験とでもいうタイトルで、かれが話している、もうひとりのかれは聞いていない。受けとめられていると信じてかれはなお話しつづけている、もうひとりのかれはついに眠る、というふうに綜合的、多面的に書くことになります。そういうかたちで、個人の意識をこえた全体性をもたせながら書くことのできるスタイルはあるのです。実際に『冷血』では、殺人者がかれらの殺害すべき家族のところへむかってゆこうとしている、殺さるべき人びとはごくありふれた日常生活をつづけている、という現実の二側面が同時的に描かれます。この気の毒な一家は、殺されることをあらかじめ知っているのではない、また殺人者たちもかれらが到着するまえの殺される人間の生活はもとより、その意識の内部を知っているわけではない。実際の殺人事件は、ある男たちが不意にやってきて目のまえにいる見知らぬ他人をなぐり殺すというかたちか、殺されるほうが、突然にあらわれた他人にいま殺されるんだ、と認める、そういうかたちでの意識へのあらわれかたしかないわけです。異なった場所で、異なった人間の心においておこっていることを綜合的に認識しうることは誰にもありえないけれども、このスタイルの小説の書きかたでは、読者がその両方をともに認識することができます。凶暴な男たちは殺人の現場まで、もう五マイルのところについた、殺さるべき人びとはコーン・スープを飲んでるところだ、という調子で書くことができる。

しかし、それはなんでも知っている神の視点なのか、という批判があります。モーリアックを批判してサルトルがおこなった糾弾がそれです。ところが当のサルトルの『猶予』にたいする批判のうちにサルトルこそ神の視点を援用している、という反批判もありました。『モーリアック氏と自由』という文章でサルトルがおこなった批判は、サルトル自身にかえってくるという、わが国でもおこなわれた批判です。しかし、ぼくはやはり、これは神の視点ではないと思います。それはいわば「時代」の視点だと考えるべきでしょう。そしてこの意味での「時代」とは「歴史」とおなじく、われわれが自分の個人的な意識でもって認識するところのものよりほかではないと考えるのです。われわれがひとつの時代を生きている。そしてきのうおこった事件を考えてみようとする。そのときわれわれは、ごく狭く一面的に理解することを望むのではなくて、可能なかぎり多くの側面からの意識をよびおこして、それらを綜合してひとつの事件の全体をすっぽりくるみこみたいとねがうでしょう。ナチスがチェコスロヴァキアを屈服させるという、ひとつの巨大な事件がある。サルトルもその同時代を生きていたさなかにおいては、それをごく一面的にしか意識しえなかったでしょう。しかしかれが、小説家としてその事件を再現しようとするとき、同時代に生きたあらゆる人間の視点においてそれを綜合したいという野心をいだくのは当然です。その場合のサルトルの方法は神の視点の採用ではない。時代そのものの視点にせまることをかれは希望するのです。それはサルトルが現実の事件の数年後に、ひとりの人間としてあの時代をどのように認識しているかということを示す視点であり、すなわちそれもやはりひとりのなまみの人間の視点なのです。ひとりの人間の意識のうちに綜合的にみちびきこまれた、同時的に生きている様ざまな人間の視点の総体なのです。それは自分と同時代に生きている他の人間が存在する事実を認識することをつうじて、ひとりの人間がひとりにすぎない限界性をこえて、ひとつの時代を綜合的に理解するためのバネをえることができることを示します。個人の限界をこえて時代を綜合的に理解するくわだてという意味で、小説の世界における多面的な同時性の導入ということのひとつの機能をこれは示すだろうと思います。

事実われわれ自身、現実生活でも、近い過去のことどもについて考える場合は、一般にこの方法を用いていると考えて大きいまちがいはないのではないでしょうか。そして、この方法では、自分がいったん一面的に体験したこととの全体を、あたかも新しい体験がいまおこっているかのごとくに、深い緊張感をあじわいながらあらためて体験するということが可能です。いったんおこったことは、すでに過去の事実で、きまりきったことである、すでに完結してしまったことである。しかし、そこに自分の視点をこえた、様ざまなかたちで同時代的に存在している人間の視点をみちびきいれることによって、あらためて現実的な緊張感を喚起しつつふたたびそれを体験することができる。これもまた想像力の機能の中心的なひとつであって、それをわれわれはいったんおこった現実的事件の再現では、ほとんどつねに援用しているのです。

さて、具体的に現実世界における同時性、小説世界の同時性を考えながら、これまではおもに過去のある時点についてそれをどのように綜合的に理解するか、という方法をめぐって考えてきましたが、いま現実に進行しているところのものと同時的に自分が生きながら、それをとらえようとしているときの同時性ということ、すなわちこの問題の核心にすえるべき問題がのこっていると思います。たとえばわれわれは、ボクシングの試合をテレヴィジョン中継で見ます。そして興奮した時間をすごす。ところが、おなじものを翌日ヴィデオテープで見るとほとんど興奮しない、ということがあります。昨日の実況中継を見ていなくて、はじめてヴィデオで見ても、まったく興奮しないということがむしろ多いように思います。それはなぜなのだろうか。テレヴィジョンで見ているボクシングの試合が、いま現実に進行しているのだ、と感じることでわれわれがもつ緊張感、激しい緊張感、それが翌日のヴィデオテープを見るときには、すっかりとはいわないにしても多分になくなっているということ、それはやはりおなじ現実的時間に同時的に存在しているということが、それだけでもいかにわれわれの意識を緊張させうるかを示すでしょう。そして、その意識の緊張は当然に、ボクシング・ゲームのよしあし自体にかかわっているよりも、ボクシングという人間の闘いが、いま自分の生きているとおなじ時点でおこなわれているのだという、同時性の認識にかかわっている。それは同時性という要素がわれわれの意識、われわれの想像力をどんなに端的に緊張させるものかということを示すはずです。

まだ数日前のことですが、日本中の誰もが知っているように金嬉老というひとりの在日朝鮮人が、ライフル銃とダイナマイトをもって官憲に対抗しつつ閉じこもりました。ぼくはテレヴィジョンであの事件の全体を見ながら、いやその全体はこれからでてくるデータでもっと補強されるでしょうが、じつに様ざまなことを考えざるをえませんでした。それはまことにわれわれ日本人に全体的な緊張を誘う事件だったと思います。あの事件によってわれわれの意識はまことに緊張した。そして意識の緊張がもたらすバネにたすけられて、またはせきたてられて、在日朝鮮人の問題について、あるいは日本人自身の問題について、われわれは自分の想像力をまことにフルに回転させたと思うのです。数年前の李少年の事件を、あらためてこれを契機としてこれまでより本質的に考えつめてみた日本人は多いはずだとぼくは思います。そのうちあの事件は終りをつげた。かなり卑劣な方法で官憲は犯人をつかまえた。そのときテレヴィジョンを見つづけていたぼくにとってもっともショッキングだったのは、それまで金嬉老の抵抗をつうじて在日朝鮮人の問題、ひいては日本人の問題を鋭く深く考えようとしていたかにみえたテレヴィジョンの解説者たち、あるいは放送記者たちが、突然にその大切な想像力のルートをわれとわが手で断ちきってしまったということです。その後の報道では、単にひとつの犯罪事件があった、犯人はダイナマイトとライフルをもったうえに、人質をつかまえた凶悪な人間であった、というくらいのことにしか報道者自身が事件を考えていない。もうかれらの誰も緊張していない、かれらの想像力は死んでいる、そういう転換があったことです。ぼくはそれに衝撃をうけペシミスティックにならざるをえませんでした。ボクシングの試合なら、それが終った瞬間に忘れてしまっていいでしょう。ボクシングの試合が終ったとき、それが進行していたあいだわれわれがもっていた緊張感も、レフリーの叫び声とともに終るのです。しかし、今度の事件はその種のものではない。金嬉老という在日朝鮮人の今度の事件は、ひとりの人間がかれの生涯ではじめての全的な自由を確保しようとした行動だったはずではないでしょうか。サルトルのいうように、われわれがある巨大な抵抗を乗りこえてゆくためには、われわれの想像力の世界に、現実では一般に漠然たる対象にすぎぬものを、具体的によびおこし、それをいちいち否定してゆくことによってのみ、われわれが自由になる、乗りこえうる、ということがあるのです。金嬉老もひとつずつ乗りこえてゆかなければならない。乗りこえるべき相手は国家権力です。ところが、在日朝鮮人にとっての日本という国家の権力は非常に漠然たる、つかみがたいものであって、しかもそれゆえになお異様に強力なものである。それを金嬉老はライフルとダイナマイトをもって閉じこもることによって、眼のまえに国家権力を具体的によびだし、それに対抗しうる自分を見出したし、自分のまえに具体的なかたちをとってでてきた国家権力を見つめることができたのです。そしてまた日本中の人間にむかって対等に、在日朝鮮人の問題とはなにかと問いかけることができたのです。もっともテレヴィジョンを見ている日本人たちは、じつはなにを考えているかわかりやしないのですから、それは金嬉老にとって、その意識のなかだけの達成、その想像力のうちだけの問題にすぎなかったのかもしれない。しかしあれらの瞬間において、かれはそのように生きていた、言葉の真の意味で自由であったのです。あのとき、これからどうなるかわからないということ、これからどういう現実が展開するかもしれないという、同時性の根本的な問題にかかわる興奮において、われわれも集中してテレヴィを見ていたのでした。それは金嬉老がつかまった瞬間に、ボクシングの試合が終ったときのように、すべて泡のように消えさせてしまってはならないものを多くふくんでいたはずです。われわれ自身の想像力のうちにそれが喚起したもの、それがのこっていなければならないはずです。ボクシングの試合は終ればそのままだけれども、金嬉老の事件においては、かれはひどい状態でつかまえられてしまったけれども、国家権力の問題は現にのこってわれわれのまえにある。在留朝鮮人の問題はより鋭くなってわれわれにつきつけられている。それにたいしていったんひらかれたわれわれの想像力は、テレヴィ解説者がやったようにすぐにはとざしえないものだし、また、とざしてはならないはずだと思うのです。

昨年九月に、ユニバーシアード大会が開かれましたが、その閉会式の行進に、大韓民国の代表団の女子選手たちが、わが国の皇太子のまえを通りすぎるとき、朝鮮の古い風習の大礼というものをおこなった。すわりこんで、頭を床にこすりつけて祈るところの大礼をおこなったそうです。それを聞いてぼくは在日朝鮮人の問題が、じつは韓国に生きる朝鮮人の問題ともつながってわれわれの天皇制にかかわりつつここに出てきていると思いました。それについてよく考えてみなければならないと思いました。

ひとつの事件がよびおこしたもの、われわれの生活と同時的に進行したある事件がわれわれにたいしてかきたてつづけたもの、それを、いったん現実的な具体的な意味での、同時性が失われた後にしても、なおそれ以後、想像力の世界において同時性の血をかよわせつつ考えつづける力、それをぼくは人間の現実生活におけるもっとも重要な能力のひとつなのではないかと考えているのです。われわれは現実世界において、様ざまな事物、人間についての同時性の統一をおこないつつ綜合的に考える能力を、できるだけ広げてゆかなければならない。また過去をふりかえっても、または未来にむかっても、それを広げてゆくことを考えなければなるまいと思います。緊急の課題として、われわれはその能力を、沖縄にむけて広げてゆかなければならない、朝鮮にむけて広げてゆかなければならない、これらの人びととひとつの状況を同時に生きているのだという感覚を強めねばならないのだと思うのです。われわれは地理的に横にむかって、すなわちわれわれの現実の周辺にむかって、そこに同時的におこっていることの全体を感じとりうる能力を広げてゆかなければならないし、おなじ能力を過去にむけても未来にむけても広げてゆかなければならない。しかもそれが同時性の認識という問題である以上、あくまでもその核心にあるのは、われわれのひとりひとりが一個の人間として存在しているということです。それを考えることは、われわれの想像力の核心もまた、やはりわれわれひとりひとりの生きかたそのものであるということをあらためて認めることでもあるだろうと思います。小説家がつねづねめざしていることは、小説を書くことによって自分の同時性の感覚を確実に広げていくことですが、結局は人間が社会からすっかり隔絶して生きることができないということがある以上、また人間が歴史的な過去と未来から切りはなされた存在ではありえない以上、文学もまた他人から隔絶してありうるものではなく、歴史から隔絶してありうるものでもありません。それを考えつつ文学とはなにかと設問することは、現実にわれわれが様ざまな人びとと同時的に生きていることの意味、歴史にかかわって様ざまな時代と同時的に生きているということの意味をあらためて考えることだと思います。小説において、過去にむかい、未来にむかい、あるいは自分の周辺のすべての方向にむかう想像力は、現実生活において歴史にむかい、あるいは地理的な広がりにむけて発揮される想像力の機能とおなじものであって、それらはともに、あるひとつの未来にむかっておこなわれる、想像力の方向づけということになるはずであろうと思うのです。そのとき、文学は絵空事ではありません。

（一九六八年二月）

3　アメリカ論

ひと月まえ、オーストラリアへ旅行しました。そしてこれからすぐアメリカへゆこうとしていますが、まだヴィザが出ない状態でその交渉をしているところです。そのアメリカへ旅立とうとするまえにアメリカについて話すことは奇妙かもしれませんが、これまでぼくがアメリカについてどういうイメージをもってきたのか、アメリカにむけてどういう想像力を働かして、安保体制下の日本の現状では、まことにこの切りはなしがたい国アメリカと、ひとりの日本人である自分との否応なしの関係についてどのように考えてきたかを話したいと思うのです。いまアメリカにゆこうとしているひとりの日本人が、どういうアメリカ観を旅行鞄とともにもちはこぶのか、という話になるはずです。

そのアメリカについてのぼくの考えかたですが、それを話すことをまず、オーストラリアの旅行の話からはじめたいと思います。その理由はしだいに理解していただけるはずです。オーストラリアの古く美しい、かなり特殊に美しい、都市アデレイドでぼくはドイツの詩人のハンス・マグナス・エンツェンスベルガーや、フランスの小説家のミシェル・ビュトールとかと一緒にしばらく暮したのですが、とくにビュトールのこういう言葉が記憶にのこっています。それは公開の席でのはじめての演説のうちにふくまれていましたが「オーストラリアについて自分はいろいろなことを訊《き》かれるけれども、まだなにも答えることができない」とビュトールは話しはじめたのです。それはオーストラリアをいま自分が体験しているのだけれども、それがほんとうの内的な体験に、ほんとうの内的な経験になるためには時間が必要である。これから自分のうちに少しずつオーストラリアが内的な経験として固まりはじめるのだ。それを自分は待とうとしているのだとビュトールはいいました。それがぼくにあらためて考えさせたのは、ぼくもまた三年ほどまえにアメリカにはじめて旅行して、それ以来、自分のうちになにがおこっているかということです。あのとき自分の眼がアメリカを見た。現実のアメリカを見ているときも、もちろんアメリカという存在を体験しているわけですが、それが森有正さんの意味づけられるような言葉による、ほんとうの経験になっていくには、自分の内部の経験となるには、まだ多くの時間が必要であろうということを、ぼくもまた考え、考えつづけているからです。現実に自分の眼で見、耳で聞くアメリカが、もう一度自分の内部で再構成されてゆく。それは当然に想像力にかかわって再構成されてゆく、その結果はじめて自分自身の経験となってゆく。そのあとで、むりやりそれを自分の内部から切りとってしまうならば、自分の本質的な部分がなにか欠けてしまう、そのような自分の実質にかかわるところの、ほんとうの経験にするためには、ぼくはなおいくらかのときが必要だと考えているのです。オーストラリアについてもまた、おなじく、ぼくはいま少しずつオーストラリアを勉強しはじめたところだというべきですが、いまの段階でぼくはそこにアメリカの写真が、それも陽画と陰画をこめた写真があると思っています。すなわちオーストラリアという国の現在には、アメリカの過去と未来とが同時的にそこに共存しているという感じをぼくはもちかえったと思うのです。それは単にぼくひとりの考えではないようです。ドナルド・ホーンというすぐれたジャーナリストが現代のオーストラリアについて『ラッキー・カントリー』という本を書いております。ラッキー・カントリーというと幸福な国とでもいうのでしょうか、運のいい国、ついている国、一九六〇年代のオーストラリアをさしてそのように呼ぶ本を書いて、それが評判になり、改訂版がオーストラリア・ペンギン・ブックスにはいっています。このホーンは《ブリテン》というオーストラリアの週刊誌の編集長をやっていた人です。この週刊誌は、われわれオーストラリアを訪れた作家たちについても評論をおこないました。エンツェンスベルガーについては、「あまり栄養がよくないエフトシェンコ」といって、昨年でしたかオーストラリアの女性たちをもっとも熱狂させたソヴィエトの詩人に準じてほめました。ぼくについては「英語に関するかぎり他人とのコミュニケイションがうまくゆかない人間のようだ」と書きましたがそれは日本語においてもそうだと書いたなら、もっと適切であったろうと思います。ともかくそのオーストラリアで代表的な週刊誌の編集長をやっていた人物が、このドナルド・ホーンなのですが、かれもまた、オーストラリアにはアメリカの過去と未来とがあると指摘しています。ぼくはそれをほんとうにそうだと実感しました。たとえばわれわれの滞在したアデレイドという都市は植民地時代を思わせます。現在まだオーストラリアはイギリス連邦のうちにありますけれども、まことにそれ以上の感じがあります。そして植民地時代のアメリカは、こうじゃなかったかと思われるようなものにしばしば接します。たとえば公開演説のあとのパーティに出るとすると、ぼくは絶対に五十人のおばあさんに握手しなければなりませんでした。そのおばあさんたちがそれぞれに、イギリスの童話に出てくるような服装をしています。態度も言葉もそうです。これらのおばあさんがいかにスノビッシュであったか、それは圧倒的でした。こういう人たちを中心に、市の文化生活、あるいは社交生活がなりたっています。

もっともそれと同時に、このアデレイドをふくむ州では労働党が政権をにぎっている、そこがおもしろいところでしょう。すなわちこの都市の中心に非常に古いイギリスの幻影をオーストラリアでもちこたえようとする人たちがいる。同時に、そういう人たちもまた一票を投票するときには、労働党に投票せざるをえないというのが今日のオーストラリアではないかと思うのです。オーストラリアの北部、アデレイドの反対側に、性格もおよそ逆の、ダーウィンという港湾都市があります。戦争中に日本軍が爆撃して全滅させたところです。そこから飛行機で少し飛ぶとグルート・アイランドという島がありますが、その周辺はいまなおちょうど西部の開拓時代とおなじような具合です。いまなお、というより、いままさに、でしょうか。労働者たちがキャンプしていて、娯楽設備などはほとんどなく、午後六時から一時間だけ集まってビールを飲む、そういうストイックな労働生活をおくりながら、マンガン鉱の採掘工場を中心とする市街をつくりあげようとしている、それはまさに西部です。アデレイドからやってくると奇妙な感覚にとらえられます。そういうかたちで、オーストラリアという国は端的に多様性をそなえている。南北戦争以前のアメリカと、今日の未来にむかって進んでいくアメリカとが共存しているような国なのですが、そこであらためてぼくがオーストラリアに発見するアメリカ的な性格とはなにだろうかと考えますと、それはオーストラリアの現代人の心に、異様に暗いもの、巨大なもの、奇怪なもの、人間の意識をこえた大規模のそうした存在にたいする恐怖心があり、同時に、そういうものにあえて挑戦してゆこうとする冒険心があるということではないか、それこそがぼくがアメリカ人の心に、またはアメリカ文化のうちに見出しているものと似ているのではないかと思うのです。アメリカにむかってやってくる移民の歴史を書いたオスカー・ハンドリンという学者の『The uprooted』という本があります。この「uprooted」という言葉は根っ子を引き抜かれた、根こそぎにされた人びとという意味でしょう。ヨーロッパの古い地盤に根づいて育ってきた人間を、根こそぎにしてアメリカの荒地に運び、そこに植えることであるところの移民。そういう根こそぎにされた人間は、属性として荒々しい自然、巨大な自然、人間の力をこえた自然にたいする恐怖心、畏怖の心をそなえて当然でしょう。それが移民の末裔たるアメリカ人の一つの特性だとオスカー・ハンドリンはいっています。一方ではまた、かれら移民は、いやいやながらアメリカにきたわけじゃない。なんとかアメリカで新しい天地を発見しようと思ってやってきたわけです。しかも、これらの人びとはいったんアメリカについてもひとつところにとどまるのでなくて……たとえばボストン周辺にとどまるのではなくて、西部にむかってゆく。それは巨大な自然、人間に敵対する巨大な力としての自然にたいする恐怖心をもつと同時に、それをこえてゆく冒険心、それにむかってゆく冒険心というものがあることを示すでしょう。この、表面は矛盾しながら深くかかわりあっているふたつの精神がアメリカ人の心をつくっているとオスカー・ハンドリンの考えかたを整理することができるかと思いますが、ぼくはそれは正しい見かただろうと思うのです。そしてそれがオーストラリアの人間のタイプについてもおなじく観察することができたように思うのです。

ここにオーストラリアのひとりの閨秀詩人が書いた詩があります。それを紹介すれば、ぼくがオーストラリア全体に感じているそうした感覚について理解していただけるのではないかと思います。これはジュディス・ライトというオーストラリアでもっとも名高い詩人のひとりの『汽車』という詩です。ジュディス・ライトはオーストラリアの中南部で農場を経営する裕福な家柄の出の人です。まえの戦争のさなかにこの『汽車』という詩を書きました。

オーストラリアが第二次大戦に参戦しようとしている。イギリス連邦に属するひとつの国として、ヨーロッパの戦争にむかって弾薬、銃を送り出さなければならない。オーストラリアのほとんどあらゆる場所で、北上する汽車はすべて鉄砲や銃弾を積んだ汽車であった、そういう時代の詩です。そこでこの詩において汽車、しかも北へむかう汽車と呼ばれるものは、銃を積んでいる汽車にほかなりません。

「夜のなかにトンネルを掘って」というか、「夜の底をうがちながら」というか、「汽車が通り過ぎてゆく、輝かしい力の固まり、神のようにも輝かしい力の固まりであるところの汽車が通り過ぎてゆく。汽車は雷のような音をたてて、果樹園をゆり動かし、若い人たちをその夢の奥からよびさます。年取った人たちの眠りを、ちょうどガラスが光を乱反射させるように飛び散らせてしまう、果樹園の静かに花咲いた枝、枝の上にまっくろな跡をのこして、汽車は北へ、鉄砲を積んでゆく」

The trains go north with guns.

というのが第一節です。

「奇妙な、原始的な、肉のかたまりであるところの心臓が、それまでは静かに眠っていた。しかし薄い肉の壁によっておおわれたところの穴ボコの中にある心臓にむかって貫き通してくる叫び声を聞く。そして忘れていた虎を思いだしてしまう。汽車の叫び声が心臓を貫いて、人間が、ずっと以前に体験したけれども、幾世代ものあいだすっかり忘れてしまっていた虎をよびおこしてしまう。心臓が恐れにかられて、昔なじみの恐怖にかられて目ざめる」

そしてそのつぎなんですが、

and how shall mind be sober,
since blood's red thread still binds us fast in history?
Tiger, you walk through all our past and future,
troubling the children's sleep;

ぼくは英語の sober という言葉が好きです。

「どうして人間の心が sober でいることができるだろうか。どのようにして心を正気のまま保っていることができるだろうか？　われわれ人間は、血の赤い線でもって歴史のうちにしばりつけられているのに」

その血は、われわれが遺伝的に先祖からもっている血ということもあるでしょうが、それと同時に、虎に嚙み殺された死体のおそろしい血でもあるわけでしょう。

「虎よ、おまえはわれわれのすべての過去と未来を歩き廻っている。そして子供たちの眠りを妨げる、そして悪臭を放つ、黒い跡を、夢の果樹園のうちにのこしてゆくものだ。鉄路をこえて汽車は過ぎ去ってゆく。果樹園の白い耕地をこえて勇気を振いおこすような激しい叫び声が聞えてくる、そして汽車は北へ、鉄砲を積んでゆく」

The trains go north with guns.

という詩です。

今日の社会で、われわれ人間は、現在は文明社会ということになっている場所に住んでいて、野放図におそろしくはない状態に生きていることになっています。しかし、われわれの心のなかに、われわれの心臓のなかに、われわれ自身が生きてきた歴史というより、いわば先祖伝来の歴史のもたらしているものがあって、いわば血のつながりというものがあって、それはかつて虎に苦しめられた人間の血がわれわれに流れていることである。また未来に、その虎がわれわれを嚙み殺すべくあらわれてくるのかもしれない。そういうことを感じとることのできる血の流れている心臓をもった、われわれ人間にとって、いったんそういう虎の叫び声を聞くとき、今日でいえば戦争の叫び声を聞くとき、どのようにしてわれわれの心を正気で保つことができるだろう？

子供たちが夢に泣き叫ぶ、あれは結局、そういうわれわれのすべての過去とすべての未来を歩き廻っている虎、あるときはそれは戦乱でしょうし、あるときは疫病であるかもしれないところのそういう虎の声を聞いて子供は泣き叫んでいるのではないか。いまもまた、その虎がわれわれの心の果樹園に黒い跡をのこして過ぎ去ってゆくのではないか。汽車は北へ、鉄砲を積んでゆく。

The trains go north with guns.

という反戦の詩なのですが、この詩の抱懐するところは、ただ戦争にたいする直接の反対ということのみにとどまらないでしょう。

ぼくはこの詩が、明瞭にオーストラリア人の心を占めている暗く巨大なものを提示していると思います。われわれ人間は、いまのところ文明社会に住んでいることになっているけれども、しかしわれわれすべての過去と未来に、大きい虎が徘徊している。その虎の恐怖をわれわれは忘れることができない。それはいま戦争と名づけてもいい、かつては疫病だった、また暴君の圧政だった。しかしともかくそのおそろしい虎の存在がある。そしてそういう存在にたいする深い認識がオーストラリアの人間の心に広くあるのじゃないだろうか。それはかれらがヨーロッパ文明のなかから、やはり根こそぎ引き抜かれてオーストラリアに移民してきた、そういう人びとの子孫であって、しかもオーストラリアの苛酷な自然のうちに生きてきたことにかかわるのではないだろうかと、ぼくは考えるのです。

そしてそれがアメリカ人の心の深みにあるところのものとも端的に照応しあっているのではないだろうかとぼくは思うのであります。アメリカ人の心にもまた、そういう異様に巨大でおそろしいもの、「虎」にたいする恐怖心があり、しかも恐怖心の実在とともにそれに立ちむかってゆく冒険心が深く根ざすところもまたあるのではないだろうか、そういうことをぼくはアメリカ、あるいはアメリカ人という言葉に接するたびに、まず第一の反射として心に浮べるのであります。

アメリカという国には個人的にまことに好意のもてる人間が多いとぼくは感じていますが、なかでもなんだか奇妙な人でぼくに強い魅力をあたえた人がいました。スコット・マクヴェイというふしぎな人です。ぼくがプリンストン大学を訪ねて総長の秘書のマクヴェイさんに会うと、かれはなにを見たいか、といいます。ぼくはじつは、とくに見たいものはないのです。この大学の日本文学研究家たちにお会いできるのはありがたいが、というようなことをいっていると、突然に鯨の話をマクヴェイさんがしました。ぼくも鯨が好きです。そこでぼくらは見学はそこそこに鯨の話を三時間ほどして、別れました。そのマクヴェイさんが最近、いくつかの論文と詩を送ってくれました。論文は『古代に死滅したところの二種類の非常に巨大な鯨について』という研究とか、鯨がいまいかに乱獲されているかを怒る立派な文章などです。そしてこの詩を印刷した小冊子、この表紙の木版は抹香鯨の群れです。抹香鯨が花びらのように頭をあつめてむらがっているところを絵にかいてしかも自分で版木に彫って、それを印刷したのです。それに詩を印刷して百部発行したわけです。表題は『The marguerite flower』、雛菊の花ということになるでしょうか、そうした詩です。きわめてむずかしい詩ですが、その内容をぼくが解読したなりにお話したいと思います。タイトルの下に「ノールウェイ捕鯨新聞、一九六二年十月号における抹香鯨の興味深い習慣についての記事を読んで」という説明がついています。散文に訳して説明してゆきますとつぎのようです。

東洋人の心にも、また西洋人の心にもふしぎに感じとられる出来事がある。それは大きい抹香鯨の振舞いである。抹香鯨が火薬で銛を打ちこまれて、そのかれの命がすっかり消え去ってゆこうとするときの振舞いである。すっかり青く晴れてきらきら輝いている静かな日、鯨たちは寝ころがったり、遊んだりして、陽を浴びてのんびりしている。かれらは確実な死が、鉄の銛をもってかれらに近づいてきていることを知らない。鯨たちは話している、気候もいいし、風も涼しいですねと。そして鯨たちはしっぽの上に躰をおこしたりなどしている。ああ、なんという巨大なコメディアンであることか、非常に巨大な脳をした道化役であることか。かれらの種族の、かれら固有の環境において、数千年のあいだ生きてくることをした祖先以来、数千年来、何百頭の、それらが安全に生きてくる、そういう固有の環境にいたために、非常に大きくなってしまった鯨たち、危険など考えないで大きくなってしまった鯨たち。ところが、そういう鯨としての自分となった歴史のはてに、その最後の瞬間に、突然かつては塩水につかっていたところの土地で、いまは干上って陸になっている乾燥した地帯から、直立した異邦人、すなわち人間がやってきた。そして鯨たちにはまったくわけのわからない理由でかれらを追跡し、攻撃する。このやさしい鯨たちは鉄の銛と戦えない。かれらの肉の中に致命的に突き刺さってくるところの銛と戦う方法などまったく知らないのに。鯨たちは銛を打ちこまれて、数千年のあいだかつて感じたことのない怒りを見出す。しかしかれらは死んでしまう。

それから問題の抹香鯨のふしぎな習慣ですが、その抹香鯨のグループのうちのいちばん首領格の鯨の、おそろしい苦難の色に染められた眼のなかに、はっきりした死があらわれる、すると死体の周囲に、まわりに縁《ふち》のない車のように、軸だけの、輻《や》だけの車のように、鯨が集まってくる。そして一つの生きもののようにふるえる。それはニシワキと書いてありますから、西脇順三郎氏の詩ではないかと思いますが、そのニシワキが美しい詩に読んだところの、マーガレットの花のようになる。死んでしまった鯨が浮んでいる。そのまわりにほかの鯨がずっと放射状に集まってきて、それがひとつの生きもののようにふるえている、それがマーガレットの花のようなかたちになるのだというのです。かれら仲間の鯨たちにむかって、数千年来の自分の祖先たちについて語ってくれたもっとも大きい鯨が死んでしまう。そのまわりに仲間たちは花片のように集まっている。そこで鯨を殺す人間は、ドンと一頭ずつ射ち殺してゆけばいい。雛菊の花片が一枚ずつつみ取られてしまうように、鯨は一頭ずつ死んでゆく。最後にすべてが殺されてしまう。私はおそれとともに考えるけれども、こういう抹香鯨の性質を人間が知ることによって、どんなに多くの鯨の油と肉とが、人間によって浪費されることになったか。あのやさしい抹香鯨たちの美しい花というものがある。どうかこの鯨の習慣についての観察が、抹香鯨がこういう性格をもっているということを、経験的に人間に、それが真実だということを知らせないでもらいたいと思う。経験的にというような言葉を詩に使うところがマクヴェイさんらしいのですが、ともかく、われわれ人間があの大きい鯨というものについてもっと深く知るまで、鯨がどうしてああいう花片のようなかたちをつくるのか、抹香鯨がどうして雛菊の花のようなかたちをつくるのか、そういうことの真の意味をわれわれがもっとよく知るまで、どうか鯨たちに自由に海を歩きまわらせてもらいたい、そういう詩です。

ぼくは、マクヴェイさんはきっといままで詩をしばしば書いてきたのではなくて、ほとんどひとつだけこの詩を書いたのじゃないかと思います。それではなぜこの詩を書いたかというと、鯨を尊敬しているからでしょう。鯨という存在が、もしかしたら人間をこえた知恵をそなえたものなんじゃないか。鯨の頭のなかに人間の知らない神秘、まことに巨大に人間の意識をこえたところのものがあるのじゃないか、それを人間が理解するまでは、ああいうりっぱな存在を殺してつまらぬ罐づめなどにしてはいけないのじゃないか、というようなことをつねづね考えている人なんです。ぼくのところに送ってくれたいろいろな資料も、鯨がどのように消費されているか、どのように射ち殺されていくかということを嘆いている。そういう考えかたをする人なんです。ぼくはそのようなマクヴェイさんを、もっとも望ましい意味でアメリカ人的だと思う。鯨のような巨大なものにたいする畏怖の心、あこがれの念をかれは神秘的なまでにもっている。それを射ち殺そうとする、卑小な人間にたいしては怒りを感じている、そういうところにアメリカ人の心のなかの、人間の限界をこえたものにたいする畏怖の心、尊敬の心、恐怖の心が積極的なかたちであらわれているといっていいのではないかと思うからです。

鯨についてはぼくはマクヴェイさんの話をしながら、メルヴィルの『Moby-Dick（白鯨）』という小説に移ってゆきたいと考えていました。というのも、ぼくはこの小説がアメリカ人の、そうした人間をこえた巨大なものにたいする恐怖および憧れというものを、もっとも明確に示しているると考えるからです。ご存じのように『白鯨』という小説は奇妙なはじまりかたをします。ある青年がいる、イシュメイルといいます。この青年は、陸の上に住んでいると突然気が狂いそうになる。町に飛び出していって、誰かの頭をちょっとなぐってみたくなったりする。そういうときには絶対に海にゆかなければならない。非常に危険だけれども、しかもなお海にゆかなければいけないと考える。それで彼は海にゆく。ナンタケットという島から、鯨を捕る船に乗って出発します。このイシュメイルの冒険への出かたそのもののなかに、アメリカ人の心にある、たとえば狂気という人間的なるものの限界をこえたものにたいする恐怖心と、冒険心が同居している、そういう関係が明瞭にあらわされていると思います。ところがイシュメイルは実際に海に出かけていって、エイハブという船長に出あいます。このエイハブという人物はかつて白い鯨、モビー・ディックという鯨に足を咬み取られた。それ以来かれはこの鯨を殺すまでは絶対にやめないと、非常な憎悪を燃やしている。しかも、憎悪を燃やしているけれども、どうもかれの内部にあるのは単に憎悪だけではない。モビー・ディックという鯨にたいする、なにか人間の力をこえたものにたいする一種の畏敬の念をもまたかれは抱いているように思われます。かれは鯨を追いかけてゆく。常識ある乗組員は、たとえばこういうふうにいいます。あなたがたは、あの白い鯨、モビー・ディックが暴虐だと考えている。暴虐のかたまりだと考えているけれども、鯨が暴れるのは、じつはその恐怖の表現にすぎない。白鯨は非常に暴虐なやつだと感じるかもしれないけれども、それはじつは鯨の恐怖心からくるものなんだと、常識にみちた人間はいいます。メルヴィルという人物はふしぎな性格をもった作家で、こういうときにもまことに科学的なデータを挙げて、その根拠を説明しますが、鯨という生物は消化力が弱い、人間の足一本を消化するために多くの時間がかかる、だから人間を好んで食いはしない、というようなことをいって説得しようとする。ともかく鯨は暴虐なものだといわれるけども、それは恐怖心で暴れているに過ぎないという常識をそなえた乗組員もいる。しかしエイハブは絶対に鯨を追いかけてゆく。最後に白鯨をつかまえますが、その白鯨に射ち込んだ銛の綱が自分の躰に巻きついて、鯨と一緒にかれは死ななければならない。そのときかれがこう叫びます。「わしはきさまにしばりつけられたまま、きさまを追跡し、そしてこなごなに打ち砕けるのだ、さあこの槍をくらえ」

そして鯨と一緒にかれは死んでしまう。メルヴィルがなぜこの鯨を追いかける人間を書いたか、こういう人物のまことに激しくもむなしい冒険を描いてなぜアメリカ文学の典型たりえたかといえば、そういう人間の力をこえたもの、人間に恐怖心をあたえたり、畏怖の心をあたえたりするものにたいするアメリカ人の敏感さというものが、ぼくはそこにあらわれているのだと思います。それはメルヴィル以後、いわばアメリカ文学の本流をなします。なぜフォクナーがひとつの殺人事件について延々と文章を書きつづけるのか、それは結局、ひとつの情熱についてフォクナーが物語りつづけたいからでしょう。それは人間がある瞬間、まことに巨大なものにむかって自分自身をこえてゆくところの激しい情熱をもつ瞬間がある。すなわち人間をこえた巨大なものと人間との接点というか、円と円が触れあうような、非常にかぎられた接点にむかって、人間が情熱をこめて高揚していくことがある。そういう接点をもとめてフォクナーはかれの小説を書きつづけたように思うのです。

それもフォクナーのようなすばらしく大きい作家のみにとどまらないで、アメリカの群小作家の犯罪小説などを読んでみてすらも、そこがかなり明確な特徴なのではないかと思うのです。たとえば犯罪事件がおこると、アメリカ人は一般にまことに科学的であると同時に、なんだかきわめて迷信深くなってしまう。ちょうどマーク・トウエンの小説を読むと、めちゃくちゃに冒険心があるとともに、じつに迷信深い少年があらわれて驚かせますが、現在の様ざまな犯罪事件にふれて群小作家が書くものにおいても今日のアメリカ人の心のなかに、科学的なものと神秘的なものとが結びついているのを見うると思うのです。最近『絞殺』という犯罪小説の翻訳が出ました。一九六二年から六四年にかけてボストンで十一人の女性が殺された。性的ないたずらをされたあとで絞め殺されたり、のどをかき切られたりした犯罪の話です。十九歳から七十五歳、八十五歳の人までが暴行されて殺されたということになっているボストン・スマグラーのまったくおそろしい事件です。一応は犯人がつかまって、裁判を受けたのですが、そういう殺人事件のさなかに、わが国の常識からは奇妙な話なんですが、アメリカの一地方の警察はピーター・ハーコスという心霊術師を雇いいれたのです。この心霊術師がどういう能力をもっているかというと、神がかり状態になると、犯人の性格をぱっといいあてるというわけです。そこで、たとえば犯人は口が不自由だというと、警察は科学的捜査網によって口が不自由な人びとを検挙する。ばかばかしい話ですけれども、実際にボストンの警察が彼を採用したのです。しかも検事などまで、ハーコスという心霊術師の能力を信じてしまったのでした、ある一段階までは。

ある警察官は、ハーコスが署にきているその夜に、夜勤で早く出てゆかねばならないのに、一時間ほどおくれてきた。すると、この警察官が署のなかへはいってきた瞬間に、ハーコスは神がかり状態になっていて、おまえはいま、ある未亡人のところに寄ってきただろう、という。その未亡人は若く美しくて、コーヒーでも飲んでゆきなさいという。いや、いまハーコスという心霊術をやるところのペテン師が警察にきている、自分はそれに会わなければならないから、コーヒーも飲んでいられない、とおまえはいっただろう、という。しかもそのあと、コーヒーをつくろうとして未亡人が台所にいったのを追いかけていって、台所にあるテーブルの上でその未亡人と寝ただろうという。警察官はそのとおりだと白状して、頭をかかえてすわりこんでしまった。こういう単純な警察官だけだったら、どんな国も住みやすいと思いますが、とにかくそういうふうに心霊術師などに一地方の警察がかきまわされてしまうのです。そこがふしぎなところで、あのもっとも現代的なアメリカ人のなかにいまなお心霊術師というような、一応は人間の意識をこえたものにたいして弱いところがあるということを端的に示していると思います。

しかし、もちろん心霊術で犯人をつかまえることはできないわけですから、FBIが干渉して、この男はほかの詐欺事件かなにかでつかまえられ、警察ではそのつとめを十分に果すことができなかったのですが、ともかくかれの登場は暗示的です。人間が暴力的に殺されるという、それこそジュディス・ライトの詩によれば、昔からわれわれを歴史にひとすじの血においてしばりつけているところの、はるか昔のおそろしい暗黒の時代の記憶、その虎の叫び声が聞えてくるところの、殺人に触れると、それらのアメリカ人は人間の能力をこえたものにたいしてひどく敏感になってしまった。おそれの感情を抱いて、弱くなってしまった。そういうところに心霊術師がはいりこんでくると、かれに抵抗できない、その暗示にやすやすとかかってしまう。そういうことだったのではないか、そこにアメリカ人の一側面があらわれているとぼくは思うのです。

同時に、この事件の犯人が一応つかまったことになっているのですが、その男は、まことに心理分析的に自分自身を語っています。自分がなぜそういう老女に暴行を加えたりしたか――それから、死体をできるだけ人目に触れるところに、しかもいかにもわいせつな格好をさせて置いたか、というようなことを語っています。

これにあわせて紹介しておけばもうひとつ、シンシナティ市というところでおこった殺人事件があります。さきほどの事件とおなじころにアメリカのシンシナティ市でも五十六歳と五十八歳と五十歳の婦人がやはり暴行され殺された。そして一番最後に八十一歳の女性まで殺された。この場合にもやはり犯罪者は、被害者を人目にたつところに、まことにわいせつな格好をさせて置いておいた。そういう犯罪なんですが、それにたいして、これは黒人がやったんだと、こういう年取った白人に暴行を加えたりするのは黒人にちがいない、と現地の警察当局は発表したようですが、そういうところにも黒人にたいする恐怖心というものの実体がかなり明確に深いところまであらわれているとぼくは思います。

さて、このどちらの場合も、犯人にたいして心理分析をおこなう。一般に人間がこういう犯罪をおかすということの意味は、人間の意識でははかりえない。それはきっと人間の心に、意識の力をこえた、無意識な暗黒というものがある。そこからなにかあらわれでてきて、犯罪がおこなわれるのだというふうに考える傾向が、ぼくはアメリカ人にあるのではないかと思うのです。それを鯨の場合にひきつけていえば、人間の力をこえた暗く巨大なものにたいするおそれがアメリカ人のひとつの性格をつくっている。それはあるいは鯨のように巨大なものにたいする畏怖心となる場合もあるし、人間の内部の無意識の暗黒の巨大さにむけられるときもある。それを統一してひとつの性格として、アメリカ人のうちに発見することができるのではないだろうかとぼくは思うのです。

われわれがアメリカという国、アメリカ人を考える場合に、とくにぼくの年代の者は、ものごころついたときにはアメリカと戦争していましたから、アメリカは敵だ、アメリカ人は日本人を見つければ戦車で轢き殺すだろうといった、一面的なアメリカのとらえかたをわれわれはしていたわけです。それが戦争が終ったあと、われわれは逆にまことに民主的なアメリカという、やはり一面的なイメージをもった。したがって、そういう一面的なアメリカというイメージをこえてゆかなければ、われわれはまことに困ったことになるのではないかとぼくは思うのです。ヴィエトナム戦争においてアメリカは敗北に直面しようとしています。われわれがいままでもってきたアメリカという国家のイメージは、一般的にいえばまことに強大なアメリカ、強いアメリカということでしょう。そういうイメージが壊れようとしているのがいまです。そういうときに、それでは、ほかの強大なものを求めなければならないというような、一種の心理的な穴ぼこが日本人の心にあらわれるかもしれない。それがたとえばナショナリズムへの模索となるかもしれない。あるいはもうひとつ別の国にたいする新しいセンセーションとなってあらわれるかもしれない。

明確な傾向として、最近のいわゆる新しいナショナリズムをかかげる雑誌などを見てゆきますと、この人物は数年前まではきっと巨大なアメリカのイメージのもとにいたにちがいない、一面的にアメリカの威信というものを信じる立場にいたにちがいないと思われるような人たちが、とくに新しいナショナリズムということをいいはじめているのに気づきます。その線において日本もまた核武装してアメリカに対抗しなければならぬということまでいう人物もいるほどです。こうしたタイプの日本人は、一面的に強大なアメリカというイメージのもとに生きてきた者が、いまいわゆるアメリカの威信が打ち砕かれたとき、すくなくともヴィエトナムでアメリカが敗北したということが明瞭なときに、ではどういうふうに自分の心理的な穴ぼこを埋めようかと考え、そこでいままで強大なアメリカを考えていたかわりに、強大な日本のナショナリズムというか、核武装した日本という幻影をもとうとしているわけですが、ぼくはそのときこそもっともひどく日本人の精神的な自立が失われるときだろうと思うのです。それは強大なアメリカの威信という幻影に寄りかかっていたときとおなじように、またそれ以上に危ない状態だろうと思います。そういうときぼくは、あらためて、自分自身のもっているアメリカにたいするイメージを点検する必要があるのではないかと考えて、いまぼくのアメリカにたいするひとつの考えかたをお話ししたわけです。そこで、今後のアメリカということについて、ぼくがかなり明瞭なヒントとみなしているのはどういうことかといいますと、ラルフ・エリソンという黒人の作家が、かつて書いた言葉です。ラルフ・エリソンの『見えない人間』という長篇小説の、その終末にエリソンはひとつの結論を提示します。この小説の主人公の黒人青年は、どんどん走りつづけて生きてゆかなければばならないような、そういう生きかたを強制されている人間で、ニューヨークに出かけていって、たとえば左翼運動などにも参加しますが、結局孤立してしまう。そして自分自身の穴ぼこに閉じこもってアメリカとはなにかを考えようとするのですが、その契機となる事件に、ニューヨークのハーレムでおこった暴動があります。ハーレムで暴動がおこった。現在でもおこっていますが、おなじような暴動がおこった。

その暴動でひとりの狂気じみた指導者が馬に乗って、槍をもって、警官隊に突進してゆく、そして戦う。それを見たほかの黒人が滑稽化して、こんな滑稽なことがあった、といった調子で話している。しかし、そういう黒人の暴動は、じつは滑稽なというものじゃない。いかに冷静な黒人の眼から見ても、単にそれは滑稽なというものではない。それは悲惨なものだ、危険なものだ、そういう滑稽さと、危険さと悲惨さというものを、すべてすくい上げるようにして考えなければならない、と青年は考えるのです。そして、結局かれはどういう結論にいたったかというと、アメリカ人は一様化、単一化をまぬがれねばならぬということです。アメリカ人には一様化する傾向がある。アメリカ人にはそういう一様化の情熱がある。人間をはるかにこえたものにたいする恐怖心と、あこがれがともに強いタイプの国民がアメリカ人であるとすれば、たしかに非常に狂気じみた激しい高揚にむかって、かれらが自分たちを一様化してゆくということは、おおいにありうることでしょう。しかし、こうした一様化の情熱こそがアメリカ人を毒する、そして多様性こそが——diversityという言葉をエリソンはもちいますが、このdiversity、多様性ということこそ大切なのだ、われわれがまもってゆくべきものなのだ、人間に様ざまな要素を保持させることだ。そうすれば独裁国家などは生れはしないだろう。アメリカ人が、今後生き延びてゆくためには、アメリカ人がもっている多様性、それぞれの人間がもっている白人の多様性、黒人の多様性というものを生かしながら生きてゆくことなんじゃないか、それこそがアメリカの希望だというふうに、戦争直後に発行されたこの長篇小説のなかでエリソンはいっています。ぼくもまた多様性こそが問題だと考えるのです。

われわれ戦後に育った人間にしてみれば、好む、好まぬにかかわらず、ずっとアメリカの強大な威信の傘のもと、その影響下に生きてきた。今後は日本人も、アメリカをふくめて、世界全体に多様性を認めるしかた、またアメリカ人そのものの多様性を認め、同時に、日本人の多様性というものを認める立場で、未来を考える、アメリカとの関係を考えることが必要だろうと思うのです。そういうことがあってはじめて、ぼくは日本人のほんとうの自立が可能なんじゃないかと思います。それは結局、いまアメリカの威信というものがアジアで揺らぎつつあるときに、日本人が別の極端にむかって走っていって、新しい一様化をおこなうことを避けようとすれば、そしてアメリカの国と人間をより正確に理解しようとすれば、われわれ自身、アメリカ人をもふくめた人間の多様性ということをあらためて考える必要があるのじゃないだろうかということなのです。

（一九六八年四月）

4　核時代への想像力

アメリカにいってきました。アレン・ギンズバーグというビートニックのすぐれた詩人に会ったことをすこしお話したいと思います。アレン・ギンズバーグはぼくの『個人的な体験』の翻訳をだした出版社の《エヴァグリーン》という雑誌にも、詩とかエッセイとかを書いています。そういうことで出版社で出あいましたのでお茶を飲んだのでしたが、詩人はぼくに般若心経をわれわれの家庭にやってくる僧侶の読みかたとおなじ読みかたで朗唱してくれました。そのあとぼくがほとんど理解していないということをみてとったのでしょう、英訳の般若心経をまさに文字どおり歌ってくれました。中近東料理のレストランで小さな鉦のようなものを鳴らしながら般若心経を歌ってくれたのです。そのあとアレン・ギンズバーグは、かれの友人のジャック・ケルアックという小説家が一九六三年の春につくった俳句だといって、ぼくの手帳につぎのような一行の詩を書きました。

In my medicine cabinet,
the winter fly has died of old age.

私の薬箱の中で冬のハエが年を取って死んだとでもいう意味でしょう。「これを俳句だと思うか」と詩人がたずねますので、ぼくは I hope so. と答えました。そこで詩人の依頼によって日本語の俳句に翻訳したのですが、それは「薬籠に老いて死にけり冬の蠅」というあやしげな作品です。そこでぼくが「これを俳句だと思うか」とギンズバーグにたずねますと、詩人は I hope so. といいました。

その、今年の夏のはじめのアメリカで、とくにニューヨークのコロンビア大学で学生たちの改革運動がおこったことをご存じだと思います。ぼくはコロンビア大学にも沖縄の問題をめぐっての日本人のイマジネイションの実態というものを話しにいったのでしたが、その日もコロンビア大学では、大学がわが学校を閉鎖していました。屈強な警察官が大学の門のまえに立っています。学生たちには正式の授業がおこなわれていない。そこで東洋関係の研究室のレセプション・ホールのようなところで学生、大学院生や、すでに若い学者である人びとに集まっていただいて話をしたわけです。もっとも話をするより、聞くほうにぼくは興味をもっていました。大学紛争の体験のなかでコロンビア大学の学生たちがどういう考えかた、どういう感じかたをしているのかということについてです。そして実際に話を聞いて、鮮明な印象を受けたように思います。学生たち自身のどういう主張にもとづいて、争議——ある学生はライオット、暴動だといい、ある学生はそうではなくて、正当な反抗《リボルト》だといいましたが、そうした争議がなぜおこったのだったか。日本でも報道されたその直接の動機を思いだしていただきたいと思いますが、それは、コロンビア大学当局が学校の建物を拡張しようとしている。それもモーニング・サイドというスラム街にくいこむようなかたちにおいてです。それにたいする反対ということがあります。同時にアメリカ合衆国の防衛問題の研究所にたいしてコロンビア大学が協力しているという事実があって、それにたいする抵抗という動機がある。新聞はそのように報道していますし、ぼくもそのように理解しておりますけれども、学生たちの話を聞いていて、かれらの話しぶりの底に流れているものとしてぼくが感じとったのは、この学生たちをゆり動かしている第三の動機とでもいうものがあるということでした。国家がヴィエトナム戦争をおこなっている。それに学者が協力することに、おなじ大学の学生として抵抗したい、という第二の動機と結局は重なりあうのでしょうけれども、それをもっと端的に心理的な問題、あるいは情念の問題として考えるならば、あるいはイマジネイションの問題として考えるならば、それはアメリカの若い人たちと、その祖国であるアメリカという国家が核兵器をもって少なくとも世界の二分の一を覆っていることとの葛藤ということであるように思うのです。その葛藤が若いアメリカ人にどのようにあらわれるか？　かれらの国アメリカがソヴィエトの核兵器の存在、あるいはまだおよそ二義的にでしょうが中国の核兵器の存在をむこうにまわして、恐怖のバランスを優位にとるところの核兵器を所有して世界を牛耳ろうとしてきた。その核兵器の存在がアメリカ人の命運を、否定的な意味でもその根本のところで握っている。自分たちの国の武器であるが、じつはそれにたいしていかなる影響もあたええない無力な若者たちにとっては、かれら自身の政治的な想像力が核兵器によってしばられているというほかにないでしょう。かれら自身、自分たちが自由でないと感じているはずです。若いアメリカ人たちが、自分自身にはまったく決定権のないところの、いわば天上界にある核兵器によって、自分と自分の国家の現在と将来とがきめられていると感じるとすれば、それにたいして抵抗したいと考えるのは当然です。核兵器にしばられている想像力から自分自身を解き放したいと考えて当然です。そういう根本的な動機づけがアメリカの学生運動の根源にあるひとつのものではないかとぼくは観察したのです。

これをわれわれ日本人の状況につきあわせて考えてみれば、現に自分たちは核兵器をもたず、しかし沖縄に核兵器を置いているアメリカの存在によってわれわれの今日と明日がしばられているということで、われわれの不安と不満の方向づけははっきりしています。しかしコロンビア大学の学生たちは、中流階級から上の恵まれた家庭の、育ちもよく、また頭もいい子弟たちでしょうが、そういう青年たちが自分自身の政治的な想像力を確実にしばられていると感じている。そしてどうすればいいか、どのように自分自身を解放すればいいのかと模索している。その方向づけがはっきりつかめているのではないけれども、しかし、自分の想像力を政治にかかわって自由にすることが必要だということは強く感じている。そうしたことに根ざして、たとえばコロンビア大学における学生運動ということがあるのであろうとぼくは感じてきました。そこであらためて核兵器の問題をぼくはここで考えたいのです。この世界に核兵器が存在している、人間が核武装してしまった、ということは人類の歴史においてどのような意味あいをもつところの、引きかえし不能の第一歩であったか。人間の文明はそうした核兵器の出現によってどのようなひずみをあたえられたのかということを考えたい。もちろん綜合的にそれを考えるものとしてぼくは適任ではないでしょう。そこでぼくは広島、長崎以後の戦後二十三年の展望にたって自分の感じかたをお話してゆくことで、いくらかなりとぼくなりにはっきりさせることがあるのではないかと思いながらここに立っています。

戦後、核兵器にたいするいろいろな考えかたとその試みがおこなわれてきました。そのなかでも核兵器の存在の意味、それが人間に、あるいは人間の想像力にたいしてあたえたひずみについて持続的に考えつづけてきた思想家、しかも人間がいままったく新しい局面にいたっているのだということをわれわれに認識させるために、もっとも典型的な思想を一貫して発表しつづけてきた思想家は誰だろうかと考えますと、ぼくはそれがやはりジャン＝ポール・サルトルだというべきだろうと思うのです。ジャン＝ポール・サルトルはおそらく核兵器の出現が人間の世界にもたらした根源的な変化について最初に語った思想家だったはずです。すなわち一九四五年に、広島が原爆によって攻撃された直後に、サルトルは『大戦の終末』という論文を書きました。その一節にかれは、「人類はいまや自分自身ですっかり死滅してしまうかもしれない可能性を核兵器によってもったのだ」といっています。そして、「人類が死滅するか、あるいは生き延びうるかということは、いまや人類全体の日々の選択の問題だ」とかれははっきり今日の核時代を予測しつつ書いたのでした。それからほぼ十年たって、一九五四年にベルリンでひらかれた平和会議においてジャン＝ポール・サルトルは演説しましたが、その演説においてもかれは核兵器についてまことに明瞭な定義づけをおこなっています。「われわれの戦争、人間の戦争は、やはり歴史的に発展してきた」とかれはいいます。「たしかに最初の戦争はこん棒でなぐるたぐいのものだったでしょう。それから槍で突っついたり刀で切ったり、銃を撃ち、また大砲を撃ったりすることになってゆきます。中世では兵隊が戦っているそのそばで農民が苦しみながら働く、というようなことであったわけですが、近代にいたって、国民戦争の時代がきた。すべての国民が戦争に参加する時代です。そのあと、人民戦争といいますか、民衆が自己解放のために戦う戦争であるところの人民戦争にまで戦争は歴史的に展開してきた。ところが核兵器が出現したことによってこの歴史的な発展の流れがいわば逆転してしまったのだ」という意味のことを、ジャン＝ポール・サルトルはいったのでした。

核戦争においてはひとつかみの人間、ほんの数人の人間が、戦争の決定権を握ることになります。たとえばジョンソンとペンタゴンの数人が、それでは戦争をはじめようということに一致すれば、実際核戦争ははじまるわけですから、ひとつかみの人間によって戦争が遂行される危険が生じたというのはいいすぎではないでしょう。それはすなわち、国民戦争から人民戦争へと展開してきた戦争の歴史におけるもっとも反動的な逆転である。すなわち核戦争とは歴史的にいっても、もっとも反動的な戦争である、核兵器はもっとも反動的な武器であるという考えかたをジャン＝ポール・サルトルはかれの演説で提示したのでした。ぼくは、かれの核兵器についての定義づけが正しい考えかただと、それは現在考えてみましても、なお核兵器についてのもっとも中心的な定義づけと呼びうるのではないかと思っています。

サルトルはこの演説を、ひとつかみの人間が核兵器による世界滅亡の戦争をはじめようとするかもしれないとき、それにたいしてわれわれは団結して対抗しなければならないし、同時にわれわれが自分の内部にもつところの核兵器にたいする恐怖心と闘わなければならない、そのためにはあらゆることをしなければならないという決意をのべて終ったのでした。そして翌年、ヘルシンキでもサルトルは演説をしましたが、それは核兵器の禁止ということは、全面的な軍縮への展望、核兵器のみならず、あらゆる意味での兵器の軍縮という展望にたって論じられなければならない、という考えかたを示すものでした。それはたとえばソヴィエトとアメリカが核兵器を廃止するということでこの問題は解決するのではなくて、ごく普通の意味での兵器をもふくめた軍縮ということにまでむかわなければ、提起された問題は答えつくされたことにはならないということでした。

それは、核兵器の威力による威嚇の均衡、恐怖の均衡のもとで、核兵器以外の兵器、たとえば毒ガスとかナパーム弾とかいう兵器がまことに膨大な量において使われる戦争が、たとえばヴィエトナムで現におこなわれる。そうした事態にたいするじつに明確な見とおしをそなえた警告であったと思います。その後、ジャン＝ポール・サルトルが核兵器について大きい演説をしたり、長い文章を書いたりしたことはないように思いますが、かれの意見のすべては生きています。ぼく自身がサルトルにはじめて会って話を聞いたときは、一九六一年冬のパリで、アルジェリア戦争は終結をむかえようとしていました。それはまたフルシチョフが核実験を再開した直後でもあったわけですが、サルトルは、フルシチョフの核実験の再開はまったく残念だけれども、米ソ両国のどちらが、核軍縮にむかって真剣に努力しているかといえば、それはソヴィエトであろう、それは評価しなければならない、という意味のことをいいました。そして昨一九六七年、サルトルが日本にきましたときに、あらためて中国の核実験についてどう考えているかということをたずねますと、サルトルの答えは、中国がアメリカの核兵器の脅威のもとで永年やってきた以上、アメリカの、核兵器に対抗するためには、核兵器をもたざるをえないとして、それを事実、もつにいたったことを評価する、という意見でした。もちろんサルトルはかれ自身フランスで、フランス自体の核武装およびあらゆる国の核武装に反対するところの運動に参加しているはずです。しかもなお、中国の核武装を全面的に否定することはできないというのが、ジャン＝ポール・サルトルの意見の表と裏をあわせた全体だったように思います。

ぼくはいまあらためて、核兵器の出現は、国民戦争から人民戦争にいたるまで戦争の歴史が発展してきたとき、突然あらゆる戦争の局面に、反動的な逆転をもたらした、というサルトルの、いわば核兵器にかかわる歴史観とでもいう考えかたを、現在もなお核戦争にたいする根源的な見かたのすぐれたかたちとして評価したいと考えています。

この見かたからすれば、たとえば今日のアメリカにおいて学生たちが、国家のヴィエトナム戦争にたいして大学が協力することに抵抗して、運動をおこすことの根底にもつぎのような考えかたがあるということができるでしょう。すなわち、かつて民主主義的であったはずのアメリカという巨大な国家が現在、戦争をどのようなかたちでおこなっているか、それはわずかにひとつかみの人間が協議して核兵器のボタンを押すか押さないかをきめるという戦争じゃないか、アメリカの民衆全体が、かれらの国アメリカのいまにも開始するかもしれない核戦争から疎外されているのだという認識が、もっとも根本的な動機づけとなっているにちがいない、というふうにぼくは考えるのです。世界の終滅かもしれぬ戦争が核兵器の本質によってわずかにひとつかみの人びとの巨大な権力によっておこなわれる、権力の座にあるところのひとつかみの人びとによっておこなわれうる、そういう時代に、民衆が自分自身を救助しようとすれば、自分自身を生きつづけさせようと思えば、民衆のひとりひとりがそうした理不尽な巨大な力に抵抗しなければならない、そうした考えかたがいま、アメリカの学生たちのあいだに深くしみとおりつづけているのではないかと考える根拠をもつように思うのです。

そこで核兵器による戦争に抵抗しうるとして、そのためにまずなにが必要かと考えますと、いくたびかぼくはそれについて文章を書いてきたのですが、つぎのように整理したいと思います。すなわち核戦争とはいったんそれがおこってしまえば人類はそれでおしまいということになりかねない戦争である、アメリカの核戦略家のいう限定核戦争にしても沖縄から中国に核兵器がうちこまれれば、そのときただちにわれわれの頭上に報復の核爆弾が落ちると観念せねばならず、そのときにはすでになにを認識しても、もう決定的に遅いのですから、核戦争とはどういう悲惨なものかということを日々、想像する力をもちつづけているほかにはない。それがまず第一にあると思います。しかも日本人は、核戦争をすでに二度体験した国民です。すでに二度の核爆発を経験している。福竜丸事件をいれれば、じつに三度の経験です。その日本人が核戦争の悲惨を具体的に記憶しつづけること、それが世界のすべての人びとの、未来の核戦争の悲惨への想像力の支えとなるべきところのものであろうというのが、ぼくの考えかたです。

現実に広島で被爆した人たちが核爆発の悲惨をどのように認識したかということを考えますと、ひとつの例が浮んできます。広島の周辺の農村の婦人の文章ですが、すべては『往生要集』の世界だと思うほかなかった、という言葉がありました。それはこの老婦人が、被爆した人たちの群れを見ての、広島から逃げて、田舎のほうへ避難してくるところのまことに深く傷ついている人たちの群れがくるのをながめての、嘆きの声とでもいうべきものでした。すべては『往生要集』だと思うほかなかった、という嘆きの声、その『往生要集』とはなにか。ぼくはこの連続講演そもそもの最初に、『往生要集』から観察と想像とのからみあいにふれた言葉をひきましたが、『往生要集』にはどのようにして西方浄土を想像するか、観察するか、という方法論が詳細に展開されていますが、同時に、この本はまず罪悪をおかした人間がどういうおそろしい地獄にゆかなければならないのかということを、まことに克明に語った部分を最初においています。その部分について考えながらこの老婦人はあのように嘆かれたのでしょう。『往生要集』は日本の庶民の多くの人びとにとって、ひとつの終末観のイメージをあたえている書物だと思います。広島に原爆が落される。そしてまことに悲惨な状態が地上にあらわれる。その事実を人間として認識するために、この老女にとっては『往生要集』のイメージが必要だった、この『往生要集』をつうじて育てられた世界の終末にたいするイマジネイションによって、はじめて眼のまえの現実を理解する手がかりがあたえられた、ということです。そのようにじつに巨大な、圧倒的におそろしい現実というものが広島の人びとによって身をもって経験された、ということをまずわれわれは考えざるをえません。そして同時にわれわれは、その現実世界のまことにおそろしい事実を理解するために、『往生要集』によって鍛えられたイマジネイションを必要とするということがあるのをもまた考えてみるべきだろうと思うのです。未来の核戦争をわれわれが詳細に想像してはじめて、それに対抗しそれを拒否しようとする真のエネルギーがでてくるのでしょうが、われわれの祖先の仏教徒が、たとえば『往生要集』をつうじておそろしい地獄について克明な想像力を働かせるようになったとおなじく、われわれが未来の核戦争について激しい想像力を働かせる訓練を日々かさねなければ、ついにわれわれは核戦争に抵抗する力をもたないということであろうと思うのです。

そこで現在、われわれの生きている世界において、核戦争の悲惨にたいする想像力がどのように扱われているかといいますと、それはそのような想像力を鈍らせ、ついには抹殺する方向にむかって扱われているとぼくは考えています。すなわち広島の悲惨を子供たちをふくめて様ざまな人たちに知らしめ、自分でもあらためて認識しなおそうとする方向よりは、原水爆王朝の威力がいかに盛大か、強力かということを強調する宣伝のほうがつねに一歩進んでおこなわれてきた。核の傘という考えかたが端的にそうですが、それが現在ますます露骨になってきている未来の核戦争へのにせの理解を誘う宣伝の、根本のモティーフであるとぼくは考えております。広島を中心とした地方に刊行されている中国新聞の金井利博氏が出された問題提起ですが、すなわち「原爆の悲惨よりも原爆の威力を、核兵器の悲惨よりも核兵器の威力を」強大国が宣伝しつづけているということがある。それにたいしてわれわれはどのように抵抗するべきか。当然それはあらためて、「核兵器の威力よりも核兵器の悲惨を」はっきりまえに押しだして広島の経験をあらためて認識することでしょう。それが広島に生きのこった人間の仕事だということを金井利博氏はいっておられます。そしてぼくはそれを正しいと考えています。

ところで、核兵器について考えるたびに、ぼくはそこにふたつのパラドックスがあるのではないだろうかとくりかえし思うのです。

パラドックスの第一は直接これまで話してきた問題にかかわってくるのですが、アメリカとソヴィエトが大規模の核兵器を所有して、それを見せびらかしながら世界最終戦争を頂点とするエスカレイションの梯子を登ってゆく。その威嚇が有効にはたらくためには、核兵器はじつにおそろしいものだ、驚くべき威力をそなえているものだ、一挙になん千万の人間を殺しうるものだということを、強力に宣伝する必要があります。それがうまくゆかなければ相手の国の民衆に威圧をあたえることはできない。威圧をあたえることができない核兵器は、エスカレイションの梯子において相手を威嚇する武器として存在意義がない。したがってどうしてもその方向にむけて強く宣伝しなければならない。相手の国の民衆にたいして、そういうコミュニケイションを送らねばならない。しかし核兵器の威力についてのそのようなコミュニケイションを外部にむけて送りながら、逆に自分の国の民衆にたいして、または核兵器の基地にとじこめられている沖縄の日本人のような存在にたいしては、いや、核兵器の悲惨はあまりひどくはないのだ、それに抗して生き延びうるものなのだという宣伝をしなければ、民衆の反乱がおこってくるはずでしょう。すなわち敵にたいしては核兵器の威力をほとんど誇大にまで宣伝しなければならない。しかし自分の国の民衆、あるいは自分の国の基地をむりやりおいている場所の民衆にたいしては、核兵器の悲惨は小さいものだという宣伝を、あるいはすっかりそれに頰かぶりすることをおこなわなければならない。そうでなければ民衆は、核戦争を数人のブレーンとともに開始するかもしれない異様な権力の座にすわるべき大統領を選挙する気持にはとてもなりえないでしょう。それが現在の核兵器を支えにしたエスカレイションの体制の基本的なパラドックスだとぼくは思います。

　そのパラドックスにたいして、アメリカの民衆がどのように反応してきたかといえば、それはやはり核兵器の威力の側面をできるだけ強く大きく見ようという態度だったと思います。核兵器の攻撃は、それは敵への攻撃であって、自分の経験するであろう核兵器の悲惨ということとしては考えない。敵への威力の側面だけを拡大して考え、悲惨の側面を意識して見落そうとする。われわれは強い威力をもっているのだとのみ考える。敵が報復攻撃してくる場合に自分たちがあじわわねばならぬ悲惨というものはできるだけ小さく考えようとする。それはエスカレイション体制のうちで核兵器がもっているパラドックスに結局は由来するのだけれども、このパラドックスをはっきり認めたくない人間が、自分たちは巨大な威力をもっているけれども、自分たちがこうむるかもしれぬ悲惨は極小だとむりやり考える自己欺瞞をおかす、そうしたゆがみをもった考えかた、感じかたにおいて核兵器にたいしているというのが、とくにアメリカの民衆の実状であったのではないか。そしてそうしたにせの態度にたいして、たとえばコロンビア大学の若い学生が抵抗運動をおこすということがおこってきた。それは自分たちもまた核兵器の悲惨の焦点にあるという事実にたいする鋭い認識、強い想像力がアメリカの若い世代にもたれはじめたことを意味するのではないか。それはもちろん、アメリカの市民のみにとどまらない。われわれもまた自力で、個人それぞれの力で、核兵器の威力ではなく核兵器の悲惨についての鋭い認識、強い想像力を確保しなければならない。そうでなければ結局は自分たちの国が、あるいは自分たちを、いわゆる核の傘にいれてくれているところの国のひとつかみの人間が核兵器を支配している状態を、あたかも自分もまた核兵器をもっているところの人間のひとりなのだとする錯覚にとらえられてしまうおそれがあるからです。核兵器のボタンを押す人間は、それがどこの国においてであれわれわれ一般の民衆では絶対にないということを、もっとも基本的な命題として認識しなければならない。そうしなければいまのべてきたような核時代のパラドックスにたつ宣伝にたいして抵抗できません。

核兵器、核時代のパラドックスとして、ぼくはもうひとつのそれを考えます。それは現在すでに、日本を核武装国家としたいと考えている人びとが熱心に宣伝しているところの問題とかかわってきます。それはつぎのようなパラドックスだと思うのです。われわれはたしかに核武装することはいやだ、核武装はしないほうがいい、しかし核開発はしなければならない、それをしなければ明日の時代に決定的に乗りおくれることになるだろう、という宣伝にそのままふくまれているパラドックスですが、これはかなり深く日本人の心をとらえてきているものではないかとぼくは考えています。たとえば一応は保守派の政党の明日をになおうと意気ごんでいる人びとの意見はたいていつぎのようなものです。日本人は核アレルギーにかかっている。そこで核開発についてたちおくれている。われわれはその核アレルギーを打ちこわすことによって核開発を進めなければならないという考えかたです。あまりにも核武装をおそれているために、核開発をおこなうことができない、そこで日本人はいまや核時代の低開発国と化しつつあるのだという、まったくおおざっぱな主張を自信をこめてする政治家たち、実業家たちがでてきています。

こうした意見に接すると、あらためて、核開発の問題と非核武装の問題は絶対に両立しえないところの、ひとつの論理において整理し直すことができないところの、矛盾なのかということを考えなければならないでしょう。これにかかわって内田義彦教授が『資本論の世界』において、シカゴ大学の核エネルギー解放記念碑の碑文について書いていられる文章があります。すなわち、碑文には一九四二年十二月二日人間はこの地で、ということはシカゴ大学の研究所で、最初の核連鎖反応をおこなった。核エネルギーの制御された解放への道が開かれたと書かれており、その制御された解放とは、原語で controlled release という言葉だそうです。そして内田教授は、release という言葉はたしかに解放を意味するけれども、同時に爆弾投下という意味もある。それは核エネルギーを人間が解放したけれども、同時に核爆弾を落すことにもなった。核エネルギーを解放することによって人間は新しい生命の源、新しいエネルギーの源をえたけれども、しかし同時にまことに大量の人間が殺されうる状態もまたつくりだしてしまったというパラドキシカルな現実をあらわしている。それをコントロールド・リリース、という言葉がそのまま表現しているように思われると、書いておられます。内田教授は、「リリース、すなわち解放と爆弾投下という、同じリリースという言葉にふくまれる矛盾した用例をとらえ、それを事実そのものの反映として矛盾した現実を説明してゆく。それがマルクスの方法である」という指摘をとおして、すなわち資本論の世界に深くはいってゆかれるわけですが、そこでこれは人間の自己疎外という問題をめぐって考えるために引かれた例ということになるのですが、あらためて核爆弾が現実世界におよぼしている巨大な力ということを反省してみますと、たしかにぼくは核開発が人間の新しい生命をあらわしていることはたしかであって、それをまっすぐ引きうけることは必要だと思います。核の新しいエネルギー源は事実、日本人によってもそのように受けとめられています。現に東海村の原子力発電所からの電流はいま市民の生活の場所に流れてきています。それはたしかに新しいエネルギー源を発見したことの結果にちがいない。それは人間の生命の新しい威力をあらわすでしょう。そして核の軍備は、それに照応する鋭さ、巨大な規模で死をあらわす。われわれ人間が滅びの道にいたるところの、まことに巨大な死にいたるところの軌道をあらわす。それは単なる言葉のパラドックスではなくて、われわれの今日の現実世界の最大の矛盾、核エネルギーにかかわる矛盾であるはずでしょう。それを見つめたうえで、われわれがどうするか、どのようにこの現実生活の矛盾に対してアプローチしてゆくか、と考えるのが筋道だと思います。

核開発は必要だということについてぼくはまったく賛成です。このエネルギー源を人類の生命の新しい要素にくわえることについて反対したいとは決して思わない。しかし、その核開発を現にわが国で推進しようという人間は、核兵器の殺戮にかかわる側面、核兵器として人類の死にかかわる側面を否定している人間でなければならない。それは核時代の権力機構の特殊なおそろしさを知るわれわれにとって当然な配慮でしょう。いまわが国にたしかに核開発を推し進めたいといっている人びとがいる。とくに政府の力で推し進めようとしている者を直視すると、かれらは実際に、沖縄の核兵器つき返還というようなことを積極的に望むところの人びとである。そうした事実がある以上、ぼくはこれらの人びとの声にしたがうことは、核兵器の現実、核開発の現実に正しくアプローチしてゆくことではないと考えざるをえないのです。

それではぼくがどういうアプローチのしかたを正しいと考えているかといいますと、それは核武装を絶対にしないということを民衆のひとりひとりがチェックできるところの態勢をつくりあげること、われわれが日本人の名において核武装を絶対にしないということを確実に自分の手でチェックできる自信のもてる態勢をつくりあげて、そのうえではじめて核開発をするという方向にゆくべきだということです。核時代が矛盾した両側面をもっていることを現実的に見きわめて、具体的にそれにまともなアプローチをしてゆくことは、それなしではできないとぼくは考えています。その態度をつらぬく基盤を据えるために、われわれは核兵器の悲惨、核兵器攻撃の悲惨にたいする無感覚と戦わねばならず、核の威力、核エネルギーの威力だけを片道通行的に強調する態度にたいして個人個人が抵抗するところの意志をもたなければならないと思うのです。そしてそのためにわれわれは、そもそもの最初にもどって広島における人間の悲惨、核兵器があたえた悲惨についての正確な記憶と、未来の核兵器戦争にたいする鋭く綜合的な想像力をもたなければならないと考えるのです。今日の国家には、それはアメリカのみならず、ソヴィエトのみならず、また英国、フランス、中国のみならずということですが、それが資本主義体制の国家であるか、社会主義体制の国家であるかをこえて、いかなる国もそれが核兵器を所有した瞬間に、その権力の構造のうちに本質的に反動的なるものが忍びこんでしまうということをくりかえし考えるべきです。一応は民衆の、または人民の名においてではあるけれども、しかし、ひとつかみの人間の手が核兵器のボタンを押す力をもち、それによってまことに厖大な民衆の規模の悲惨がみちびかれるという、おそろしいかぎりの反動的状態の罠《わな》にあらゆる国家が落ちこんでしまう。端的にいってそれが核武装というものではないか、それは資本主義国家のみにとどまらない。それは中国においてそうではないだろうか、ソヴィエトにおいてもまたそうではないだろうかと疑ってみる必要があるとぼくは考えるのです。

ところがわれわれを核時代に順応させようとして、いわば核時代のホモ・サピエンスとでもいうべき新種をつくろうとして、たいていの国家がやっていること、たいていの国家がやろうとしていることは、民衆にたいして核兵器の悲惨について欺瞞の宣伝をすることです。核兵器の威力をわれわれは所有している、そして核兵器の悲惨からは完全にまもられている、という矛盾にみちた宣伝をすることとです。結局は核兵器の悲惨を民衆の眼から押し隠すということが、すべての国家権力のひとしくおこなっていることではないかとさえ思われます。最近しばしば報道されていることに、佐世保にはいってきた米軍の原子力潜水艦が異常放射能をのこしたという報告がありました。アメリカがわは、自分たちが調査した結果、これは潜水艦と関係がないといい、日本人の学者はそれが潜水艦に関係があると確実に考えていた。そして討論がおこなわれたわけですけれども、じつはこの討論には、追及の進展がまったく不可能になってしまうところの、壁があって、それははじめから誰の眼にも見えていたのです。これはある大新聞のそのままの引用ですが、米国がわはかれらの調査の結果として、ソード・フィッシュ号は今回の佐世保寄港中、放射能物質はいっさい放出しなかったことを確認したという報告をした。とくに一次冷却水は工作艦の電源を用いて定格温度（一定の高温状態）に保っていたと説明がなされた。しかしこの報告を裏づける科学的根拠や説明資料はあたえられなかった、というわけで、すなわち日本の学者はそれを追及する合法的な道をすべて失ったのです。それは原子力航空母艦がはいってきたときにもわれわれのぶつかったむきだしの壁でした。日本人記者が「あなたがたは核兵器をもっているのか」とたずねる。艦長は「いや、私たちはそんなものをもっておりません」という。それで終りです。そもそもアメリカには核兵器の秘密をかたくまもらなければならないという、それをいくらかでも漏らせば厳罰に処せられるという法律があります。したがって、もしアメリカの原子力航空母艦の艦長が、私たちは核武装していますといえば、その艦長は重罪に処せられなければならない。それが壁の正体です。今度の場合も原子力潜水艦のエンジンを回転させるための最初の核反応をおこす、そのための一次冷却水は流さなくてよかったのだ、なぜならばまえもってエンジンを高温に保っておいたからそのまま出発できたのだとアメリカがわがいう。そこでそういうことがどういう方法で可能だったかと、日本の学者が問いつめても、それに答えをあたえられる期待はむなしい。もしアメリカの科学者がそれに答えれば、それは彼にとって国家にたいしてひとつの大きい犯罪をおかすことになるわけだからです。すなわちわれわれは、アメリカ人が決してそれを認めることがないときまっていることをめぐる質問を弱々しくくりかえしているにすぎない。アメリカという巨大な国家のひとつかみの人間がボタンを押しうる状況で、それらの人びとが自分たちのボタンを正当化するためにこのような宣伝をおこない、このような法の制定をおこなっている。それにたいしてわれわれはまことに無力なのだということをぼくは深く認識する必要があると思うのです。

たまたまさきにあげた記事とおなじ日の新聞に、ビキニ環礁の子供たちが、驚くべき数字ですが、じつに八〇パーセント以上異常を生じているという事実が報告されています。かつてビキニ環礁にはもう異常はない、それが人間に異常をもたらしたことはなかったのだという宣伝がおこなわれ、それは十年近く信じられていたのでした。しかしいまやまことに悲惨な状態が覆うべくもないのです。それはビキニ環礁の住民たちには核のもたらす悲惨が表面にあらわれるまでチェックすることができなかったということの意味を、それはわれわれもまたそうなのですが、まことに重要な問題として提起していると思います。

一九六六年の一月十七日、米軍のB52が核爆弾を四発積んでスペイン上空を飛んでいた。そしてパロマレスという、せいぜいトマト程度のものを栽培する海辺の小さな農村の上で石油を補給しているとき衝突事故をおこしました。飛行機は落ちてしまった。四発の核爆弾がどこかにいってしまった。この事件にあたってアメリカ国務省ははじめ頑強に、あれは核爆弾を積んではいなかった、という声明を発しつづけたのでした。当時、この村にホセ・ロペス・フロレスという人物が住んでいた。いま生きていれば五十歳近い年齢の男ですが、かれの生きている可能性はじつは低いのです。このホセ・ロペス・フロレスという人物はいわば世界記録をもっている、どういう記録かというと、水爆を蹴とばしたという記録です。かれは小さな食料品店の経営者ですが、水爆を積んだ飛行機が村に落ちたとき、現場に走っていって、九十歳の伯父さんが現場近くにひっくり返っていたのを助けてやった。つづいてうさぎが丘という丘に上っていくと、なにか煙を出している大きいものがある。それを仔細に見たあとかれは蹴とばしてみた。それがじつは水爆であったのです。その後かれは「あのときは非常に興奮していたから、ほんとうに蹴とばしていたかどうかわからない」という談話を発表して前言を訂正しましたが、ともかくホセ・ロペス・

フロレス氏は水爆を蹴とばしうる機会に接したのです。しかもそのときすでに核爆弾は作動していた。内部にむけて強い圧力をあたえ爆弾の核反応を全面的におこさせるためのＴＮＴ爆薬は、すなわち引金にあたる装置はすでに爆発していたのです。その圧力が中心に集まらなくて外側に広がったために、次の段階の、核爆弾全体の爆発はおこらなかったけれども、ＴＮＴの爆発によって水爆の弾頭部の覆いは破壊され、アルファ線を強烈に放射する微粒子をふくんだ黒い煙がそこから吹きだしていた。その黒い煙を見て、あ、あそこになにものかがあると発見して、現場へ出かけていって蹴とばしたわけですから、この核時代のドン・キホーテはおそらくはもう生きてはいないのじゃないかとぼくは疑うのです。しかし、事件にさいしてアメリカの責任者はスペイン政府にたいして、絶対に放射能の害はなかったといいつづけていたのです。最後までそういいつづけていた。三発まで見つかってあとの一発が海に沈んでいるという事実が、ロイター通信によって特ダネにされたあとでも、さすがに核爆弾を積んでいたことまでは否定できなくなりましたが、いや、放射能の害などはないということを宣伝することはやめなかった。当時のアメリカ大使がパロマレスの浜にいって泳いでみせた。まったくかわいそうな大使ですが、ともかくかれは一月の海を楽しげに泳いでみせたのです。結局核爆弾の悲惨にかかわるものならどんな事態でも、民衆の眼からそれをおしかくそうとする、民衆が核爆発にたいして確実な想像力をもつことを妨げようとする、そういう努力がおこなわれていることのこれは端的な例です。それが核兵器を保有するあらゆる国家権力によっておこなわれてきたのです。それが、たとえばパロマレスの例、佐世保の例、ビキニ環礁の例だと思うのです。

こうした攻勢にさからってわれわれはどうすればいいか、われわれ一般の民衆はどうすればいいのか。エンツェンスベルガーは、われわれが注意しなければならないのは、倫理的な、モラリティにかかわるインポテンツの人間がいることだ、といいました。倫理的にインポテンツな男はアウシュヴィッツをなん度だってくりかえす。しかもそれをやったあと帳消しにすることができたと信じることができる連中だと、そういう倫理的にインポテンツなやつがドイツにはびこっている、それに注意しなければならない、ということを警告しました。その声を思いだしつつ、たとえばきょう、西ドイツで非常事態法が成立するという報道に接しますと、たしかにドイツにはもう一度そういう倫理的にインポテンツな人間の大群があらわれて、新しいアウシュヴィッツをつくるかもしれない、かつてのアウシュヴィッツを帳消しにしてもう一度新しくはじめようと考えはじめるのかもしれないというおそれをぼくは抱くのです。それに対してやはりドイツ人としてエンツェンスベルガーは、いや、われわれにとって最終的に帳消しにできないものがあるのだ、それがアウシュヴィッツだ、あるいは広島だ、長崎だ、といっていたはずです。たしかに権力をもっている人びとがそういう倫理的なインポテンツである場合に、民衆はどうすればいいか。まず民衆自身が、倫理的なインポテンツであってはならないでしょう。広島でどういう悲惨がおこなわれたか、アウシュヴィッツでどういう悲惨がおこなわれたか、ヴィエトナムでどういう悲惨がおこなわれているかについて、自分たちの倫理的な感覚、モラリティの感覚をはっきり目ざめさせていなければならない。そしてそういう感覚をもつこと、大量虐殺にたいする倫理的な胸のうずきをもつということが、なによりも民衆が国家権力、核爆弾のボタンを押す男にたいする抵抗をおこなうための第一の基盤となるとぼくは考えています。

アメリカのぼくの友人がイギリスのテレヴィのためにつくられた映画で、しかしイギリスでは放送されなかった映画を買おうとしており、ぼくはそれを見ました。それはチェ・ゲバラの死をめぐる記録映画です。チェ・ゲバラが殺され、その死体をいろいろな汚ならしい男たちの指がさわってみる、いじくる、眼をあけてみたりするところから映画ははじまります。そしてレジ・ドブレが獄中で話す。かれの横に鉄砲をもった兵隊がふたり立っている。生硬な英語で、自分は広く本を読んだり、ものを書いたりする機会をあたえられている。自分は自由だ、とかれはいうのですが、かれの眼はそれとまったく逆のことを語っている。そういう映画です。その最後にいわゆるグリーン・ベレーと呼ばれるアメリカの特殊部隊の将校があらわれる。そして自分たちはヴィエトナムでは失敗したが、南米のゲリラを掃討するためには、われわれの方法で南米の兵隊を鍛えればだいじょうぶだ、ボリビアの兵隊を鍛えれば、かれらは現にチェ・ゲバラをつかまえて殺した、これはわれわれの方法がすぐれているからだと誇らしげに語るのです。かれがいかに歴史に逆行しているかは、そのグリーン・ベレーの男の言葉自体が彼自身を裏切ってあきらかにする仕組みです。核兵器を頂点にアメリカが世界じゅうでやっていること、それはサルトルがいうようにまことに根本的に反動的なことです。それをグリーン・ベレーの男がはっきり示すのです。大きい国家があり、その権力者がすべての世界の民衆の運命を決定する力をもつようなボタンをそなえ、そのボタンに触れる指をもっている。そういう時代にわれわれが有効におこないうる抵抗の道はじつはないのかもしれません。ただひとつの可能性は、核兵器のボタンを押しうる権力をもった男よりも、民衆のひとりひとりが核兵器の悲惨にたいする強い想像力をもてば、やがては民衆のほうが強い抵抗力をもちうるのかもしれないと考える自由ではないかと思います。それがジャン＝ポール・サルトルのいったところの、われわれは核兵器の危険を認識しなければならないけれども、またひとりひとりが過大な恐怖心にとらえられてしまってもならない、という言葉のしだいに現実的にあきらかになる意味あいではないかと思うのです。

核時代を生き延びるということは、核兵器にたいする想像力を確実にもつことでなければならない、核兵器の悲惨にたいする想像力をもつことでなければならない、その認識があるときはじめて、核時代の希望の側面であるところの核エネルギーの開発にたいする、ほんとうに人間的なアプローチのしかたというものが可能になるのだとぼくは考えているのです。

（一九六八年五月）

5　文学外とのコミュニケイション

まずコミュニケイションをどのような対象としてぼくがとらえているかについてお話することからはじめねばなりません。ぼくは、かつてコミュニケイションという言葉をひとつの文章に使ったためにそれがしばしばぼくへの批判の手がかりにされるということがありました。それは端的にいえば沖縄の民衆と本土の民衆、あるいは本土政府とのコミュニケイションということにかかわっていたのですが、ぼくはAのがわがひとつの思想をもっている。Bのがわもおなじ思想をもっている。その幸福な場合に、AがBとのあいだに思想を伝えあって開く理解関係もコミュニケイションだけれども、逆に、AがBとまったくちがった考えかたをもっているという不幸な場合にもとにかくAの自分の考えかたをBに知らせる、自分はあなたとはちがった人間なのだということを知らせることもまたコミュニケイションという言葉の機能のうちにふくめるべきであろうと、ぼくが考えていることから発生したものでした。ぼくのアメリカ人の友達にもたしかめてみましたが、自分があなたをきらっているということをいまあなたに教えようという場合にもそれはやはりコミュニケイションであり、コミュニケイトすることだと英語の言葉の感覚において正しくそうであります。

コミュニケイションという言葉に関係づけてフランス語の世界でいえば、コンミューンという言葉があります。この五月のフランスでおこったことは新しいパリ・コンミューンであったという評価がありますが、このコンミューンという言葉を少し考えてみたいと思います。コンミューンという言葉にもふたつの意味あいというか、ふたつの性格の異なったイメージ喚起力があり、第一は、われわれがよく知っているところのコンミューン、いまからほぼ百年まえのあのパリ・コンミューンです。しかし第二にもうひとつのコンミューンのことすなわち、フランス革命直後の恐怖の時代をもまた、コンミューンといったことを思いだすべきだろうと思います。コンミューンという言葉そのものが、このようにふたつの極に分れうる意味あいをもったものなのだろうとぼくは思います。すなわちコミュニケイションを開く、という言葉を用いても、かならずしも相手と自分を同一化するわけではない。相手にたいしてまったく反撥する場合も、そこにはやはりコミュニケイションを開く手続きがなければ、その反撥自体がないのです。ひとつの国家が核兵器を開発して、こういう攻撃力をもっているという脅迫を相手にコミュニケイトしなければ、いわゆる核時代の脅威のバランス関係というものは成立しません。そのさいにたとえば中国とソヴィエト、中国とアメリカとのあいだに非常にいいコミュニケイションとしての友情関係が生じるわけではない。しかしそこでそれらの国々の関係を確実にきめているものはやはり核脅迫のコミュニケイションとよぶべきであろうと思うのです。そこで本題にもどりますが、文学外とのコミュニケイションという言葉でぼくが表現したいと思いますのは、ひとりの小説を書いている人間として、ということをあくまでも根底におきつつ、演劇についてどう考えるか、演劇の世界とどういうコミュニケイションを開きたいと思っているのかということです。あるいは映画について、また音楽についてどうかということを、具体的に考えてゆくことであります。

音楽、映画あるいは演劇をそのまま直接的に文学へと結びつける考えかたはしばしばおこなわれてきました。逆に、音楽、映画あるいは演劇を直接に文学につきあわせることはできない、それらと文学とはすっかりちがうところのものなのだ、接続不可能だと、激しく、その近親性を否定する考えかたも様ざまなそれらがあったと思います。そこでいまぼくがどちらのがわに立つかというと、そのふたつの極にともに承服できぬ気持をもっているということになります。直接に文学と映画とを結びあわせて、文学的映画批評をおこなってもそれは無意味です。文学と音楽、あるいは文学と演劇とを直接に結合すると、そこにはいろいろな不整合があらわれます。論理的にどうしても一貫しえないものがあらわれてきます。フランスの女流の評論家で、最近アルコール中毒で死んでしまったクロード・エドマンド・マニーが映画と文学とを比較考察した、すぐれた論文がありますが、そういうものによって、たとえば映画は演劇よりは小説に近いというような方向づけで論理を展開していっても、やはり実際に小説を書き、映画を作る人間はそこに種々の論理的な不整合を発見せざるをえないはずです。しかしそこに想像力の機能を中心に置いて考えてゆくとどうか？　想像力の機能は、音楽や映画や演劇や文学のそれぞれの分野でどう機能するか？　しかもそれを製作するがわにとって、またそれを受けとるがわにとってどうなのかと、秩序だてつつ想像力の問題として考えてゆけば、文学とほかの芸術分野とのコミュニケイションの問題が、多面的に、またかなり明確に、つかめるのではないかというのがぼくの出発点なのです。それは単に文学と他の芸術の関係にとどまらない、現実生活についてもおなじでしょう。われわれがこの現実世界の現場に生きているということと、文学とを直接に結びつけることにはやはり様ざまな不整合が生じるのであって、その中間にやはり想像力の機能ということをおき、それを考えあわせながら片方で文学を睨み片方で現実を睨むということでのみ、われわれはそれらのあいだに統一の手だてを見出すことができるのではないかというのがぼくの考えかたです。

　映画について例をとりながら話を進めたいのですが、そのさいに、当然ぼくは、ものをつくるがわというよりは、ものを受けとるがわから話すことになります。最近、『Bonnie and Clyde』という映画を見ました。翻訳されたタイトルは『俺たちに明日はない』といいます。この映画の監督のアーサー・ペンにたいするインタヴィューが、しばらくまえに《エヴァグリーン》というアメリカの雑誌にでており、僕はそれを読んで感動しました。映画を見るまえにそれを読み、その感動をなん度も話しているうちにその映画を実際に見たような気がしたほどです。その後、映画そのものを見て、インタヴィューの感銘をあらたにしました。『ボニー・アンド・クライド』という映画はあのディプレッションの時代、アメリカの大不況の時代に若いアメリカ人のある者たちが犯罪をおかす。そしてしだいに犯罪の深みにはいってゆき、ついに酷《むご》たらしく撃ち殺されてしまうという大筋の映画です。ぼくはこの映画を見ながら、そうした大筋の酷たらしさと別に、非常に自由な感じをもったこと、当の映画そのものからも解き放たれている瞬間をもったことを印象深く思っています。一般に映画は、それを見ている人間の自由を束縛する。小説もそれを読んでいる人間の意識を束縛する性格が強い。小説を読んでいるあいだ、自分の意識はその小説につかまえられているのであって、自由な精神の活動がおこなわれない。そこが演劇とちがったところではないかと思うのです。演劇の場合は、舞台の上で演劇がおこなわれている現場において、観衆はその舞台の上と客席の自分とのあいだにひとつの葛藤関係を見出す。それは演劇を見ながら自分の意識を自由に働かせる結果を生みだす。いわば自分がいかに自由に意識を働かせうるかということが、その演劇にかれがどれだけ深くかかわってゆくかということを決定しすらするというふうに、ぼくは整理したいと思います。ところが小説は、いったん小説を読みはじめた読者の精神の自由を失わしめる。読者の精神の自由を束縛してしまう。それと同じように、あるいはもっとしっかりと映画は映画を見る者を束縛する。とにかく映画が進行しているあいだは、われわれはその映画から自由になることはできない。映画の流れとおなじ速度でみちびかれていって、そしてエンド・マークと共に水道管から押しだされる水のように最後におっぽりだされてしまう。映画を見たばかりの人間が、映画の主役と自分とを自己同一化する錯覚をあじわうのはそうしたことの結果ではないかと思うのです。西部劇をやっている映画館から出てくる男たちを見ると、たいてい西部劇のヒーローのような歩きかたをしている。そういうことをさせる力が映画にはあるのであって、われわれは自分の意識を進行中の映画から解き放すことが難かしい。皮膚を引きはがすように自分の意識を映画の進行の方向づけから引きはがすことができないのをしばしば体験すると思います。

それは文学の場合にもあって、とくに太宰治のようなタイプの作家の小説を読む者が太宰治的な心境にある自分を発見するということはしばしばあります。作家の意識と読者の意識とが癒着してしまう。ぴったりとはりついてしまうというタイプの作家が太宰です。ぼくはそういうことを考えながら『ボニー・アンド・クライド』という映画を見ていたのですが、この映画はじつにたびたび、それを見ているわれわれに自由をあたえる映画でした。激しい劇的なシーンがあり、悲劇的な情景がある。それにつづいてたちまち激しい笑い、非常な滑稽さに移行してゆくのです。その移り変りが自由な感覚をあたえます。バンジョーの音楽がつねにそれにつきまとって効果をあげます。不況時代の青年と娘が銀行強盗をやる。興奮しきって銀行員に「お金を出せ」というと、「最近われわれは破産したところだ。お金はない」という奇妙な返事がかえってきます。強盗にやってきてそんなことをいわれても外で待っている自分の女友達は信用しないだろうから、ちょっとたのむといって外に連れだした銀行員に「私どもの銀行はもう破産してお金がないのです」といってもらって、やっと女友達を納得させて車で走ってゆく。バンジョーの音楽、愉快なチャールストン時代の音楽が鳴りひびくという仕組みです。

その転換の問題についてアーサー・ペンはこういうことをいっています。『ボニー・アンド・クライド』という映画において自分は、パセティックなものと滑稽なものとをつねにくりかえして表現したいのだ、とかれはいいます。そうしたくりかえしによってわれわれ観客は映画を見ながら一種の意識の自由を確保します。われわれは一歩しりぞき距離を置いてボニーとクライドの悲劇をみつめることができる、あるいはかれらの喜劇をみつめることができることになります。質問者はこういうふうに監督に質問します。『ボニー・アンド・クライド』の最初はちょうどバーレスクのようなリズムで展開される。それが突然パセティックになる。この転換、シャフト・ギアを入れかえるような転換を、どういうふうにしてあなたはこの映画にみちびきいれたのですか？　それにたいするアーサー・ペンの答えは、これは意識してそうしたのであるけれども、しかしばしば自分が意識しないでそういうことになったということもある。この映画は、あの不況時代になんとか楽しい生活を送りたいと思っている貧しく若い人間が、ほんの少し法律に反するところの、いわばある小さな犯罪めいたものをおかす、ということからはじまるわけです。ところがあるアクシデントによって、その小事件が大きな悲劇になってしまう。ボニーとクライドという若い男と娘の強盗が銀行にはいってゆく。あとにのこした逃走用の車にガソリン・スタンドにいた少年が乗っています。金を盗んででてきてすぐ逃げだせるように銀行のまえに車を置いて待たせたはずなんですが、このガソリン・スタンドで働いて暮していた少年が正式にちゃんと駐車するのにいいところを見つける。かれは他人が駐車するまえになんとか自分が駐車したいという無意味な競争心にかられる。そういう滑稽な動機から車をなかなか走りだせないところに押しこんでしまいます。強盗を働いて金をもってでてきた青年たちはその瞬間に車がないことを発見する。そのあげくむこうで、ここに駐車したといって手を振っているのをやっと見つけだして乗りこみますが、まえとうしろの車とぶつかりあいながらやっと出てくるという手間どりかたになってしまいます。追ってきた銀行員が車のボンネットに飛び乗ってしまう。そうなってみると、もう恐怖心から、かれをピストルで撃ってしまう。ピストルの弾が顔の正面をうちくだいてまことに酷たらしくかれは死んでしまいます。

はじめはいかにも滑稽な状況で、遊び半分に強盗をしているようなものだった。それが突然こういうことになってしまった。ひとつの笑いにつづいてひとつの悲劇が生じる。主人公はどう考えるか、自分はいまや誰かを殺してしまった、自分はああいうことをやろうと思っていたのじゃなかった、誰かを酷たらしく殺そうと思ったのでは決してなかった、ただ銀行でちょっとしたどろぼうをしようと思ったのだ。そのように、ほとんど殺人者としての自分にとまどっているようなその青年には、事実かれは強盗を働いているけれども、無辜《むこ》の他人を殺しさえしたけれども、しかしかれのもっている本質的なイノセンス、純潔無垢な、汚れのなさは、はっきりあらわれています。そうしたことすべては監督の自分が意図したことでもあるし、また意図しなかったことでもある、とそういうふうにペンは答えているのです。この映画はじつに血なまぐさく、つねに多量の血が流れている。猛烈にたくさんの血が流れるのです。質問者が、これらすべての死者たちの死はわれわれの心を締めつけるものだし、血なまぐさく、ブルーディだ、それはなぜ必要とされたのですか、と訊ねます。ペンは、ほんとうにあそこでは非常にたくさんの血が流れる、苦痛にもみちている。それは私自身の体験によれば、死とはそういうものであり、人間の血とはまことにたくさん流れるものなんだと、かれはそういうことをいいます。一九三〇年代を舞台にした映画をつくっているのだけれども、このアーサー・ペンという監督は現代を生きてきたのであり、われわれと同時代を生きてきたのであり、戦いにも参加して様ざまな体験をしてきました。人間の血は非常にたくさん流れるものだというかれの信仰は経験から生じたものでしょう。そういうところにも、われわれと同時代を生きている映画作家のひとつの横顔がはっきり照らしだされていると思うのです。

そのペンに、あなたはこの同時代についてどう考えるのか、三〇年代を舞台にするのでなく同時代の問題を映画にしようとする意志はないのか、ということが聞かれます。この場合、同時代の問題とはなにかといえば、現代アメリカの黒人問題ということになります。それについては映画をつくる意志はないのか、と問うのです。ペンはまずはじめにこういうふうに答えます。自分はたしかに黒人の問題について映画をつくりたい。黒人の問題について現に私はいくらかのことを知っているつもりだ。現在、黒人にどういう不正がおこなわれているかということを知っている。黒人がどういうふうに痛めつけられているかということも現実にしばしば見てきた。しかし、自分はその黒人問題について、パースペクティヴの全体をもたないのだ。黒人問題がどう展開しどう終るのかという、未来にかかわった、黒人問題の全体的な展望をもつにいたっていないのだ。そこで自分には黒人問題の映画をつくることはできない、かれはそういうふうに答えるのです。だからといってアーサー・ペンは同時代をのがれているのか、同時代から逃避しているのかというと、そうではなくて、かれがいまなにを考えているかというと、かれはアメリカ原住民の映画をつくろうとしているのだというのです。それは非常におそろしい映画、ほんとうにアメリカ原住民がカスター将軍の時代にどのように扱われたか、どのように大量の血を流したのかということをリアリスティックにとらえた映画を自分はつくるつもりだ。それをつくることによって現在の黒人問題について自分がいくらかアプローチすることができるかもしれない、とペンはいいます。すでに原住民問題は終ったといってもいいでしょう。かれらの大半がほとんど滅びてしまった。原住民問題のパースペクティヴというものは全体としてある。そこでそれをつうじて映画をつくることによって、現在の黒人問題を認識したい。もしかするとその段階をつうじて、黒人問題の未来についてもまた自分のパースペクティヴが開けるかもしれない。そういうことで自分はアメリカ原住民の映画をつくろうとしているのだと、ペンは答えます。つづいて、なぜアメリカ原住民の問題をつくりながら今日の黒人の問題を理解することができると自分が信じはじめたのかという理由にかれはこういう実例をあげるのです。『ボニー・アンド・クライド』の試写会のようなものをしていた。そこに黒人が五人いた。映画においてはボニーも白人ですし、クライドも白人です。そのボニーとクライドの二人組の一九三〇年代の犯罪物語が画面でおこなわれているわけですが、それを見ている黒人がこんなことをいうのをペンは聞いたという。このとおりやればいいのだ、この方法で生きればいいのだ、あのボニーとクライドという殺人者たちは完全にあれでいいのだ、正しいのだと黒人たちはいった。ボニーとクライドの二人組は結局それ以上なにものも失うものがないという状態にいる人たちです。ペンの言葉でいえば I have nothing more to lose. という状態にある。これ以上なにものをもなくすることがないという最低の状態にいる。おなじ状態の黒人たちもボニーとクライドに自分を同一視することができたのだ。そのようにボニーとクライドのうちに自分を発見するような黒人たちの運動は、決して暴動ではなくて、反乱なのだ、あるいは革命なのだ。革命の一番最初のとっかかりなんだということがわかったと、アーサー・ペンはいっています。

アーサー・ペンは映画の製作をつうじて、過去の問題のなかに映画の主題を探り求めること、過去の問題をつうじてひとつの映画をつくることによって、現在の問題を把握しようとしたわけです。しかも明日のパースペクティヴ、未来にいたる展開についてもひとつの感覚を見出そうとしていたはずです。それと同時に、観客のがわでもある黒人がボニーとクライドとは皮膚の色がちがうけれども、あれが自分の生きかたなんだと叫んで、かれら自身の現実を認識するということがおこる。それをぼくは映画の最上のイマジネイションの効用ではないかと思います。

小説にしても演劇にしても、われわれのイマジネイションの力に一種の活力をあたえるもの、われわれがもっているイマジネイションにたいしてもうひとつ別のエネルギーをあたえてくれるもの、それによって自分たちが自分自身の現実とのかかわりかたについてもうひとつ新しい力をえる、新しいイマジネイションの力をうる、ということが芸術の力ではないかとぼくは考えているのです。文学の仕事をやっている人間として特殊化しますと、小説を書いている人間としてのぼくが映画を見る、演劇を見る。そこでおこなわれるイマジネイションの力学というものは、結局は自分自身の文学的な想像力にたいして新しい力をあたえられるという関係に帰するのじゃないか。そういうコミュニケイションこそがおこなわれるのではないか。そうしたコミュニケイションというものをもっと広げて考えれば、現実生活をどのように理解するか、どのように対処するかということについての、自分のイマジネイションに新しい力をあたえられる。その力のあたえられかたは決して直接的なものではない。イマジネイションをとおしてそういう力をあたえ、あたえられる力学の関係が生じるのではないかとぼくは考えています。

例を演劇にとっていいますと、まず演劇と文学とどうちがうかということは、さきほど申しあげたように、ぼくはそうしたことを簡単にいってはいけないという意見なんですが、一応のところ演劇と文学、演劇と小説とを分けるものとして、演劇の作家たちはどう考えているかということを紹介することからはじめましょう。たとえば木下順二さんの書物によると、演劇的なもの、ドラマティックなものとは、人間の運命をこえるもの、人間の力をこえるもの、そうした非常に大きい対立物があって、それと自分が緊張した関係をもっている。しかも結局は自分が滅びざるをえない、人間のほうで滅びざるをえない、そういう対立と緊張というものが演劇、ドラマの本質ではないかと、木下さんはいっておられます。ギリシャ悲劇においては神がいる。近世のフランスのラシーヌやコルネイユの悲劇では、運命という絶対物がある。そういうものにたいして人間は戦う。そして結局はそれに打ち倒されてしまう。それが演劇なんだと木下さんはいわれます。そこで現在は、まあ神がいない時代でしょう。また運命が人間の力を大幅にこえる大きい力をもっていると信じる人も少なくなっているでしょう。そこで現代ではドラマに説得力がなくなったのじゃないか。ドラマにおける真の対立というものが根本のところでなくなってしまったのじゃないか、という質問を木下さんはしばしば受けてこられたそうです。しかし木下さんの考えは、現代においての対立物は、ほかならぬ歴史だということのようです。歴史が人間に対立するもっとも巨大なものとして現在ある。歴史と自分との対立関係において非常に緊張した存在である現代人がいる。その存在の歴史にかかわる緊張がドラマの根元であるし、歴史と戦ってついに人間が敗れるという状況もまた、ギリシャ悲劇において神と戦って敗れた人間のそれのように、ラシーヌにおいて運命によって滅びた人間のそれのように、人間にドラマティックな認識をおこなわしめるものではないかといっておられます。それは紅衛兵の革命についていえば、これまで中国の革命の歴史の核心のところを自分が担当してやってきた人びとの不意の失脚があります。最後の段階で、これまでほかならぬ自分が推し進めてきたところの革命そのものによってかれが断罪されなければならない。しかも、文化大革命で批判された人たちは、それぞれにみんなマルキストなのですから、歴史の進行の方向づけということについては、かれらの歴史がどのように進むかということについての未来につながる展望については、はっきりした考えかたをもっていたはずでしょう。そこで、自分がいま歴史の進行とのあいだに激しい緊張関係をもって存在している、という自覚はきわめて強かったはずです。自分のまわりを子供のような紅衛兵が囲んで、首かせなんかつけさせる状況ですが、しかし歴史の進行については、かれはその紅衛兵たちより多くのことを知っているにちがいありません。しかしその自分が歴史にかかわっていってやはり滅びざるをえない。そういう歴史と自分との相互関係の認識というものはたしかにドラマティックに緊張したものだろうとぼくは思うのです。

ポーランド人のヤン・コットという批評家が『シェイクスピアはわれらの同時代人』という本を書きましたが、そこにもおなじように、歴史が人間とのあいだにつくる相互関係の分析があります。歴史との相互関係の上で緊張している存在、そしてついには歴史によって打ち倒される存在、それが非常にドラマティックだということを、さきほど申しましたパリ・コンミューンと関係づけてヤン・コットは説明しています。歴史からおくれてきた人間の悲劇は誰の眼にも見えます。たとえば社会主義国家に生きていて、そこで反動といわれる人びとがいるとすれば、そこにおこるたしかに歴史と関係した悲劇は、いわば歴史に少しおくれてきた人間の悲劇ということになるでしょう。もちろんどちらが早くきたか、どちらがおくれてきたのかということは、じつはまだはっきりわからない。いつそれが逆転するかわからないというのが、歴史というものでしょうが。ところでおくれてきた人間と逆に、早くきすぎた人間の悲劇というものもある。早くきすぎて、歴史の進行をなんとか自分にあわせて早めようとむなしく努力する人びとも、やはり歴史の生んだ悲劇の主人公であると、ヤン・コットは書きます。歴史からおくれてきた人間がなんとか歴史を引きとめようと思って非常にむなしい努力をする悲劇というものがある。たとえばグエン・カオ・キというあのじつにおそろしい将軍は絶対に歴史からおくれてきている。しかもなお歴史の進み具合をくいとめようとして、アメリカ軍から猛烈な量の兵器と兵隊とを求めてがんばって、いるわけですが、ああいう人間も歴史からおくれてきた、しかもむなしく歴史を引きとめようとしている人間として悲劇の主人公あるいは喜劇の主人公たりえるでしょう。しかしそれは非常に一面的な人間の、歴史にたいする全体のパースペクティヴをもたないための悲劇あるいは喜劇ということです。ところが歴史から早くきすぎた人間は、歴史について遠いパースペクティヴをもっているはずだけれども、そういうパースペクティヴをもっていること自体がかれの悲劇を決して救いはしない。かれもまた新しい悲劇の主人公とならざるをえないということがおこります。すなわちつぎの時代になって、演劇でいえばつぎの幕になってはじめて正しいことになるところの歴史的な真実というものを、一幕まえに、一時代まえに主張しようとする。そういう人間もまた歴史の悲劇の主人公なんだと、ヤン・コットはいいます。そしてこういう人間がなぜ悲劇に陥るのかといえば、そのようなかれら、歴史より早くきすぎて歴史の悲劇に巻きこまれてきてしまった人たちには、人間の自由とはなにかということへの認識が欠けているからだと、ヤン・コットはいうのです。

それはジャン＝ポール・サルトルの考えかたと近いといっていいかと思います。ジャン＝ポール・サルトルはいまやもっとちがうところへふみだしてきたようですが、『存在と無』で出発した時代のサルトルの考えかたと似た考えかたのように思われます。これらの人たちには自由というものは、結局、無制限な自由じゃなくて、じつは歴史的な必要の存在というものを人間が意識的に確認すること、それだけが人間にあたえられた自由だ、ということの認識が欠けていたためにこういう悲劇が生じたのだ。その結果かれらは、解決可能な問題だけしか解決しないという歴史の必然によって滅ぼされてしまった。たとえば、パリ・コンミューンはこういう歴史の悲劇の例であると、ヤン・コットは書きます。すなわち、われわれはまことに多様に自由だと思っている。歴史の真実のまえにわれわれは立って、その歴史を少し早めようと努力する。しかし歴史にできることはなにかというと、歴史のその時点において解決可能なことのみを解決するだけなのだ。だから歴史におくれてきた人間同様に、歴史より早く進みすぎた人間も、自分自身の手によって歴史を早めることができる、二幕目のうちに三幕目のことをやってしまうことができると考えて緊張して戦った結果、打ち倒される、そういう悲劇がまことに数々くりかえされてきた。そのひとつがパリ・コンミューンの場合だと、ヤン・コットはいうのです。

こういうふうにいいますと、それはまったく敗北主義的じゃないか、人間は歴史のまえでつねに滅びるのか、という疑問が生じるかもしれません。しかしぼくはそういうふうに疑うよりも、人間と歴史とが対立しており、歴史的な必然にたいしていささかの抵抗を試みる。そういう人間のむなしい努力がそれをみつめている人間仲間にたいして、いかにドラマティックな、パセティックな感動をあたえるかということを中心において考えてみたいのです。たとえばボニーとクライドというふうな人たちは単なる失敗した強盗にすぎないけれども、かれらがベッドにはいってこういう会話をします。もし明日にも世界が変っているとしたら、すなわち歴史がすっかりくつがえって、明日から犯罪者たる自分たちが逆に自由になったとしたら、あなたはどうするかと女が男に訊く。男は、じゃあぼくたちはいままで銀行を荒したことのない州にゆこう、たとえばオレゴン州にいって、そこで家をもとう、そして別の州へ出かけていって強盗を働いて、その金をもって帰って楽しく暮そう、といいます。ここで面白いのは、女のほうでは歴史がすっかりくつがえってしまうこと、われわれの現実世界がすっかり逆転してしまうことという、現実をすっかり拒否してしまうほど大きい想像力をもっているにもかかわらず、恋人のほうは、別の州にいって暮そうという程度の想像力しかもたないところが、実に愛らしいというか悲しいというか、あの映画の悲しみとおかしさとの接点だと思うのですが、ともかくひと組の犯罪者がいる。かれらをそこまで押しこめたアメリカの不況時代の歴史にたいしてまことに個人的な抵抗をおこなって、そして滅びてしまう。それはたしかに歴史的にむだなことのあきらかな犯罪事件にすぎないけれども、しかしそこでおこなわれる非常にむなしい抵抗に、われわれはひとつの感動を覚えざるをえない。そこにわれわれ自身の自由の感覚をすら発見せざるをえない。それはやはり演劇とか映画というものが、それ自体では現実生活と異なるところで完結しているようであっても、われわれ現実生活に生きている人間の、イマジネイションをつうじては、多様に働きかけてくるということ、しかもそれは結局は、歴史そのものと根源的につながっていることを示すのではないかと思うのです。

ぼく自身も、戯曲を書こうと試みたことがなんどかありました。事実、ごく小さな戯曲、三分間ぐらいで終る芝居をいくつか書きました。もっとも長い戯曲を書こうと思ったこともないわけではないのです。いまもなおいつかそれを書こうと内心では思っている主題があります。それはぼくの実力、あらゆる意味での実力をこえていますから、実現のみこみは少ないのですが、それは、ジャン・カルヴァンというジュネーヴの宗教改革者の伝記なのです。ジャン・カルヴァンは、一五〇九年に生れて一五六四年に死にました。一五一七年にマルチン・ルターがヴィッテンベルク教会に九十五箇条のテーゼというものを掲げて宗教改革を開始します。ちょうど同時代にカルヴァンはフランスで勉強していた。モンテーギュ学寮という学寮で勉強していた。それは非常に有名な学寮です。まことに不潔なことでも有名であって、モンテーギュ学寮で勉強した人にたいしてこういう問答をする諷刺をおこなった文学者がいるほどです。「あなたはモンテーギュ学寮で非常に多くの学問をお仕入れになったでしょうな」「いいえ、私は大量のシラミを仕入れてまいりました」。そういう大量の、フランスの中世のシラミに咬まれつつ勉強してカルヴァンは非常に重い病気にかかるほどでした。かれは神学者になろうとしていたのですがいったんはやめてしまいます。父親が法学をやれ弁護士になってくれという。そこでかれは牧師になることをやめて、弁護士になる勉強をはじめたのです。その途中で、一五三一年に当の父親がノアイヨンという町において死んでしまいます。そこへ帰ってゆくと、父親は宗教について新しい考えかたをもっていたということで、破門されていて、教会が葬ってくれない。そこで父親を葬るために苦しむのですが、同時に、ちょうどその年からはじめて一五三二年の終りころまで、パリでセネカの『デ・クレメンティア』という本の注釈をします。暴君ネロの先生であったところのセネカが『デ・クレメンティア』という本を書き、そのラテン語についての注釈の本をかれは書いたのです。すなわち『寛容について』という本をかれが注釈したということを記憶にとどめておいていただきたいと思います。それを発表した年からカルヴァンはジュネーヴにゆきました。そこでファレルという非常に激しい志をもった宗教改革者と一緒になります。そしてあらためて牧師としてジュネーヴに新教を広める、そういう仕事をかれが請け負ったのです。カルヴァンはそのようにして仕事をはじめるのですが、あまりに苛酷な規則をともなう仕事のしぶりなので、逆にジュネーヴの市民が閉口してしまってかれを追放してしまった。二年間働いたあと、カルヴァンは一五三八年にはもう追放されてしまいます。はずかしめられて、ジュネーヴから追い出されてしまった。

ところがあと三年たってふたたびかれはジュネーヴに呼びもどされたのです。そしてあらためてそこでカルヴァンは牧師として、しかも政治的な権力ももった人間としてまことに激しく苛酷に改革をはじめます。かつて『寛容について』という本を注釈した人間でありながら、かれはまことに不寛容に市民を処罰する。その処罰のしかたはまことに猛烈です。たとえばかれが説教しているあいだに笑った人間は処罰される。二十五歳の男と結婚しようとした七十五歳の婦人にたいする処罰というのもあります。二十五歳の男は十年間ほど監獄にいれられることになりましたし、七十五歳の婦人のほうは五年間ほど監獄にいれられることになります。ついにはミッシェル・セルヴェという、かつて自分に宗教改革のプランを書きおくってきて教示をもとめたような人間まで、焼き殺してしまうようなことになってしまいます。そしてかつて寛容について本を書いたかれ自身が、セバスチャン・カステリヨンという同時代のユマニストから新しく寛容について問いつめられることになります。人間がほかの人間を考えかたがちがうからといって首を切っていいのか、焼き殺していいのかという、もっとも基本的なことをあらためて問いつめられるような状態にかれははいりこんでしまったのです、権力とともに。

そのカルヴァンの生涯を考えると、ぼくは自分の幻の戯曲について夢想せざるをえない、様ざまのドラマティックな細部でいっぱいです。まずかれはモンテーギュ学寮で病気になったとき、牧師になることをやめた。そして法学者になることを決心したのですから、そのままゆけば弁護士として安楽な生活を送れたでしょう。それがもう一度、牧師になったことはしかたがないにしても、いったんジュネーヴから追い出されながらなぜあらためてジュネーヴに乗りこんでいって改革の仕事についたのか。それだけ使命感にもえていたのか、というとそうでもないようだから奇怪です。自分はほんとうに地獄にゆくことになっても、もう一度ジュネーヴに乗りこむことだけはいやだという手紙さえ書いているにもかかわらず、ふたたびかれはそこにはいりこんでいったのです。そして寛容の思想どころか、その逆の非常に激しい断罪者としての自分をつくりだしてしまう。人間を焼き殺すような男になります。ほかならぬ歴史がそうさせたのだということもいえるでしょう。フランス・ルネサンス、宗教改革という歴史とカルヴァンの力関係をこそわれわれは見なければいけないのかもしれません。歴史の力こそがかれをそういうところにみちびいたんだというべきかもしれない。しかし、事実カルヴァンはなんどもそうした位置、そうした役割りから引きさがる機会をもったのです。しかもかれはわれとわが身をその歴史の悲劇のただなかに投げこんでゆく選択をおこないつづけたのでした。それを考えれば、歴史と対立して、歴史によって滅びるといっても、それはかならずしも人間と歴史との関係を敗北主義的にのみ見ているということにはならないかもしれません。歴史と争って、歴史と対抗して、ついには滅びるにしても、かれが自分自身でそれを選んだのだといいうる場合もある。それをヤン・コットの言葉でいえば、自由とはなにか、歴史的現実のまえの自由というものはなにか、それはその必然を自分の意識において確認することだ、こういう歴史的必然があるのだということを自分の意識において確認する、それが人間の自由なのだ、と考えれば、ぼくは先ほどからの演劇の問題のとらえかたを少し広くすることができるのじゃないかと思うのです。

演劇はそういう歴史的な問題、歴史と人間との対立関係の核心をわれわれに確実に示してくれる。作家もまた演劇に接近することによって、小説における人間と歴史との関係について多くのことをみちびきこみうるでしょう。それが演劇と小説とのあいだのコミュニケイションがもたらす最大のものだとぼくは思うのですが、それをもっと拡大していえば、われわれ自身が現実生活に生きるための、イマジネイションを解放する力が文学にある、演劇のなかにある、音楽のなかにあるというべきなのじゃないかと思います。そしてそのように力をあたえられた想像力が、どういう作用をするかといえば、それはわれわれが自分の同時代にどのように参加してゆくかということの、その基本姿勢をわれわれにあたえてくれるのではないだろうか、とぼくは考えております。自分が同時代にどのように参加するか、と疑うとき、力をあたえる方向に芸術がわれわれのイマジネイションを解放してくれる。芸術によって解放されたイマジネイションによってわれわれは、自分の現実生活の岩盤をつきやぶるドリルをえる。それがたとえば『ボニー・アンド・クライド』という映画を見て、あれでいいのだ、ああいうふうにおれたちは生きればいいのだと、黒人が叫ぶということの端的な意味あいじゃないだろうかとぼくは思うのです。

その芸術によって解放された想像力によって社会に立ちむかってゆく、そういう際の想像力をどうよんだらいいだろうか。それは文学的想像力というものではないでしょう。演劇的想像力でもない。映画的想像力でもない。それはライト・ミルズというアメリカの実践的ジャーナリストが、sociological imagination という言葉を使いますがそれにあたると思います。ソシオロジカル、社会学的なイマジネイションというふうにライト・ミルズは提示するのです。ミルズはこういうふうにいっています。社会学的想像力を所有している者は、巨大な歴史的状況が非常に多様ないろいろな個人の内面においてどのような意味をもつかということを理解することができる。同時にわれわれが個人として生きている、ひとつの生涯を送っている。それが非常に歴史的な巨大な状況のなかで、演劇において悲劇的な状況をかもしだすような、非常に歴史的な大きい状況のなかで、われわれ個人が生きることの内面的な意味および外面的な意味がどういうものかということを、社会学的想像力をもっている者だけが把握することができる。こういう想像力をもっていなければ、社会にたいする想像力、社会学的想像力をもっていなければ、われわれはたびたび混乱する。社会のなかで自分がどういう位置づけをもっているのかについて非常にしばしば混乱する。日常生活は非常に混乱しているものだけれども、そういう非常に混乱した日常生活のなかで根本的な行動とはなにかと、どのように把握するか。われわれ個人個人は非常に多くの不安をもって生きているわけだけれども、そういう個人の不安というものも社会とのつながりの上で、どのように理解することができるか。そのためには社会学的想像力をもたなければならない。すなわちたとえば芸術とか文学とかいうものでいったん解放された想像力をもった人間が社会に立ちむかうときのみ、自分の個人的な不安が社会のなかで、社会の大きい構造のなかでどういう意味あいをもつのかということを理解することができる、というふうにライト・ミルズはいっているのだと考えていいでしょう。この社会学的想像力をもっている人間こそが、社会のなかで個人としての自分が大体どういう位置にあるのか、歴史にたいしてどういう位置づけを帯びるのかということを理解することができるのだ、とかれはいっているように思います。

もっともわれわれがひとつの想像力をもっているからといって歴史的な必然を打ちこわすことはできないだろう、それはすでに想像力の問題じゃないだろうというふうに反論されるかたはたくさんおられるだろうと思うのです。想像力のかわりに実践が必要なんじゃないか、イマジネイションのかわりにプラクティスが必要なんじゃないか、プラクティス、実践をつうじて人間は変り、社会は変るけれども、イマジネイションによっては人間も社会も変らないのじゃないか、という反論がありうるだろうと思うのです。しかし、われわれが映画とか演劇とか文学によって解放され、力をあたえられたイマジネイションをもつとき、少なくともそれによってこの社会に生きる自分がどういう巨大な必然の指によってつかまえられているのかということを確認する自由をわれわれはうるではないか。文学とか映画とか演劇とかいうものがわれわれにあたえる力は、そういう現実世界のなかにいて、そういう社会全体のなかにいる自分自身を、その内部の小さな不安をもまたふくめて、そういうものすべてを確認する力をあたえる力ということではないか。それをたまたまライト・ミルズは、社会学的想像力といいますし、ぼくはそれをもっと広げて、あらゆる芸術的なるものによって喚起された想像力が、様ざまな芸術分野のあいだのコミュニケイションをつうじてもっと押し広げられ、そしてひとりの人間の内部に力としてはいりこみ、やがては社会にむかってその人間の態度を決定させるところの想像力にまで発展するのではないか、と考えていることを申しあげたいのです。

最近、ロバート・ケネディというアメリカの議員が暗殺されましたが、その殺害の現場にいたニューヨーク・ポストの記者が書いたセンチメンタルな記事を、アメリカから送ってもらって読みました。それにはこういうふうに書いてあります。ロバート・ケネディは演壇をおりて台所を通って——ちょうど演説のおこなわれたホールの裏側にキチンがあって、そこで宴会の料理をするのですが、ケネディはコックたちと握手してそこをとおりすぎた。そして廊下に出た瞬間にピストルで頭を撃ち抜かれた。それをみんなが見ていたのです。すぐ横にいたルーズベルトという名前の元プロ・サッカー選手が犯人をつかまえてテーブルの上に押しつけたけれども、犯人はまだピストルを放さない。そこでテーブルの上にとびあがった男がピストルをにぎったこぶしの上で跳躍したけれども、なおもそのハーサンという人物はピストルを放さない。そのうちにそれを見ていたある女性が、あのルーズベルトという護衛係は犯人を殺す、どうかあれを殺させないでくれという恐怖の叫び声をあげた。そういう状況を非常に克明に描写している記事です。ロバート・ケネディという人物を好むと好まないとにかかわらず、とにかくひとりの政治家が殺される。その政治家が殺されることとの背後には、われわれの現代の歴史そのものとでもいうべき巨大なものが存在します。それにたいしてどういうイマジネイションの力をもって接近してゆくかということによって、そのおなじ場所に立ちあった人たち、ひとつのおなじ事件を見た人たちの反応にまことに多様な差異が生じてきます。ある人間はその暗殺によっておこるべき大統領選挙の新局面について考えたでしょうし、ある人間はついには核戦争にいたる新しいエスカレイションの恐怖を感じたかもしれない。ある人間は黒人問題についてまた考えたでしょう。しかし、少なくともあの叫び声をあげた女性はそうしたことはなにも考えない。ただ大きい元プロ・サッカー選手が、ピストルで議員を撃った男をいま殺そうとしている。あの男にあいつを殺させたらもっとおそろしいことになるということしか彼女は考えないで叫んでいる。そういうこともまたあります。すなわちわれわれは同一の現実世界に生きている以上、たしかにいかなる問題についても、あらゆる人びとが自分とおなじひとつの現実を見ていると感じることもまたできるでしょうけれども、しかしじつはまことに様ざまなものによって決定された、多様なイマジネイションをつうじてそれぞれがその現実に立ちむかっているのです。それぞれがその現実のなかにおけるある事件と、自分自身のそれについての位置づけを独自に考えているのです。それはおそらくきわめて重要なことでしょう。われわれが生きている状態そのものが、われわれのそれぞれに多様なイマジネイションと深くかかわりあってのみ成立しているのです。そうである以上、われわれはこの現実世界に生きていると同時に、イマジネイションの世界にも生きている。われわれの肉体が死ぬときはじめてイマジネイションも死ぬ。そこでむしろ、イマジネイションとはわれわれ人間の現実そのものだといってすらいいと思うのです。

（一九六八年六月）

6　文学とはなにか？　(2)

――客観性の問題をめぐって――

ぼくはいまひとつの中篇小説を書いています。しかもその小説が失敗しつづけているのです。そこで、この小説がどういうかたちでうまくゆかなくなってしまうのかということを具体的にお話してゆけば、おおげさにいえばいわゆる十九世紀的な小説から、現代の小説にいたるいわゆる客観性ということの考えかた、また主観的ということの考えかたの歴史をぼくのやりかたでなぞる手がかりになるのではないかと思います。

そこで、このまえまず「文学とはなにか」という主題でお話したときは、おもに外国文学あるいは日本文学のひとりの読者としてお話したわけですが、こんどは作家がどういうふうに小説を書くのかということを中心においてお話したいと思います。まえの話と想像力にかかわってうまく表裏一体をなせばと思います。

前々回の「核時代への想像力」という講演にたいする質問のなかに、核兵器の登場が人間に不幸をあたえるということは確実だが、としてつぎのようにいわれたかたがあります。しかし一般的にいえば、科学技術が進めば、それが社会にどんな働きをなすものかを見きわめずにどんどん世のなかに送りだされてゆくものではないか。もしそれを阻止することが不可能であるならば、われわれはどういう態度を確立せねばならないのか。結局、核兵器にしても、科学の進歩である以上、それがいくらかの害悪をあたえることはしかたがないのじゃないか？　この種の考えかたは、わが国の保守派のそれもタカ派の主張とぴったりあっているところがあります。もちろんこのかたは核兵器そのものにたいして反対しようという考えかたをもっていられることにおいて根本的にちがいますが。いわゆる体制派の考えかたはどうかといいますと、われわれは核アレルギーをもっている、日本人は核アレルギーをもっている。そこで核エネルギーの開発におくれをとるのではないかということです。日本人もいわゆる核アレルギーというものを放棄して、世界中でおこなわれている核エネルギーの開発に参加しなければならない、自分はそれを押しすすめるつもりだというようなことをいう候補者が三百万の人によって支持されるというような選挙もありました。ぼくはこの三百万の人びとにたいして反対します。そしてどういうことをいいたいのかといいますとほぼつぎのようです。核エネルギーを開発することにぼくは不賛成ではありません。わが国でもじつは核エネルギーは現に開発されています。日本人が核アレルギーで萎縮している、と主張する連中は意識してそのことに触れないけれども、東海村では核エネルギーが開発されていますし、東海村で開発された電力はいま町を流れています。それにぼくは反対しません。しかし、なぜぼくが自民党の核開発の主張に疑問を抱き、警戒心をもっているかといいますと、それは核兵器と核エネルギーとをすっかり切りはなしたかたちで開発することが現におこなわれているのかというとそうではない。今後はますます核兵器と結びつけたかたちで核エネルギーの開発がおこなわれるであろうという具体的、現実的な危惧をぼくが抱くからであります。

　三日ほどまえにオットー・ハーンというかたが西ドイツのゲッチンゲン病院で亡くなりました。八十九歳でした。このオットー・ハーンという学者は、あとでお話しますホーホフートという劇作家の演劇のなかでも言及されますが、かれはドイツの物理学者であって、核分裂現象をはじめて発見した人です。それで原爆の父親といわれている。しかしかれ自身は原爆の製作に反対でした。かれは文字どおり生命を賭けるようにして、ヒトラーの原爆製造計画に反対した人間として知られています。オットー・ハーンという学者の生涯に、ぼくはすでにさきほどの問題の核心がふくまれていると思いますが、かれは科学者として、核エネルギーの開発の方向に進まざるをえなかった。しかしかれは、自分の科学的な発明が核兵器に利用されうることをもよく知っていたわけです。そこでかれが生命を賭けておこなったことはなにかといえば、ヒトラーにたいして断固として核爆弾の製造に反対することだったのです。

すなわち核エネルギーを開発することを、ある日本人が望むならば、それはまず広島・長崎の悲惨な経験を継承することを前提としたうえで、オットー・ハーン教授にまなぶところの態度をとらなければならないはずでしょう。核エネルギーの開発が核兵器の製造と結びつくことは、日本の産業界において絶対にありえない、ということを確実に見きわめたうえで、それを繰りかえしたしかめつつ核エネルギーを開発してゆくのでなければならない。それよりほかの道はすべて核戦争に積極的に日本人が参加することにつながらざるをえないと思います。しかも核基地として沖縄を提供している政府はすでにそれを望んでいるのではないかというように、ぼくは現実的に疑わざるをえないわけであります。その証拠として、さきほどの選挙が終った直後に、防衛庁の外郭団体である、安全保障調査会というものが出した、『日本の安全保障——一九七〇年代の展望』という本があります。

安全保障調査会というのは防衛庁の外郭団体であり、すなわち防衛庁が資金を出して調査を依頼している団体です。そこの知恵者たちがどういう発表をおこなったかといいますと、ウラン型原爆についていえば、その材料である高濃縮ウラン生産の基礎研究は日本で進んでいる。すでに工業化しうるデータが保有されている。将来、ウラン型原爆のための濃縮ウラン工場を建設することを仮定した場合に、原爆一個分の原価は約一億円程度となるであろう。約一億円あれば日本人にも原爆がつくりうるということを公言したわけであります。日本にいま大学が八百以上あるということですが、その八百いくつかの大学に、政府は約一億円ほどずつの補助金を毎年出しているといわれますが、そうだとすれば仮に文部省が大学にお金を出すことをやめれば、日本は八百個以上ずつ毎年原爆をつくることができる、と考えてみればいいのじゃないでしょうか。国鉄の赤字が毎年一兆円くらいになるといわれますが国鉄の赤字をうめる分だけで相当な原爆がつくれるわけです。単純化すれば、ということですが、とにかくその程度の規模の予算で核兵器をつくりうる段階にきているわけです。

プルトニューム型原爆については、わが国の場合、日本原子力発電会社の東海炉（すなわち東海村にあるところのそれです）が現に運転中ですが、軍用プルトニュームの生産に適しており、同炉の使用目的を転換すれば、少なくとも年間二十発分の原爆材料が生産できる。いかにも平和目的にということで現在動かされている原子炉を転用するだけで、年間二十発分の原爆材料が生産できる、とおそろしいことが明言されているのであります。

水爆については、小型で、しかも効率のよい水爆装置を考えるには、できるだけ純粋に重水素を分離することが必要で、この面ではまだ多くの開発の努力を要する。わが国のＩＣＢＭ開発および製造の潜在能力は、核弾頭部分を別にすれば、フランスと著しい差異があるとは認められない。わが国がＩＣＢＭ級弾道兵器を開発保有することがあるとしたならば、その発射台は潜水艦の可能性が強い、などなどの点があきらかにされたと、現実に書いてあります。すなわちわれわれ日本人は、原爆ならば、直ちに一億円程度を投下するのみでつくれる。一億円のお金があれば、東海村のほかならぬ東海炉で年間二十発ずつそれをつくることができる。水爆についてだけは、少し研究しなければならないものの、ＩＣＢＭについてはフランスと大体おなじくらいの能力があるものをいまでもつくれる。フランスがたとえば東ドイツに撃ちこむつもりだとすれば、日本は中国に、あるいは朝鮮民主主義人民共和国に撃ちこむつもりなんでしょうが、そういうことはできるんだぞとまことに慄然たらざるをえないことが科学的なデータにたって書かれています。日本の防衛庁が、正面から核兵器、核爆弾の製造についてこう考えている。自民党が、自分たちは核爆弾のことは考えないのだ、ただ核開発をおこなおうというのだといいたてるにしてもいったいなにをどのように開発するのかということの明言はさけています。しかし現実には東海村で濃縮プルトニュームができあがっていて、どの点が未開発なのかといえば、それは水爆について、それも、小型でしかも効率のよい水爆装置を考えるには、できるだけ純粋に重水素を分離することが必要であるゆえに未開発だと、防衛庁の外郭団体である安全保障調査会はいっているのです。それは、論理のおもむくところ政府がこれから核開発に力をいれるとすれば、すなわち重水素の純粋な分離の方向に学者をむかわせるということでしょう。そして水爆の準備のために重点がおかれると考えざるをえないのではないでしょうか。

その点についてぼくは、日本の民衆が核爆弾について、それをもつことはいやだ、核爆弾は製造しない、核戦争はおこなわしめないという態度を確実に認識しつづけなければ、そして防衛庁が産業界やら学者たちやらとともにおこなうことにたいして、まともな監視能力をもつのでなければ、いま漠然と、核エネルギーを開発するための努力を重ねなければ二十世紀のスペインになる、などと情緒的な扇動をおこなう新しい政治家の出現の危険を過小視できないのです。ウィルフレッド・バーチェットという、朝鮮会談のときに活躍したジャーナリストが、ほぼ十五年ぶりに朝鮮を再訪して、朝鮮民主主義人民共和国がどのように復興したかを報告した本が翻訳されました。『再び朝鮮で』という本ですが、そこで三矢計画とか飛竜計画、フライング・ドラゴン・プログラムと米軍がわのいったそれでしょうか、それは一九六五年でしたか、国会でも一応は問題になりましたが、防衛庁が米軍とともにおこなおうとした様ざまな策動について、そのときの仮想敵だった北朝鮮の人たちがどう考えたかということについての記述があります。三矢計画とか、飛竜計画というふうな作戦プログラムで、大韓民国軍と日本軍と中華民国軍と第七艦隊が、核兵器を用いて北朝鮮および中国を攻撃する、そういう計画が日本の防衛庁で検討される、そういう現実について北朝鮮の民衆がどのように感じたか、どのように緊張したかということを、バーチェットは非常にはっきり書いています。ぼくはそれに喚起されつつ様ざまな問題をあらためて考えてみるのですが、日本の若い保守党議員が、わが国も核開発を進めたいという場合に、それがたとえば北朝鮮で、あるいは中国でどのように受けとられるかということをぼくは考えてみる必要があると思うのです。核爆弾を日本人が開発するなどという脅威を周辺の国にあたえてはならぬ以上、核エネルギーと核爆弾とを確実に分離して開発しうるかどうかを、われわれが監視できるかたちでもってしか核エネルギーの開発というものは許されてならない、ということを、きわめて悲観的な見とおしにおいてながらぼくは考えているのです。それが結局はうしろむきだということではない、科学主義に反対だということではないことが広く認められうるような状況ができあがるのをぼくはねがいます。

ことしの五月でしたか、坂本義和教授が、核時代の日本の国際関係について書かれた論文が《世界》に載りました。いま政府は、われわれは核武装してもいいというところの、あるいは核基地としての沖縄が日本に還ってもいい、というところの、ナショナル・コンセンサス、国民的合意というものをつくらなければならないといっているけれども、核爆弾についての日本人の国民的合意というものがあるとすれば、それは最初に広島および長崎の、核爆弾を経験したものとして、世界にむけて核爆弾反対の運動をおこすということこそが国民的合意だったではないか、まずそれがあって、その国民的合意を切り崩してゆくかたちで政府の宣伝がおこなわれてきた、そのつぎの段階として新しい国民的合意としての、日本人もまた核武装しうるという考えかたの宣伝があらわれてきているのではないか。まず最初のところへもどれば、国民的合意という言葉は核爆弾について、それに反対するという考えかたであった、という意味のことを坂本さんは書いておられたように思います。ぼくは、それに賛成です、そういう考えかたに、それこそ初心にもどらねばならぬと希望しつづけています。

ずっと以前からよく読まれている本ですが、『核戦争になれば』という本を、ラルフ・ラップというアメリカ人が書いております。それと、ルネサンスのオランダ人の、あのエラスムスの『平和について』という論文の翻訳とを一緒に読みかえす機会が最近ありました。エラスムスはほぼ四百六十年前に、その平和をめぐっての文章を書いたのでした。そこには戦争というものが人間の、野望、権力欲、そして狂気によってひきおこされるものだと書いてありました。しかし、現代においてはそれにくわえてもうひとつの要素があります。ラルフ・ラップが引用しているケネディ大統領の一九六一年の国連総会での演説ですが、そこでケネディは、核戦争というものは偶発、誤算または狂気によって、いつなんどき突発するかもしれないものだということをいったのです。エラスムスの時代には、人間の野望というものが、あるいは権力欲が、または狂気があって、戦争がおこったのでした。それにたいしてエラスムスのようなユマニストが反対して全面的に効果的だったとは残念ながらいえませんが、いくらかは人間の力によって制御することができたことも認めうるでしょう。しかし核戦争の場合には、たとえば偶発事故による核戦争、誤算による核戦争は、ほとんど人間の力によって防ぎえないものとしてそこに、ひとつの現実的な可能性をむきだしにしているのです。そういう時代こそが核時代というものなのです。したがって、人間の狂気のみならず、偶発事故のことを考えれば、まったくナイーヴに聞えるでしょうが、核戦争を本気で防ごうとすれば、それは基本的に核爆弾の存在をなくしてゆく方向に進むほかにはないだろうと思います。

坂本教授はさきほどの論文で、核兵器の威力によってわれわれの安全が保たれているという考えかたそのものを基本的に破壊して、核兵器こそが危険の原因なんだということを考えるところの、その最初の考えかたにもどりたいといっていらっしゃいますが、ぼくは、それを国際政治のタフな専門家が、あえて原理的にものをいわれた大切な意見として受けとめたいと思っておりま す。ぼくが「核時代の想像力」ということをめぐってお話しているのも、そういう反省のための意味あいをこめてのことであるということを理解していただきたいと思います。

いまエラスムスの名が出てきましたが、ご存知のようにエラスムスはその著作を当時の世界語たるラテン語で書きました。そしてぼくはラテン語が読めませんから、エラスムスについてお話する資格はないのですが、わが国に良い翻訳のある『痴愚神礼讃』という本のことに少しふれたいのです。それはエラスムスがモーリアという名前のばかな女の神様、痴愚神にいろいろ愚かしく無鉄砲なことをしゃべらせてゆくという形式の本です。エラスムスという学者はルネサンス期にユマニストの王といわれていたほどの名実ともにえらい大学者ですけれども、いろいろな殿様、いろいろな貴族からお金をもらって暮さなければならない、そのために直接的に政治的なことをいうような軽率はしない。つねに真実をふくみつつ、しかしあいまいな言葉しか浮びあがらぬ、しっぽをつかまれないような数かずの手紙やら文章やらを書いてなおかつ大学者であるふしぎで、かつ、いかにもルネサンス的な人間のようですが、その『痴愚神礼讃』という本も、ばかの女神がしゃべりちらすというかたちで、自分が直接の責任は回避しうる、作者の自分は一歩さがりつつ、こういうばかな神様がこういうばかなことをしゃべっていますから、なぐさみにお聞きくださいという形式で書いた、しかし重要な本です。それを一例としてみても、ひとりの作家が書いたのにちがいないけれども、しかし読者のがわからみれば、その作家と作中人物とのあいだには、はっきりしたひとつの溝、壁を設定する、そういう書きかたでものを書くという方法がヨーロッパのみならずまことに古くからあったわけだろうとぼくは思います。それが現在はどういうことになっているか。文学についても演劇についても、そうした問題はいまどうだろうかということをぼくはきょう、考えたいと思います。作者と、作中人物と、読者とのあいだに、作家の意識が働くのは当然として、作家の主観をはなれた客観性というものもまたあるはずです。それはどういうふうに可能なのか、というようなことをめぐって話をすすめたいと思うのです。

ぼくはいま小説を書いていて失敗のかたまりのうえに乗りあげたところです。そのまえにまず、どういう小説を書いているかといいますと、ぼくは自分にとっての父親的なるものについて書きたいと思っているのです。ぼくがなぜ父親的なるもの、とでもよびたい存在についての小説を書きたいと考えはじめたかといいますと、それには言葉にはなかなかならないような内的要因がいうまでもなくあります。また、かなり話しやすい部分もあります。そのエピソードじみた動機のひとつは、もう四、五年まえになりますが近代美術館でジョージ・シーガルの彫刻を見たことなのです。いまここに写真版の切抜きをもっておりますが、等身大の人間を石膏でとったような白い人物像です。

ジョージ・シーガルという彫刻家について多くは知りません。どういう感じの芸術家であるかといえば、ここ数年ほぼ人間の躰に繃帯を巻いて、石膏をかぶせたとでもいうような人物像をつくり、その人間の模型のようなものを具体的な事物に組みあわせる、というモティーフの仕事をしています。たとえば、バス運転手ならバス運転手の格好をした人間の模型をとって、ほんとうのバスの運転台にかれを坐らせる、そしてそれを彫刻とみなすというような作品で広く知られている人だと思います。ここにある写真の場合は、ひとりの男が自転車に乗ろうとしている。自転車は本物ですが、石膏でつくった、ちょっと嵩《かさ》ばった人間がそれに乗ろうとしている。はじめてシーガルの作品にぼくがニューヨークの近代美術館で出あったのは、さきにいいましたバス運転手がむこう向きに坐っているという彫刻でした。ぼくがそれをうしろから見る、そのときぼくは突然に父親について考えた、というか父親のイメージに占領されたのです。ぼくは父親についてほとんど具体的な記憶をもっていないのですが、ある瞬間の父親というものがそのとき、じつに生なましくおそいかかってきた。そこまでがぼくの経験であって、そこから小説を書きはじめますと、それ以後の一人称の「ぼく」はじつは現実のぼくとは異なってきます。ひとりの作家がいて、これから小説を書こうとしている、そこでぼくとよばれる主人公を導入するのだと考えていただきたいのですが、さて小説のノートの段階でその「ぼく」が美術館にいって、シーガルの石膏人間を見ているところを、作家のぼくがいろいろなかたちで書きます。それはうしろから見ているると、頭が大きくて、また躰全体もなんとなくでっかい男がバスの運転台に坐って運転しようとしている、それを見て現実のぼくが、あれは自分の父親だという感じを強く深く受けたのはなぜだったろうか？　そして、それからずっと、父親的なるものについてひとつの小説を書きたいとねがいはじめたのはなぜだろうか？　そこで小説の「ぼく」とその父親のいちばん最初のイメージは、ある暗い薄くらがりがあって、そこにひとりの男がむこうを向いて坐っている。そして、こちらからよびかけるけれども、なにも答えない。なぜそこに坐っているかもわからない。それを「ぼく」がずっと子供のころに、父親が倉庫にはいりこんで坐っているのをうしろから見ていたという記憶をもっているとして、それでつないでゆく。シーガルの彫刻もまたそこにそのままつなぎたい、ということがあります。そこでぼくはどういうふうにこの小説を書きたいかというと、「ぼく」という主人公がいて、自分の父親を思いだそうとしている、子供のときの記憶をほとんど思いださないけれども、しかし明確に、その父親はあのシーガルの彫刻が表現していたところの全体をこめて、むこうを向いて坐っている、沈黙した大きい男だ、それが子供の「ぼく」にあたえた動揺とその連続のすべてを再現したいのです。そこで具体的にぼくがどういう形式を選んだかといいますと、最初のところでは「ぼく」という主人公であり、かつ書き手である男がいて、自分の父親を思いだしてゆくという私小説に似たスタイルです。

なん十枚かノートができ上って、それを読みかえしてみると、そこにはたしかにひとりの父親の肖像が描かれているけれども、これは自分の考えていたものではないという感じが強くするのです。そこには、シーガルの彫刻のまえで自分が感じたあの心の奥底の深いところの動揺、現にいまも生きていると感じられるような、あの深い動揺があらわれてこない。それでは作家のぼく自身にとってその小説は無意味です。それではどうするかということで別のノートをつくりはじめます。たとえばもっと喜劇的に、あるいはもっとドラマティックにする。三人称のかたちにして、その父親をたとえばAという名前にして、Aは倉のなかに坐っていた、かれはうしろを向いていて、子供が話しかけるのに答えない、そういうふうに書いてゆくか？　しかしいったんそれをやってみても、どうしてもあの自分の根源のといってもいい動揺は表現できない。ぼくはやはりあの彫刻のまえで感じた自分の動揺というものを表現したい、それを読者に伝えたいのです。すなわち読者がぼくとおなじように、あの彫刻のまえに立っていて、しかもおなじかたちで感じる動揺を、ぼくはどうしてもいわば現前させたい、そのようにして共有したいと考えている。読者がぼくの小説を読んで、あのニューヨークの近代美術館でぼくが感じたのとおなじ動揺を感じてもらいたいという気持がもっとも基本的にあるわけです。もっともこれはじつは非論理的な話である。ぼくにとってあの瞬間に、自分の真の父親とでもよぶべきものをそこに発見したということは、まったく特殊な体験なのです。現にシーガルの彫刻をどんなに克明に説明しても、それがなぜぼくの父親と結びつくかということはわかってもらいようがない。そこで小説はまったく空中分解してしまいます。そこでつぎの段階としてぼくが現在、それをどういうかたちに書き改めようとしているかというと、自分はいまほかならぬ作家としてこれを書いている。同時に眼のまえに父親がいる。死んでしまった父親なんですから、眼のまえにいるはずはないのですが、たとえばシーガルの彫刻を眼のまえにおいて、それにたいしていろいろ話しかけようとしているのだと自分をみなす。その状態で自分がどう在り、どう感じるかということの全体を書くことはできないか考えているのです。しかしそれは技術的にもむずかしいのであって、なかなかうまくゆきません。そこでまったく困りながら、それを考えつづけているうちに、ぼくは現代文学の、主観性と客観性の問題というものには、こういうところにそもそもの根があるのではないかと考えはじめたのです。

作家が小説を書く、そのさいに読者がどういうふうにそれをうけとってくれるかということを、意識にのぼせなくてすんだ幸福な時代というものがありました。十九世紀の小説だと、ある人間のことを作者が物語る、それを読者は、ああこういう人間の物語があるのかということでまっすぐうけとってくれる、というかたちがあり、それがもしかしたら「小説の時代」の頂点でした。バルザックにおけるような奇怪な人物を、作家が疑いなく表現し、それを一冊の本の世界として読者が拒絶反応をおこさず読むというかたちが一般にあったのです。ドストエフスキーの小説でもそうで、『未成年』という小説を仮に選びますなら、語り手はアルカージーという十九歳の青年です。かれは自分の父であるまことに奇怪な人物、気ちがいめいたところもあるし、悪魔のようなところもあり、しかも非常に善人でもある、そういう人間の実在性を保証します。かれがどういう奇妙な行動をしたか、そしてどういう困った境地に陥ったかということをそのひとりの青年の眼をつうじてドストエフスキーは疑いをうけつけないたしかさで書いている。アルカージーが自分はこういう事件をほんとうに見たんです、とわれわれに話してくれれば、それをわれわれが疑う必要はない、という形式になっています。しかし、おなじ話を現代の作家が書くとすれば、主人公が狂気をいだいている、また善にたいしての異様なほどの熱意をもっており、悪にたいする憧れをもっている、そういう老人が存在していて、その人間が世界をどう見ているかということを、なんとか自分と他人に納得させる新型式を考えだして書くほかにないだろうと思います。そしてそれはなかば不可能なはずです。ロブ＝グリエが、自分の小説について考えていることの、それもかれの小説がどのように主観的かということを考えている文章を少し紹介して話をすすめましょう。ロブ＝グリエの『嫉妬』は、誰かわからぬものの眼がどこかから見ている、様ざまな風景、室内のいろいろな光の動きというようなものを見ている、そして、そこに事件という事件もおこらない、まことに客観性そのもののような小説です。客観性をどんどん押し進めていって、「私」などということをいわないでそこに映画のカメラがものを写すような方法を導入する。

ここになにが存在しているかということを、その外形だけを対象に非常に微細に描写してゆく、そうしてもっとも客観的な結果ができあがる、それがロブ＝グリエの作品ではないかというふうに考えられるむきがあるかもしれません。ぼくもそのように考えてみるべく誘うように話してきました。ところが、ロブ＝グリエの小説は絶対に主観的だとじつはかれ自身もいっているのです。ヌーボー・ロマンとはまったく主観性しか目ざさないものだと、かれはわれわれの予期に反するようなことを正当にもいいました。ロブ＝グリエには二十世紀前半の小説にたいする一種のアンチテーゼとして出発したところがあります。一般のこれまでの小説の文章は、ほとんどみな、意味づけということを中心にして書かれてきました。たとえばここにあるガラス壜についていいますと、ガラス壜というものがここにあるわけですが、しかしそれを小説に導入するときは、単にものを描写するためにのみ小説にみちびきいれるのではなくて、このガラス壜というものがどういう意味あいをもっているのかということにおいて、小説にみちびきいれられてきたのだと、ロブ＝グリエはいいます。たとえばこのガラス壜がどのように自分の心理に関係しているか、ひいては自分の心理的な現実をどう表現するかということのために書かれることがあります。また社会的意味、このガラス器具をつくるためにどのように労働者が働いたのかということを意識させるためにこのガラス壜を描写する場合もある。あるいは機能としての性格を必要とする、かれはガラス壜をとって水を飲んだというような具合にです。そういう描写が一般におこなわれてきた。そのためにあらゆる描写というものが根本的に描写それそのものではない、センチメンタルな意味あいをあたえられてみたり、社会的な意味あいがおしつけられたりした。フロイト的な意味あいがあたえられたり、形而上学的な意味あいがあたえられたりもまたしてきました。たとえば日本のひとりのすぐれた短篇作家がこういうことを書きます。ひとりの中年の女がいて窓の外を眺めていると、まっ赤な夕日が沈んでゆく。その赤い夕日は、ものとしてではなく女がもっているひそかな欲望と悲嘆をあらわすためにのみそこにみちびかれるのです。太陽そのものが必要なのではなくて、それがどういう意味づけをあたえられるかが、この小説において問題なわけです。ところがロブ＝グリエはそれに反対します。自分はそういうあらゆる意味づけを取り去ってしまって、ものとして、ここにガラス器具ならガラス器具がある。太陽なら太陽がある。そのものそのものを提示したいとかれは考えるのです。そのものとしての提示ということを哲学の言葉でいえば、現前性という言葉になるのでしょうか。ロブ＝グリエ自身、現前性という言葉を使っています。ぼくはドイツ語を知りませんが、Daseinという言葉にそれがあたるのでしょう。その感覚、ここに存在している、ものがいま眼のまえに存在しているという感覚を読者にあたえるためにこそ自分はものを描写するのだ、その現前性以外のことはなにも目ざさない、意味づけということはしない、いろいろな意味づけをすっかり切り取ってしまって、現前性のみをあたえるために、自分はものを描写するのだとロブ＝グリエはまずはっきりさせるのです。

ところが、しかも現前性とは文学においてほんとうはまさに主観的な性格なのだというのがロブ＝グリエの考えかたの焦点なのです。たとえばロブ＝グリエのやりかたでいうと、ガラス器具がある。黒い盆がある、マイクがある、マイクにはアナが数十個あいている。それにむかって、しゃべるたびに自分の躰が小さく動き、服のボタンがマイクの表面にわずかながら光を反映するのが見える……そういうふうにロブ＝グリエはその文章を組み立ててゆく。読者はたしかに、どんな意味づけもあたえられていないものが眼のまえにあらわれてくるのに客観的に接するわけです。しかし、いかにオブジェ、物体、対象が、ものとして純粋に描き出されるように見えても、じつはそれが書物のなかにあらわれるときには、それはまず作家の視線がそこにふれたからだということがまず確実にあるでしょう。作家の視線というものがある。それは作家というひとりの人間がひとつの言葉ごとに自分がどういうふうに世界とかかわっているか、事物とかかわっているかということを表現しているということなんです。ものからいろいろ付随的意味が取り去られてしまっているだけにかえってそれははっきりします。たとえばそこに赤い太陽があるということに、それは作中の女が、自分でもはっきりつかめないし、つかむこともいやなものだけれども、しかしたしかに存在するところの欲望をあらわす、という意味づけをあたえて太陽を描きだす場合は、じつはもっと事情が単純なのです。その場合、われわれはなにも見なくていい。太陽そのものを見なくていい。そのいくぶん通俗的な意味づけだけをわれわれはうけとっているのです。作家がそのものとしての太陽にどのように立ちむかっているかという緊張感などは、われわれの関心のなかへはいってきもしないでしょう。山本周五郎氏の作品をとくに演劇化した場合にもこうした状態がしばしばあらわれます。たとえば『釣忍《つりしのぶ》』という小説が演劇化されたのをテレヴィで見ました。ある放蕩息子がいて、自分のうちを継ぐはずだったのに、義理の弟のことなどがあって女のところへ走った。いちど女と別れて、自分のうちに帰ったけれども、やはり自分の弟に家督を譲ったほうがいいと考えて、そこで大酒を飲んで乱暴して、今度は決定的に家から追いだされる。そして自分の女のところへ帰ってきます。そうすると別れのさいにも忍従していた女が、風鈴みたいなものに草が生えている、あの釣忍にいつの間にか芽が生えて、小さな葉が繫っている、それを見て、こういうところにある釣忍だって芽が出るんですね、とそのパセティックな色男にいう。そういうところで釣忍が大写しになってテレヴィが終りました。ぼくはまったくびっくりしましたが、考えてみると、ぼくは、たしかに釣忍がブラウン管にあらわれてくるけれども、それを見ているわけでなくて、それがもっている相当に通俗的な意味あいを見ているわけでしょう。その女が目だたぬところで誠意をつくしていた、そしてなんとか芽が出る、花も咲くことになりそうだ、そういう意味づけの受容をテレヴィの演出家がわれわれに要求するわけです。そういう意味づけをせおわせた、符号みたいな釣忍をわれわれに見せるわけでしょう、それを見て感銘して涙を流すことが要求されているわけです。

その場合は、原作者においても、そのテレヴィの演出家においても、かれらがその釣忍をものとしてどういうふうに見ているかという視線は、われわれの意識にはいってこない。釣忍にあたえられた意味だけしかわれわれの眼のまえにあらわれてこない。それは作家、演出家の存在そのものがはいってこないということとおなじでしょう。

ところが、ロブ＝グリエは、できるだけ意味を付加しないで事物そのものを表現してゆく。そのかわりにひとりの人間としての、ロブ＝グリエという作家は絶対にこういうふうにしか世界を見ないのだ、いま現にロブ＝グリエという作家の眼がこのように世界を見ているんだということがわれわれ読者に伝わってきます。それがロブ＝グリエのいう、あるものが読者の眼のまえにいま実在するかのごとくに、現前性をあたえる、現にそこにあるという印象をあたえる、その作業は客観的に見えるけれども、じつはそれこそ作家が世界とどう関係しているのかという主観そのものを表現することにほかならないということの意味であろうと思うのです。

つづいて、客観的なものなどはじつはないのだとロブ＝グリエはいいます。客観的であることを誇りうるものがあれば、それは神様だけだ。われわれのつくる作品では、逆にひとりの人間がいる。かれにある空間があり、ある時間がある。空間、時間によって条件づけられているかれは、その情念によっても規制されている。怒りっぽい人間であるとか、絶望しやすい人間であるとかいう情念によって規制されている。そういう人間が、ある状況にいて見たり、感じたり、想像したりする。しかもかれは格別にあらゆることを知っているわけではない、われわれが現実に、なにかを確実に知っているわけではないまま不確定な状態で生きているのとおなじように、作中人物もまた不確定な状況に生きているのです。本を読む人間としての自分がここにいて、そしていまこの小説のなかに、おなじく非常に不確定な現実に触れあっているやつが現前するということを感じるということはまことに現代小説の核心にふれています。

そういうことがロブ＝グリエの考えかただろうと思います。小説を客観的なものとする、小説に客観性があると信じえた時代は、すでに去っていったはずです。現在あるひとりの人間が作家として生きながら現実を確実につかめない。自分がかぎられた状況のなかに、ひとりの作家として存在する、かれはかれ独自の情念をもっており、そのかれ自身の眼でもってある事物を見ている。そういう人間がなにを表現したいか、なにを表現しうるかといえば、それはついに自分はここに、こういうふうに存在しているのだ、こういうふうに世界とかかわっているのだということのみでしょう。しばらくまえの回に「記憶して下さい、私はこのようにして生きたのです」という、夏目漱石の悲惨な主人公の言葉をひきましたが、そしてぼくもまたそういうふうに小説を書いている、ということをいいましたら、きみのような男がいまこのように生きていますという言葉なんか、おれは聞きたくない、という投書をいただいたものですが、そしてそれはたしかにそのとおりにちがいないのですが、しかし、作家がかれの、狭く状況にしばられた主観からはなれてなんとか客観性を獲得する、小説を自分から独立させうるということのできる時代は過ぎ去ったのじゃないかとぼくはいうほかにありません。現在の新しい文学、われわれがいまつくろうとしている文学は、現に非常にかぎられた状況にいる、非常に狭いところにいる一個の人間が、その現実生活とどのように関係しあっているのかということをまずほかの人間に伝えたいための小説なのではないか、それをこえた客観性というものはもうありえない時代なのではないかとぼくは疑うのです。

すでに紹介しましたが、サルトルがモーリアックを非難した言葉として、かれは神様のように書く、なんでもすべてがわかっているように書く、といったことが広く知られています。それについて野間宏さんが、サルトルだってなんでもわかっているように書く場合があると、そのサルトル論で批判されていますが、サルトル自身は、当の小説を書きつつ、ロブ＝グリエとほぼおなじことを考えていたのではないかとぼくは思います。われわれ一個の主観をもった人間、サブジエクティヴィティ subjectivity といいますか、主観性または主体を備えた人間がいる。そういう人間が、オブジェクティヴィティ objectivity といいますか、客観性、客体をそなえたものを見る、このように自分はものを見ているんだということを他人の眼のまえに提出する。そのことによってその作家と現実世界とのつながりかたを他人に提示する。それはその作者の主観によってとらえられたものにすぎません。しかし、それを読む他人のがわからいえば、自分があたかも現実生活でもうひとりの他人と触れあう、あるいはもうひとつ別の状況のもとの事物と触れあうとおなじことを経験する。そのように作家から提示された新しい事物の世界にはいりこんでゆく、自分が現実生活では見ないところの事物がそこに現前しているのに立ちあう、というのが、現代の小説の書かれかた、読まれかたではないかとぼくは思うのです。

もちろんロブ＝グリエがいうように、われわれは自分の主観性によって支配されている。自分と現実世界とのかかわりあいかたをのみ書いているわけですから、その作家が提出した事物は、ゆがんでいるにきまっています。犬には色彩が見えなくて、明度でしかものの色彩を区別できないそうです。カラー・テレヴィジョンの技術の仕事をしている友人は、ぼくに、白黒テレヴィジョンを見ているきみは、犬の眼で、たとえばボリショイ・オペラを鑑賞しているのだ、というようなことをいいます。そこでぼくはカラー・テレヴィジョンの宣伝のためにひとつのプランを考えて、カラー・テレヴィジョンと交換しようと計画しました。ずっと白黒の画面が写っている。カメラが後退してゆくと、カメラそのものが犬の頭のなかにはいってしまってじつは犬の眼で見ていたことがわかる。画面が変ると、人間がカラーでテレヴィを見ている、というわけです。それを友人に話しますと、それはいい案だけれども、実行すれば猛烈に反撥をかうであろう、なぜならば、白黒テレヴィを見ている人はみんな自分を犬だと思う。カラー・テレヴィを見ている人間は、自分を人間だと確認して喜ぶにちがいないが、もうその人間はカラー・テレヴィをもっているのであるから、宣伝としての効果はない、というのです。

犬は白と黒との世界しか見ない、明度のちがいによってのみ色彩を区別するにすぎない、そういう眼の世界に住んでいる。その犬が自分の眼に見えるとおりのものを表現しようとして文字を書くとすれば、白と黒の世界だけの小説があらわれることになるでしょう。それとおなじように、われわれもなんとか客観的にものを描写することによって、現にそこにものが存在するように書くことによって、自分というひとりの作家である人間が現実とどうかかわっているか、しかも現にいまどうかかわっているかということを確実に表現することができる可能性はある。しかし、そのかかわりかた自体が作家自身の特殊性によってゆがめられている以上、読者は二重の体験をするのだと思うのです。読者は作家とおなじように、作家のサブジェクティヴィティ、作家の主観性と自分を同一視して、共通の眼でひとつのものを見ざるをえないという状況があると同時に、もうひとつの読者の反応は、自分はこの作家とはちがう人間なんだという拒否です。現にここにいい、ものがある。たとえば一個のリンゴがあり、それを見つめている作家の眼がある。作家はこういうふうにリンゴおよびそれをふくむ世界とかかわっている、それは理解しうるけれども、自分は作家とリンゴとを二頂点とする三角形のもうひとつの頂点にいるように事物、作家、自分という相関関係を保ちながら現実を見ているのだという感じをもつことになるはずだと思います。それが現代における小説の受容の意識の構造なのではないか。十九世紀の小説を読む場合は、読者はその物語の場へやってきて、そこに物語られている世界を見て楽しむという形式だったわけでしょうが、二十世紀の小説の場合には、作家の主観によって当然にゆがめられた事物、そのような小説のなかの事物を眺めることによって、作家と事物および世界の関係を理解すると同時に、自分がそこに表現された事物、世界にたいしてもうひとつの関係をもつ。そこで作家と読者がおなじ時間に、おなじ場所で、ひとつの事物にむかいあっているとおなじ関係が生じる。そこにロブ＝グリエたちの発見したもっとも新しい小説世界の認識が芽生えるのではないかとぼくは思うのです。

ここに言葉で表現された事物があるとすれば、こちらがわに読者が坐っている、こちらがわに作家が坐っている、そして同時におなじ事物を体験しようとしている。読者と作家とがおなじ場所で、おなじときに、おなじ体験をするという構造を、そういうかたちでの小説の機能を純粋化していって、いわゆるヌーボー・ロマンといったものができ上ろうとしているのではないかとぼくは思っています。

しかもそれは単に小説の場合だけでなくて、今日の演劇においてそうであり、映画においてそうだと思います。小説ではこれまでのように作家と読者と、書かれたものとが別個に存在するというのでなくて、書物を書くという作家の行為が、書物を読む読者の行為ともども純粋化されていって、ついにはひとつの作品を媒介にして、おなじ場所でおなじものを経験しあうということに、新しい小説の方向づけがなされているのだとぼくは考えているのですが、それは演劇の場合にもまたそうであろうと推測しています。たとえばペーター・ヴァイスというドイツの劇作家が書きました『サド侯爵の演出の下にシャラントン保護施設の演劇グループによって上演されたジャン゠ポール・マラーの迫害と暗殺』という芝居があります。当時の、すなわち革命前後のシャラントンという保護施設にいるのは狂人だけでなく、ふつうの人びととちょっと変った考えかたをもった人間もまたそこにいれられたようですが、ともかくサドはそこにはいります。そういうことで外部から隔離されている人びとが、フランス革命のさなかのジャン゠ポール・マラーという魅力的かつ奇怪な権力者の暗殺事実を舞台で描くことをします。一般に観客席にいる人たちは、その舞台の上でおこなわれていることに、あれは役者がやっているんだ、あれは本ものの現実ではないのだという気持をいつももっています。そして約束として、舞台上のことは役者がやるのだけれども、役者というものの存在をしばらく忘れていよう、そしてそこに役者が表現しようとしている人間だけを見ようというのが、プリミティヴないいかたですが、これまでの慣習だったはずでしょう。さきほどの例でいえばひとりの俳優をしだいに忘れていって、かれが表現している放蕩息子を見ようとする。しかし、そうしながらも、われわれがなぜその芝居を見るかというと、その俳優が見たいからゆくのだということも確実にあるわけです。だから演劇を見るわれわれの意識は、そのとき二重構造になっています。そこに、現にいま自分と同時代を生きている人間がなにかやっているんだという意識が片方にあると同時に、ハムレットならハムレットの役の人間像を追ってゆくという意識もあって、そこが演劇のすばらしさの構造でもあるわけですが、そういう意識のダイナミズムを充分に使ってペーター・ヴァイスは、精神病院の入院患者たちが、サド侯爵をふくめて革命の時代を生きており、かつ芝居をやっているのだという形式をつくります。観客は、あれはほんとうのことじゃない、芝居をやっているのだという意識と同時に、たとえばジャン＝ポール・マラーという劇中人物すらがそこにあるのじゃなくて、ジャン＝ポール・マラーを演技しようとしている狂人の役割りがそこにあるのみだということに気がつくでしょう。そして、自分がいま受ける感銘はジャン＝ポール・マラーという死んでしまった人物によるのではなくて、その役割りを狂人がやりとげた結果、そこからうけとっている感銘だという二重性に気がつく。つづいてジャン＝ポール・マラーという役割りをやっている狂人を、また役割りとして演じている俳優が、現に眼のまえで行為しているのだという意識にむかって、自然に発展するでしょう。ペーター・ヴァイスがやった根本的な改革は、われわれが劇場に来てものを見るさいには、現にいま劇場にひとりの人間として実在していることこそもっとも重要なのであって、舞台である人間がひとつの役をやっている、その役をやっている行為自身のうちに観客席の自分の現在を決定するものがあるのだということをまことに明確に提示したことなのではないかと思うのです。

またホーホフートというやはりドイツの劇作家が『兵士たち』という芝居を書きました。その戯曲の舞台の枠はかなり古典的で、すなわち場所は、コーヴェントリーというイギリスの一地方です。ドイツ軍の無差別爆撃のために住民たちが多く死に、廃墟になっている礼拝堂あとで、ジュネーヴ条約、国際赤十字条約がつくられて百年の記念に各国から人びとが集まって、祭典をしようとしている、そこでも芝居がおこなわれることになっており、その芝居の稽古をしているかたちで、もうひとつの舞台がはじまるのです。それは一九六四年の秋です。第一回ジュネーヴ条約署名後百年、赤十字条約の百年、サー・ウィンストン・チャーチルが誕生して九十年、それからはじめにいいましたこの二十八日に亡くなられたオットー・ハーンという学者が核分裂の発表をし、かつヒトラーがプラハとワルシャワに入城した年、それから二十五年たった、そして最初の水爆の爆発もすでにおこなわれている、一九六四年秋のあるとき、というのがまず舞台の外の枠の設定です。そこへドイツにたいする無差別絨緞爆撃に参加した男がやってきていて、劇中劇たるもうひとつの芝居の演出をしようとしているのです。その構造と内容を見ていると、ぼくはその戯曲を読んだのみですが、もしぼくがそれを見にゆけば結局われわれがそこにいま参加しているのだ、われわれは単に劇場に坐っているのではない、劇場に坐って、現実生活からおりているわけじゃない、と感じるだろうと思います。また舞台の男たちも、いまかれらはその現実生活からおりて、たとえばウィンストン・チャーチルの役をやっているわけではない。かれらは過去をもった役者としてその現実生活を生きている。観客のひとりたるぼくも作家として生きており、現にここに、いまこのように実在している、そのように存在する状態でもって、現実に問題を考えようとしていると感じるだろうと思うのです。さきほどのロブ＝グリエの論文にこういう部分もあります。すなわち自分たちは現実に参加しなければならない、アンガージュマンをおこなわなければならないと、ジャン＝ポール・サルトルたちはいう。しかし、自分は言葉の機能をできるだけ洗練していって、自分の仕事をすることによってこそ、参加するのだとかれは書くのです。それはジャン＝ポール・サルトルの問題提起にたいする、ありふれた逃げ口上のようですけれども、じつはいま演劇について考えてきましたように、舞台上のある人物、ある役割りの人間、そして作家自身、それらをひっくるめて、いまひとりの人間が事物をどう見るかということは、やはり参加ということでしょう。事物の現前性を読者に提供することによって、読者と自分とがおなじ世界に同時に存在しているのだということを確認すべく作家が書く、読者である他人との同時代性を確認すべく書くということは、やはり参加するということ、アンガージュマンにほかなるまいと、ぼくはロブ＝グリエとともに考えるのです。

最近ぼくはジャン・ピィヨンというフランス人の『現象学的文学論』という本を読みました。それはこれまでお話してきた想像力についてのぼくの問題のたてかたに近く、かつぼくよりもっと明確に書いてある本です。客観性の尊重ということと想像的方法のあいだには、なんら矛盾がない。客観的なものを把握すること、それはすべてひとつの想像である、というふうにジャン・ピィヨンは書いています。客観的な把握とは、外部にあるものに屈服することではなくて、それを照らし出すことである、照らし出すとはすなわち想像すること、外部から私にあたえられていないもの、私だけがあたえることのできるもの、すなわち心理的なものをそこに当ててみることである、というのがかれの考えかたです。小説の世界からいわゆる主観的なものを取り除いてゆく、「私」という代名詞とか、個人の名前なども取り除いてゆく。そして事物がそこに存在するように、現前するように書いてゆく、という方向に現代の文学は進んできました。想像力にかかわってそれはどういうことなのか、客観性を否定することなのか、尊重することなのか。そういうとき、客観性というものはじつは存在しなくて、われわれが、ある客観的なものを把握するということは、それはわれわれが想像するということとおなじ行為なのだ。すなわちそこに事物が存在するのを見て、われわれがそれを把握するということは、われわれの心のなかにある機能、それはロブ＝グリエのように視線といってもいいものでしょうが、それによって働きかけることによって、われわれがそれを把握する、これはすなわちわれわれが想像することとおなじなのだ、そこでイマジネイションによりつつものを考えるということと、ある客観的なものをわれわれが把握するということは、根本的には矛盾しないで、ひとつのことなのだということをジャン・プィヨンは明瞭にいっていると思います。それはロブ＝グリエの言葉でいえば、われわれは小説の世界において、できるだけ事物がいまここに存在するようにということを目ざして書くけれども、それはじつは自分という人間が、どのようにこの世界と関係しているかというもっとも主観的なこと、主観性、サブジェクティヴィティそのものを表現するために書いているのだということとも結びつくでしょう。またその作品を読む読者は、自分自身がどのようにこの世界と自分自身とを関係づけるかということを、作家がかれ自身を世界と関係づけるやりかたとともに、たしかめてゆくというかたちで書物を読むということなのではないか、とぼくは考えるのです。

　あらためてぼくの小説、ニューヨークの近代美術館で見た彫刻から出発して書いている小説において、ぼくがなにを実現したいかというと、それは自分の眼のまえに、いま自分の書いている文章のなかに、現にそこにいるように、ぼくの少年時のある一時期においての父親の実在性を書きたいという単純なことなのです。それはもちろんぼく自身の主観によってつくりあげられたもの、想像されたものの域をこえません。ただその小説を読んでくださる読者という他人と、ぼくと、ぼくのイマジネイションのうちなる父親とが同時にそこに存在しているという感覚が達成されればいいのです。しかしその単純なことが、もっともむずかしいからこそ、この小説がじつにのろのろとしか進まないのだと思います。くりかえしますが二十世紀の作家は、しだいに自分自身の言葉の機能を洗練してゆくことによって、あるいは、作家そのものの機能を純粋化してゆくことによって、小説を書くということを、自分が、世界にこういうふうに自分自身の内部に光をあてているんだと提示し、それによって読者という他人と作家とがおなじ場所で、おなじ時間に、ひとつの世界にむかいあうということを目ざしていることになったのではないかとぼくは考えています。作家は、少なくともぼくはまことに孤独な仕事をしているとつねに感じています。作家が同時代の人びととの共生感をあじわうことができるとすれば、いろいろな場所で、それぞれ孤独な仕事をしている他人同士が、あるひとりの、かれよりほかの人間について、その男が、この世界とどう関係しあっているのかということを発見するために小説をひらいてくれることを信じるときであり、そのために、ロブ＝グリエなどによって純粋化された小説の役割りは、もっとも端的にいくらかの効果を挙げるだろうと考えつつ、わずかな希望をそこにたくして、ぼくは誰にとっても無用なことかもしれない小説の仕事をしているのであります。

（一九六八年七月）

7　ヒロシマ、アメリカ、ヨーロッパ

この夏ぼくはヨーロッパに旅行しようとしていながら、果すことができませんでした。しかもそのヨーロッパへの旅をどうするかと考えているうちにヨーロッパの情勢が非常に変ってしまった。そこで旅立とうとしているぼくの頭にあった基本的な、というか根本的なというか、自分の感じかたのうえでのヨーロッパやアメリカが現実のインパクトをうけてねじれてくる、その状態をお話することになると思います。しかもその中心にヒロシマの課題を置きたいのですが、そのさいにぼく自身の、かつて書いた『ヒロシマ・ノート』という本にたいして様ざまな、しかもたいていは正しいといわざるをえない批判がありますので、それらを軸にしたいとも思います。

そのまえに前回お話したことについての質問にお答えしたいのですが、たとえばロブ＝グリエの小説論についてのぼくの紹介にたいする批判的な質問は、たいていのかたの考えかたがぼくには正しい契機をはらんでいると思われました。たとえばそのひとつは、フランスのヌーボー・ロマンの物質にたいする考えかたはニヒリスティックではないかという疑いです。ぼくもそのように感じています。ヌーボー・ロマンの作家たちに、ものの考えかたの傾向として端的にいうなら反動的というか、すでにある現実にたいして妥協的なところがあることは否定できないでしょう。文学論としてもまたそういう性格があるともぼくは考えているのですが、しかしそれでいて、たとえばフランスの政治的な状況が激しく動くときには、フィリップ・ソレルスのようなヌーボー・ロマンの作家がまことにアクティヴである。そういうことは全体としてもう一度考えてみていいことなのではないかと思うのです。作家がかれの文学論をつうじておこなっている社会の認識と、かれがひとりのフランス市民としておこなっている社会の認識ということのあいだにいくらかねじれがある場合が生じます。そのねじれを理論のうえでうまく克服してゆくことはなかなか小説家にむずかしいことであって、ひとつの小説作品を書くことによって、自分のもっているものの考えかたのねじれを克服してゆくということのほかにはないというのが一般なのではないか。話が大きくなりますが、たとえばドストエフスキーはパリ・コンミューンを目撃しました。そしてドストエフスキーの内面を動かしたことはなにかといえば、パリ・コンミューンで流された血にたいする深い嫌悪ということでした。しかし、現在、新しいパリ・コンミューンをつくりあげようとしている人たちがパリにいるとして、そういうフランス人たちのそれも若い学生とか労働者とかに根源的な力づけをあたえているところのものがドストエフスキーの小説に存在することもまた否定できないはずです。そういうところに、小説がもっているところの力の、単純に理論化できない、作家自身にとってすらも理論化できないところの意味あいがあるのじゃないか、とぼくは考えています。

また、ぼくの少年期あるいは青年期において朝鮮人との接触および影響がどのようであり、それを小説に具体化することにおいてどうだったかという質問を在日朝鮮人のかたにいただきました。小説にどのように具体化したかということでは『万延元年のフットボール』とか『叫び声』とか、もうすこしさかのぼって『遅れてきた青年』という小説に書いてきました。とくに『遅れてきた青年』は欠陥の多いものですが、それだけにかえってそこに書いた朝鮮人の友達の肖像は……ぼくは私小説家ではありませんし、具体的にリアリズムの描写をする能力も不充分ですから完全にではありませんが、少年時のぼくにとって重要な人物だったひとりの朝鮮人の友人のことを、その思い出についてできるだけ正確にと考えながら書いたものです。ぼくの育ったのは森の奥の小さな村ですが、そこに朝鮮人系の二家族がいられて、そのなかにひとりぼくの親しい友達がいました。かれはその後われわれの村を去って神戸にゆき、それから朝鮮に帰ったはずです。ともかく突然に手紙が絶えたのですが、かれはぼくにじつにいろいろなことを教えました。たとえば村にいろいろな権威があります。それはみな無意味なんだと教えてくれました。村長とか校長とかまた自分自身の母親の権威というものをどのようにこわせばいいかということをぼくに教えてくれたと思うのです。たとえばかれの直接的な授業法は、いばっている女教師の下着をとってきてぼくに見せてくれるというようなことで、それは実際効果がありました。ぼくがいまもっている生活上の悪習のほとんどもその友達が、まえもって教えてくれたほどでありますが、そうした冗談は別にして、反抗とか憎悪とかにかかわってもぼくは自分の生きかたのいろいろな細部でその友達の影響を受けていると思うのです。もっと細部にわたってはぼくの小説を読んでいただければと思います。

最後に東大の若いかたからもお手紙をいただいたのです。現在、日本でも世界全域を見わたしてもスチューデント・パワーの運動、学生運動がおこっている。現に東大でそういう運動がおこっている。それにたいしていろいろな考察、批判があるのだけれども、東大を卒業したひとりの人間としてきみはどう思うか。たとえばフランスの五月の事件は、スチューデント・パワーにもともと発したもので、それが社会的、大衆的なひろがりのある問題となったのであり、そしてサルトルは積極的に発言したが、きみはどうするかという問いかけです。それに関連しての質問は、きみは雑誌に文章を書くことを政治的な行動だと思っているのか、そういうことはじつはなんでもないのではないのか、という批判の意味あいをこめた、ある女子学生のかたちからの問いかけです。ぼくがスチューデント・パワーの問題、東大をはじめとする学生の改革運動をどう考えるかということは、それをいわば文化全体の問題と把握して、作家としての自分が問いつめられているというかたちで受けとめてゆくつもりです。他人事として大学教師の人びとを批判する気持も、また心情三派とか名のって肩入れしたりすることもぼくにはないでしょう。しかし問いかけを自分の生きかた全体の問題として考えてゆく、受けとめてゆくことはたしかなのであって、それはいわゆる戦後民主主義批判の課題をどう受けとめるかとともに、今後の長い尺度での、ぼくの仕事を見ていただきたいと思います。また、あらためて、自分が書く文章にたいして、それを書くことが、政治的な行動だと思っているのかと問いかけられると、ぼくは自分の内がわでいろいろ考えあぐねたあと、結局それはそういうふうには思っていないと答えるのが正直だと思います。例を沖縄問題にとりましても、今度、沖縄ではじめての主席公選がありますが、その選挙運動に、もしぼくを必要としていただければゆきたいと思っております。そしてそれはプラスとマイナスの効果をみなひっくるめて責任をとりつつ、それを政治運動とぼくは、やはりよぶべきでしょう。しかし、文章を書くということは、それもとくに作家が書く文章は、いわゆる政治的な有効性の意味あいからは、はずれたところから出発することが多いように思います。むしろ政治的な有効性の意味あいでいえば自分の陣営に有害である文章であることを自分で認めつつしかもこの有害な要素こそが、自分にとってどうしても必要なものであるということを否定しがたい場合がしばしばなのです。そこにあらわれるねじれというものを考えれば、ぼくは一般に作家の文章活動を政治運動のひとつだとはいえないと感じております。

きみは静かに小説を書きつづけていていいのかとも質問状に書いてありますが、じつは小説を書くことはそんなに静かなことではない。ぼくは自分の経験にそくしてそれが静かなことじゃないと思っています。そういうことも考えあわせつつですが、ぼくは小説を書くことだけで、あるいは付随的にエッセイを書くことだけで、作家の内部の問題が解決すると思っているわけではないのです。そこのところを少しずつ現実にそくしてまえへ進んでゆくかたちではっきりさせたいという夢をもっています。それもまた少し長い尺度でぼくの今後の仕事を見ていただければと思います。さて、ぼくは壇の上で話しているときなんとなく自分のものの考えかたとその内容を単純化してしまう場合があるように思います。小説を書いている人間として、紙にむかうときよりも単純化する。エッセイを書いているときよりももっと単純化して、納得してもらおうとする傾向があります。しかしそれは話しているぼくのためにもよくない、聞いていただくかたのためにもよくないのじゃないだろうかとぼくは反省します。自分の内部にいろいろな矛盾を感じながら、ものを表現しているのが作家だとすれば、ペンをもって書くときに矛盾と一緒に文字を書きすすめているのであるように、話すときにもまた、そのように話すほかないのじゃないだろうか、とぼくは考えはじめております。

ぼくの話に、いろいろな矛盾のかたまりがあり、そこをついた質問をいただくことは当然であり、またそれによって少しずつでもぼく自身のものの考えかたの幅を広げてゆきたいとぼくは思っております。だからといってつねにぼんやりしたことだけお話していると、当然に恥ずかしさをも感じるわけなのですが、そういうことを感じながら汗をかきながら話している、冷汗をかきながら話しているのだということも見ぬいていただければありがたいと思います。

きょうはぼくと一緒に、科学小説の専門家の話があります。そこで、というのも奇妙ですが、ぼくはまったく非科学的なことから話をはじめたいと思います。それはぼくが、科学的なものにたいして、非科学的なものがもっているところの意味あいというものを、つねづね考えてきたからです。そしてそうした発想を軸にして、ヒロシマとヨーロッパとアメリカをひとつの輪のようにつなぐぼくの考えの内容を展開してゆきたいと思うからです。そのきっかけとしてここに渡辺一夫先生のアメリカへの架空旅行記の文章があります。渡辺先生がアメリカでどういう体験をしたかということを書かれた十五ページほどの文章ですが、もちろん渡辺先生はアメリカにゆかれたことはないのですから、まことに非科学的なことが、科学的なヒントをいっぱいつめて、魅力的に書いてあります。アメリカにいって万年筆を一本買ってきた。それはペン軸のなかに、のみくらいの大きさの玉がはいっていて、それに原子インクというものがおさめられている万年筆です。この原子インクを使うと、この万年筆は孫子の代までインクを取りかえなくても書ける。こういうペンをどしどしつくって人類に貢献するところのアメリカは、じつに偉大な国です、と架空旅行者たる渡辺先生は書いておられます。この文章が書かれたころボールペンが日本にはいってきてなかなか貴重だったはずですから、そのボールペンに渡辺先生の想像力が刺激されるか制約されるかして、原子万年筆にもまた小さな玉がはいっていると考えられたのでしょう。そういう小さな面白い部分が多くあって、結局、自分は架空のアメリカにいってきたのだけれども、当のアメリカにたいしてジャン・コクトーの考えかたに賛成だということで文章は終ります。それはどういう考えかたかといえばつぎのようです。すなわち、アメリカ人たちよ、あなたがたに人間の尊厳がかけられているのだ、あなたがたは若い国民だ、正直な国民だ、生気にあふれている、そういう国民であるあなたがたに、生きいきした新しい文化をつくってもらいたい、そういう意味のジャン・コクトーの言葉を引用して、架空アメリカ滞在記を終っていられるのですが、ここには、ヨーロッパ文明を勉強して、ヨーロッパ文明の深い歴史のなかに学者としての自分を発見してこられた、そういう知識人のアメリカ観が明瞭にあらわれていると思うのです。まことに古い文明の根づいているヨーロッパの国ぐにに、そこからアメリカの生きいきした側面、新しい側面をめずらしい、生産的なものとして見ようとしておられる。そういう考えかたの日本の知識人のものの見かたがジャン・コクトーの考えかたにはっきり出あって美しい火花をちらしたということでしょう。しかし、この文章が書かれてから十年ほどのあいだに、われわれはなにを体験してきたか。それはアメリカのなかにもヨーロッパ同様に、古びて腐ってしまったところが生じてしまった。アメリカにおける矛盾がヨーロッパにおける矛盾とほぼおなじものになってしまった、むしろそれ以上のものとなってしまった、という経験であったと思います。そこでわれわれがもう一度アメリカとヨーロッパとを日本の立場から見わたすとすると、どういう視点がありうるのか、ということがきょうの問題になると思うのです。

渡辺先生のお考えをもうひとつお話したいのですが、それは『モンテーニュと人喰人《カンニバール》』という文章に表現されているものです。それは渡辺先生がお書きになった文章のなかでも、もっとも印象深い文章のひとつだと思いますが、人喰人というものをフランス語でカンニバールというけれども、もともとはアメリカ大陸をヨーロッパ人が発見したときに、アメリカ大陸とその周辺に住んでいた蛮人をカニビといったのであって、それがやがてカンニバールとなったのだそうです。そもそものところは言葉として人喰人種という意味はないらしいというようなことからはじまっている文章ですが、つづいてどういうことを書いておられるかといいますと、モンテーニュが野蛮人についてまことに明瞭な考えかたをのべたということを紹介しておられるのです。モンテーニュという人間が政治的に申し分なく誠実な人だったかというと、そうもいえないのであって、モンテーニュがボルドー市だったかの市長だったとき、ペストがはやってくるとさっさと逃げ出して市長の役割りを投げ棄ててしまうというようなことがあったはずです。そういう人間的な弱さも確実にもっていた人であろうかと思いますが、そのモンテーニュは、申しあげるまでもなく人間的な弱さをもっているにもかかわらず、というより、ぼくは、それゆえにこそといいたいのですが、人間とはなにか、人間とはどういうものかということをまっすぐ見つめる眼、率直に深く考える態度と能力を備えていた人でもありました。そのモンテーニュが一五六二年に戦争にいったのです。フランスのルーアンという市が新教軍に占領されてしまった。そこへ国王軍と一緒に出陣するわけです。チェコにはいってゆくロシアの軍隊のなかにモンテーニュのような人間がひとりくわわっている光景を考えてみてもいいかと思いますが、ともかくモンテーニュは武装してルーアン市にはいった。モンテーニュ自身は、そこに軍人としていったことをとくに誇りに思ってはいなかったでしょう。私の理性は曲げられたり折られたりするようには仕組まれておらぬ、そうされるのは私のひざである、ということをモンテーニュはエッセイに書いているそうです。ともかくかれは自分のひざを曲げて国王軍とともに入城したのでしょう。そしてかれはそのルーアンでブラジルの原住民に出あいました。モンテーニュ一行の人たちは誰もが、ブラジルの原住民を、十六世紀の話ですから、人喰人種だ、カンニバールだ、正真正銘の野蛮人だと軽蔑します。野獣みたいなものだとみなします。ところがモンテーニュひとりは、その野蛮人であるところのブラジル原住民に人間的な素質を見出す。人間的なすぐれたところを見出します。かれらはほんとうは決して野蛮なところはない、ただ自分たちがもっていない性格をそういう人たちがもっているから、そこでわれわれがそういう人たちを野蛮人だとみなすのだ、とかれは結論したわけです。そして例がひかれます。ポルトガル人が新大陸に出かけてゆくまで、そこにもともと住んでいた原住民たちは捕虜をつかまえると、その捕虜を殺して食べることにしていた。そしてそれを、敵を罰する残酷な方法の最たるものだとかれらは考えていた。ところが文明国からきたポルトガル人は捕虜を腰のところまで埋めて、躰じゅうに矢を射かけていびり殺してしまう。そういうことをするのを原住民たちが見た。ポルトガル人たちが自分たちのまわりでおこなうことは悪徳の点で自分たちのそれにまさること数段である。そこでポルトガル人がおこなうこの復讐法も自分たちが昔からやってきたものよりずっとおそろしい、つらいものにちがいない、そう考えて、原住民たちはポルトガル人がやった方法を使うようになったというのです。それまでは捕虜をつかまえて殺してから食っていたのを、生きたままあぶって食べたり、犬や豚に食わせたりするほうが、もっと有効に敵をやっつけうるのだということを、結局、文明人に学んだのだとモンテーニュは説明しています。

それはわれわれに様ざまなことを教えると思うのです。われわれは自分が文明人だと思っている。その文明人のがわの視点から野蛮人を見る。そのようにして自分たちの尺度にいつもしばられてしまっているから、相手の野蛮人のなかにあるところのほんとうの人間らしさを発見することができない。相手がたがやることは全部、野蛮な人喰人のやることだと思ってしまう。しかしそういう状態を、いちどひっくりかえして別の視点から反省しようという人間が、十六世紀において、たとえばこのモンテーニュという人であったということを渡辺先生は書いていらっしゃるのだと思います。

それを現在の問題に置きかえて考えるとどうなるだろうか？　われわれ日本人の旅行者が、アメリカにゆく、あるいはヨーロッパにゆくという場合に、われわれの内部には矛盾するふたつの側面があるように思います。まことに知的な世界の人間として、すぐれた文明圏の人間として出かける意気ごみがあると同時に、自分を野蛮人だと考えてひるむ気持もまたもって出発する。それは日本人の特性としてじっくり問題にすべきでしょうが、ここでは一応、一般化してあらゆる人間のなかに野蛮人的なるものと知的にすぐれた文明人的なるものとのふたつがふくまれているのが現代文明だと、そこに生きる現代人の性格だといいかえてみましょう。ところがしばしば、とくに特別な権力をにぎる人びとが、自分たちだけは野蛮人でない、自分たちのなかにはすでに野蛮人である側面はなくなった、自分たちだけは全面的な文明人であると考えるということがおこります。そこで痛ましい歴史的なまちがいがおこなわれる、そのサイクルの短いくりかえしがほかならぬ現代なのではないかと思うのです。われわれは表面のところもう野蛮人的なところを克服してしまったように見える。広い意味につかって、われわれの生きている現代の諸国家の周辺には一応文明的な共通項ができあがっています。しかし、内面にはいりこめば、われわれがほんとうに、内なる野蛮人を追放してしまったか、自分のなかの野蛮人を絶滅させてしまったかといいますと、そうではないでしょう。そうではなくて、われわれ現代の人間、いわゆる文明人だと思っているところの人間のなかにじつは野蛮人が生き延びている、生き延びているばかりか、その野蛮人は、逆にいえば文明人の技術と方法と思想、信念までをももつにいたっている、と考えるのが妥当ではないだろうかとぼくは考えるのです。

　文学と科学の接点ということでもっとも通俗的にそれをさがせば、Ｓ・Ｆ、サイエンス・フィクションという分野があります。それは一般に未来の人類社会を設定する。たとえば二十五世紀の人類を仮に設定して、その文明は考えうる最高度に発達しているとします。しかし、そういう人間が、じつはまことに野蛮なところをもっている、というそうした逆転がしばしばＳ・Ｆにあらわれます。あるいは宇宙にひとつの大きい知恵のかたまりがある。その知恵のかたまりが全宇宙を支配している。もちろん地球をも支配している。しかしその知恵のかたまりそのものがじつはほんとうに野蛮なものであるかもしれないというようなことから、想像力を展開するサイエンス・フィクションもしばしばみられます。そういうふうに文明がもっとも進化した状態ともっとも野蛮なる者の出現とを一緒にとらえて考える、そうした考えかたがＳ・Ｆの世界にみちびきこまれて、文明そのものの自己批判の役割りを、ささやかながらも果しているとぼくは思うのです。その点でぼくはＳ・Ｆを評価しております。もちろんＳ・Ｆの世界にゆくまでもなく、われわれの時代そのものに、われわれの文明そのものに、文明と野蛮とが背中あわせになっている部分はたくさんあるでしょう。それは科学のみならず、社会科学の方法もふくめて人間が技術と社会と自分自身をいくら改良していってみても、乗りこええない、原罪に似たものなのじゃないかと疑う気持をぼくはしばしばもちます。われわれの文明社会から、まことにいろいろな冒険家たちが、野蛮人じつはただ自分と風俗習慣のちがう者を征服しよう、文明化してやろうと思って出かけていった。たとえばクック船長などという文明人がタヒチ島の民衆に幸福をあたえようということで出かけていく。しかし、結局はそこに性病とかひどい殺人の方法とかをもまた教えてしまった。そしていまや一応タヒチには観光文明とでもいうものが栄えているように見えるけれども、しかし、今日もフランスがそのすぐ近くで核実験をしている、というようなことがあります。繰りかえしますが、クック船長がタヒチ島に乗りこんでいったのは、野蛮人に文明をあたえようという、まことに文明的な意思を備えてのことでした。自分たちを文明の十字軍だとみなして危険な海を渡っていったのです。事実クック船長はまじめな人で、タヒチ島では十四歳からうえの娘はみんな美しく、よく太っていて、釘を一本あげれば結婚してくれるという状態だったにもかかわらず、釘ならなん百本となくもっていた船長であるにもかかわらず、貞潔であったと書いた本がありましたが、ほんとうだろうと思うのです。クック船長はそういう真面目な使命感をもっていたゆえに、最後にはフィリピンの原住民に殺されてしまったのでしょう。悲劇的な人物ですけれども、しかしもっと悲劇的なのは、文明の意思でおこなわれる行為が、ほんとうに人間らしい文明を破壊してしまうことです。ひとつの文明がそれよりほかの文明を野蛮として破壊することを、文明的だとみなす、そういう矛盾はつねにあらわれて歴史をみたしてきたと思うのです。

現代にもどしていえば、たとえばアウシュヴィッツの経験をヨーロッパの人たちはつねに自分の体験の根源において、自分自身を考えなくてはならないだろうと思いますが、アウシュヴィッツにかかわる本を読むたびにぼくはあらためて驚くことがあります。最近もまた、フランス人のあるジャーナリストがそこでおこなわれた生体実験についての報告を本にしました。この本はとくにすぐれている本でなく、むしろあまりよくない本で、いわば興味本位に書いてあるために、かえって、『強制収容所における人間行動』のようなオーソドックスな本ではふれてなかった細部まで書いてあって、その点で新しく想像力に喚起的なところがあります。たとえば人間を凍らせます。ユダヤ人の捕虜を呼んできて、氷のふろにいれる。まず氷をその捕虜に水槽へいれさせて、充分に冷たくなると、その捕虜自身を水槽にいれるのです。しばらくしてかれを引き揚げてあたためる。毛布であたためたり、おなじ収容所にいる女性を連れてきて、そうした女性にあたためさせたりする。そうした段階では躰がすっかり冷えてしまった人間が性的な関心と能力を恢復するためにはなん分間かかるかというような科学的研究をする。その研究自体は外見が科学的であればあるほど、ほとんど意味はないのですが、そういう残酷でばかばかしい実験と同時に、たとえば断種実験をします。ユダヤ人から受胎させる能力をなくしてしまう実験とか、逆に人工的に受胎させる方法を考えたり、実験したりする報告があります。そういうものにいまふれてわれわれは、アウシュヴィッツの罪悪が誰の眼にも明瞭化した現在から、アウシュヴィッツの時代をふりかえって、それはまったくの悪だったのだ、狂気じみた行為だったのだ、ヒトラーという狂人、ヘスという狂人がいた、かれらが罪悪をおかしたのだ、と整頓して自分の心を静めようとします。ところが、実際にそういう人体実験などを実行した医者たちは、やはり文明の進化のために、人類がいくらかでもよくなるために努力するのだ、ということでそれをやっていたわけです。そうでなければどうしてそうした実験をあのようにも執拗につづけえたでしょう。ヒトラー以下が、その点について明瞭なイメージをもっていた。やがて世界じゅうを金髪のすばらしく理想的な型態の人類だけにするという計画、すなわち人類にたいして全面的な改良をくわえる計画の下準備としてそういうことをおこなっているという意識があったわけでしょう。ここではじつにはっきりしていますが、ひとつの新しい文明をめざしている行為において、その当事者がもっている野蛮さ、野蛮人としての側面についての意識がまったく働かなくなっている。そしてそのままかれらはまえへ進んでいく。そして積みかさなった罪悪、犯罪が、ドイツの敗戦ということによってはじめて暴露される。そのとき一般には、あの連中は特別な狂人だったのだ、知的な人間じゃなかったのだ、あの連中は野蛮人だったのだ、ヨーロッパ文明は悲しくも脱線してこういう野蛮人を生んだ、文明の一部分が疾患におかされていたのだ、と批判して終ります。そして今度は新しい方向にむかっておなじことをしかねない人たちがでてきます。たとえば社会主義なら社会主義にしましても、社会主義体制が人類をまえに進めるひとつの大きい方法であることにまちがいはないでしょうが、その社会主義国家の建設にむかってどんどん進んでいる、大きい国家を建設している、そういう新しい文明人たちがいる。そういう体制の圏内のあるひとつの国が、社会構造を自由化しようと試みる。そうするとたちまち戦車に乗った新しい文明人たちが乗りこんでくるということがおこりました。戦車に乗りこんだ人たちは、自分を野蛮人だとは思っていないでしょう。自分はもっとも新しい文明人だと考えている。人類の良き半分の文明を救うために自分たちの行動があるのだと信じて出動するのでしょう。そこで、とくに戦争をしかけてくるのではない相手をあえて殺すことができたわけだろうと思うのですが、しかし、その現場をチェコの人たちのがわから見れば、その戦車のうえの文明人がもっている本質的な野蛮さということはまったく明瞭にわかるわけです。

チェコにソヴィエトの軍隊がはいったとき、辛いけれどもお見舞にぼくはあるチェコ人のかたの家を訪ねましたが、そのときFEN放送でニュースをひっきりなしに流していました。それをつねに聞きながら、そのチェコ人の知識人と奥さんとが、ぼくとぼくの友達とに様ざまな状況を解説してくださったわけなんですが、ラジオは突然、ドプチェクが殺されたといってプラハの地下放送はとぎれたというような誤報もしました。当然にチェコ人たるかれらは非常にショックを受けられる。しかし眼のまえにわれわれ日本人のお客がいるものですから精神的にも肉体的にも、はっきりした体面を保っておられる。まことにりっぱな態度でした。そのとき奥さんがこういうふうにいわれたのです。テレヴィ・ニュースに出てきたロシアの兵隊はみんな十八か十九ぐらいで若く、なじみやすい年齢だけれども、自分たちはああいう顔のロシア人はほんとうに見たことがない、まったく知らないタイプのどこの異邦人かという気がする顔だということをいわれた。チェコの人間から見てソヴィエト・ロシアとのいろいろな関係の歴史がある。ロシア人との関係は深く長い。現にモスクワで幾年もすごしたしあの顔は見なれた、ほかならぬロシア人だというイメージがある。しかしこの若い兵隊たちは自分たちにとって見知らぬ野蛮人だと感じられるようなロシア人だと、そのチェコ人の奥さんはいわれたのです。あのロシア人たちは自分たちにとってはまったく見知らぬ顔だ、エトランジェールな顔つきだといわれた。それはもちろん、モスクワ生れのロシア人の兵隊だったかもしれません。しかし、あのときともかくチェコの人間から見れば、それは自分たちと、かつてなにものかを共有した人間とは見えなかった、エトランジェールであったということでしょう。そこにはソヴィエトの社会主義体制に文明と人間の将来を全部かけていいと信じている、そういう新しい文明人にたいする、もっとも文明的なもののうちにふくまれているもっとも野蛮なるものを発見した者の意識が表現されていたのではないかと思うのです。

アウシュヴィッツの問題が、ヨーロッパ人の文明的な発展の裏がわにある野蛮さというものを反省させるひとつの原点としてあるとすると、黒人問題は、アメリカの文明がどのようにかぎりなく進展していっても、アメリカ人に、自分たちはもしかしたらひとつの救いがたく野蛮な側面をもっている者たちなのかもしれないと反省させる、あるいはオブセッションをもたせないではいない要素だとぼくは思います。最近、小説としては推薦するに足りないものですが、アメリカのある一時代に白人たちが黒人の奴隷をどのようにあつかってきたかということを興味本位に書いた小説が翻訳されました。それを読みますと、南部の白人で、農場主だった血筋の人間にとってみれば、いま黒人と一緒にアメリカに生きているということ自体が、非常に巨大につくりあげられたアメリカの文明の裏がわをつねに見つめつづけているような状態なのじゃないかと思われてくる、そうした本です。たしかに黒人問題には、実際的に有効ないろいろな解決のしかたが考えられるでしょう。しかし、アメリカ人にとって、どうしても解決しえないところはのこるのではないか。アウシュヴィッツの場合、死んでしまったユダヤ人が償いがたいように、生き延びている黒人にたいしてまさに償いがたいところがあるのではないか。それを認めたうえで、しかもなお黒人問題をどのように切りひらいてゆくかということに、今日のアメリカ人の課題があるはずでしょう。

そのように考えていって、ぼくは広島の問題につきあたります。広島・長崎の原子爆弾について、ちょうど戦争が終った直後の、一般的なアメリカ人の声明を読んでみると、結局これは文明のひとつの進化だったのだ、人類の文明が発展していく段階で、ひとつの大きい里程標なのだといういいかたが広くおこなわれた一時期があります。たしかにそこにはそのとおりであるところもまたあるでしょう。核爆発が人間の手によっておこなわれたために、エネルギーの歴史でいえば人間の文明が急激にまえに進んだということは、たしかにあるでしょう。ただ、その核爆発は人類の頭上で、ほかならぬ日本人の頭上でおこなわれ大量の死がもたらされました。アメリカの文明人の認識のうちには、日本と戦争をしているあいだに、しだいに日本人のなかの野蛮人の側面が大きく見えてきていたにちがいない。野蛮人の頭上に文明の利器のもっとも新しいものを爆発させて、野蛮人は消滅する、文明は輝きを帯びる、という事業をおこなったのだとかれらは考えたはずです。それはじつに昔からのやりかたでした。昔から非常に文化的であり、したがって、もっともおそろしい野蛮人でもあるところの人類の一グループが、すなわち、いわゆる先進国の人間がつねにやってきたとおなじことをやるという意識があったはずだと思うのです。核エネルギーの開発とはなれて、原爆は弁護しがたい悪です。その原爆の問題に人間的な反省のバランスがあたえられたのはわずかに、広島・長崎で生きのこった日本人がいて、原爆とはこういう非人間的な体験だったのだと証言することがあった。それがあってはじめて核爆発という文明の一大発展のもっている底知れぬ野蛮さが明瞭になったのでした。このようにもくりかえし文明が展開してゆくにしたがって、もっとも野蛮なことがおこなわれる。反人間的なことがおこなわれる。ところが、ある勢いをもって激しくその文明の一様式が進んでいるときには、その内部の人間は自分の野蛮さに、ほとんど眼を開くことができない。そのために様ざまな人間的なるものが圧殺される。そして、やがて人間が反省するときがきます。そういうかたちで酷《むご》たらしいバランスをとりつつ人間の文明が進んできたのでした。

そして、アメリカにおける黒人、ヨーロッパにおけるユダヤ人、広島・長崎で死んでしまった人びとというふうに、ほんとうに償いがたい者たちの山のような積みかさなりがあるのです。実際に、ある決算期がきて、たとえばアウシュヴィッツの場合にすると、ナチス・ドイツが敗れるときがきて、すべてが帳消しになるかというと、そうではない。広島の原爆があり、戦争が終ったあと、原爆にたいする様ざまなキャンペーンがおこなわれて、文明人が原爆の罪悪について完全に理解しつくすかというと、そうではないところがのこる。文明人が結局は自分の内の野蛮さとバランスをとりながら歴史を進行させてゆくのかというと、そうではなくて、どうも真の野蛮さというものははっきり見きわめ尽されないで、中途半端のまま、それをそなえた新しい文明人がどんどん進化しつづけているところがあるのじゃないだろうかとぼくは疑うのです。

たとえば、いまその端的な例を日本人についていえば、それは沖縄の問題です。この沖縄の問題について、ぼくはかなりまえに、本土の人間から見ればまことにひどいことを積みかさねてきた、そこでわれわれは非常に恥ずかしいという気持をもたざるをえない、と書いたことがありました。すると沖縄のあるジャーナリストが、それを批判して、恥ずかしい、恥辱感をもつとかれは書いているが、本土の人間は恥辱感をもって縮こまってしまってそこで対話を拒む、それが困るんだ、いけないことなんだといわれました。その後のぼくのいくらかの仕事を見ていただければと思いますが、じつはぼくは恥ずかしいと考えつつコミュニケイションをひらく、というタイプの人間でありたいのです。

もっともたとえば、ぼくが沖縄について、自分が恥ずかしいと思うとき自分は恥ずかしいと書く。しかしその恥ずかしさという言葉が沖縄の人たちの心に引きおこすもうひとつ別のひびきというものは、ぼくにはわからないところがあるはずです。しかし、いったんそういう言葉を発して、そして沖縄の人たちからたとえばこういう反論があれば、自分の恥辱とか恥ずかしさという言葉の内容が更新されてくるようにも思われます。

さて、その沖縄の問題について、たとえば琉球処分ということがなければ、沖縄の人たちは中国と、もうひとつ別の関係をもちえたかもしれないと考えてみましょう。そういうことはじつに償いがたいことです。それは、現在いろいろなひずみの原因となって、消しがたいものとなってなお生きているところの、償いがたいものです。まったく償いがたいものについては、われわれは眼をつぶっていようという気持にとらわれることがしばしばあります。とくに実行的なタイプの人間は、自分たちが新しい行動をおこす場合に、償いがたいものについては考えないことにしようという基本態度でもって、自分の考えかたや行動を単純化するということを、しばしばおこなうように思うのです。しかし、ぼくが考えますのは、たしかに償いがたいことは絶対に償いがたいことであって、それをくよくよ考えても有効ではありません。しかし、それを忘れること、またその根源となっているところの文明人たる自分のなかにあるきわめて野蛮なところをすっかり忘れてしまうとき、人間にはやはり危険が生じる。そうだとすれば、ごく微細なところからでも、その本質的な野蛮さを少しずつほじくりだしながら、自分たちの進路というものを考えてゆく者たちがいなければ、やはり文明はひずみを生ずるのではないだろうかと思うのです。

なぜぼくがとくに小さいところからほじくりだすことが必要だというのかといえば、それは広島の問題について考えつづけてきてそう思うからです。現在われわれが広島の問題を考えるとき、様ざまなアプローチがあるでしょう。広島の問題のように、まことに人間の根源に触れている問題、しかも、政治の最先端にもまた触れている問題について大所高所からなにかをいうと、それは絶対にまちがっている側面をともないます。それだけでは完結しないところをのこします。そしてそれにむかっていろいろな批判が集中するということが、一番ふさわしいとしか思えぬような事態がおこります。広島の場合まことに小さなものからはじめて、あらゆる批判を綜合して、はじめて問題の全体が把握できるように思うのです。

ぼく自身の経験でいいますと、ぼくは『ヒロシマ・ノート』という本を書きましたが、それについてまことにいろいろな批判がありました。ぼくはとくに広島の現地からの反論がほとんどつねに正しいと考えています。そしてそれがあってはじめてぼくの本にいくらかの意味が生じてきていると思うのです。

とくに被爆者からの批判の正しさということがあります。それはたいていの被爆者のかたがこういうふうに批判してくださったのでした。すなわち、自分たちはもっとおそろしい目にあった。ああいうきれい事じゃない、という批判です。ぼくはそれはまことにほんとうだろうと思うのです。それは単にぼくがきれい事だけを書いたという批判にとどまらない。繰りかえすことになりますけれども、それは被爆者のかたたちの精神構造の問題でもあります。被爆者のかたたちは原爆の体験をできるだけ正確に伝えたいと思っていられる。そうした被爆者のかたたちの精神の構造はどういうかたちをとるかといいますと、眼のまえに、ある表現が示されると、いやこれよりもっとおそろしかったのだ、とつねにいわざるをえない、原爆で攻撃されるとはそういう経験だったのだとぼくは考えるのです。

最近、アメリカから返されてきた原爆の記録映画がテレヴィで放映されましたが、この記録映画を見て、様ざまな被爆者が怒りの声を発した。どういう怒りの声だったかといいますと、あの映画はほんとうのことを写していない。ほんとうの原爆はあんななまやさしいものじゃなかった。もっとおそろしいものだった、という批判でした。それは文部省によってカットされていたフィルムであるために、カットへの告発をこめてそういう批判があったということは一方にあります。カットしてしまったからいけないのだ、カットしたところを復元してしまえばいい、という方向の批判です。しかしぼくの考えでは、もう一方で、あの映画が文部省によって、あるいは厚生省によってカットされなかったとしても、原型のまま写しだされたとしても、被爆者たちは、いやこういうふうじゃなかった、もっとおそろしかった。もっと悲惨だったのだ、といっただろうと思うのです。被爆した体験を記憶のなかで少しずつ弱め薄めてゆくのでなくて、むしろ現実をカメラが写しだしたよりも、もっとなまなましく強く記憶に復元しつづけようとする態度が広島の人たちにある、被爆者たちにあるのだとぼくは考えています。したがって、広島について書かれたあらゆる本が批判されうるのであり、またそれはつねに必要だとぼくは考えております。広島・長崎の経験とは、まさにそのような日本人の経験なのです。

ところがごく最近の核兵器にたいする日本の政治家たちや企業家たちの考えかた、方向づけというものを見ると、やはり文明の名において核兵器を所有しようということにむかっています。われわれは新しい文明をつねに展開しなければならない、それは新しいエネルギーの開発でなければならない、そこで核開発をしなければならない、という考えかたが有力になりつつあるのです。議論はまさに文明の名においておこなわれている。石油と石炭の時代の文明があった。つぎは原子力の文明だというようなことをいわれればそれはそうでしょう。しかし文明の展開は単なるエネルギー源の開発だけでおこなわれたのではありません。人間の精神の運動というものがあって様ざまな文明の革命的な展開がおこなわれたのです。新しいエネルギー源が核によって開発される。それにそって新しい文明が自動的に生れるのではない。ところがいまや核エネルギーを中心にして自分の武器として、方向づけとして走らなければ、日本人は世界の文明の進展からおくれてしまうというせっかちな意見が若い政治家からでます。それを実業家たちはもっと狡猾にというか、もっと利口にというか、われわれもまた核産業を開発して、国際競争に勝たなければならないというふうにいいます。そのときぼくはいちど立ちどまって考えたいと思うのです。ひとつの文明に一面的な方向づけしかあたえないでそれにそって走ってゆく人たちというものは、やがて壁に突き当る。そしてたとえばナチスが滅びるように滅びる。そしてある反省期がくる。あるいは原子爆弾の悲惨について証言する人びとがあらわれて、核兵器にたいする見かたがもっと複雑になってくるということがある。それで歴史はバランスをとってきました。しかし現在のように、広島に落ちた核爆弾が比較にならぬまでに大きな核エネルギーを中心にすえた新しい文明の十字軍というものがどんどん走りはじめているときに、それに日本と日本人が巻きこまれてしまえば、実際に人類がもういちど核文明を反省するという時間がありうるだろうか、われわれが生き延びているあいだにそのときがあらわれうるだろうかと疑いをもつのです。とくに日本においておこなわれている核エネルギーの開発を考える場合には、いま、ただ文明の名においてのみ進行しているこの問題に、その文明が内部にもっているところの野蛮さということを考えあわすことが必要なのではないか。文明はどんどんまえにむかってゆく方向づけをもつものだけれども、文明がその方向づけを強くもてばもつほど、その文明をになうわれわれがもっている野蛮人としての側面もあきらかになり、そのインパクトも力をえてくるのだということを、くりかえし考えて警戒すべきじゃないかとぼくは思うのです。

すでに論壇でも、日本人たるわれわれもまた核開発をおこなおう、しかし核兵器自体には反対しよう、というはっきりした論理づけを学者がおこなっています。しかしわれわれ一般の人間から見ると、核兵器とすっかり切りはなされた核開発がありうるとして、そのようなもののなかにも、われわれのもっている野蛮さを限りなく大きく拡大して非常に狂暴な力とかえるような契機もふくまれているのではないかと気がかりです。われわれは人間は、ある文化的なもの、文明的なものにむかって、直線的に走ることがほとんどつねにできないのであって、われわれが文明的なある方向づけをもって運動するときには、われわれの野蛮人の側面も拡大されている。それが一緒についてくるということをくりかえし認識すべきなのじゃないかとぼくは考えています。

ペシミスティックな話だとは思うのですが、しかしあらゆる文明のなかにあるところの、野蛮な要素を人間が見きわめる力というものはペシミスティックな人びとによってたもたれてきたのであり、それこそが人間が生き延びてゆく可能性を保障する唯一の力になってきたのじゃないかというふうにも思うのです。

はじめ、この回の主題を考えたときのぼくの計画はこうでした。広島のことしの八月の原爆記念日の大会にゆく。それからアメリカとヨーロッパにいって、広島の体験がどれだけそこに持続して考えられつづけているかということを見てこよう、そしてそれを報告しようという計画です。ところがこの夏のぼくは東京でヒポコンデリアにかかっていたにすぎなくて具体的に報告することはなにももちません。しかしアメリカの黒人問題をふくめて、あるいは西ヨーロッパの新しいファシズムの可能性とか、東ヨーロッパにおいて突然ソヴィエトが示した新しい態度とかいうものを背景にしつつ、現在の日本の政治的な動きというものをながめていると、それはいわば人間的反省の一番古い考えを思いおこさせると考えたのです。すなわちわれわれが文明の名において非常にスピードをあげて走っているとき、われわれの野蛮さというものもまた明瞭になってくるという考えかたです。そのとき自分の野蛮さを認識する力を、われわれがもともともたないわけではないのですが、わざわざそういう力をなくしたいと望む意識がわれわれをとらえます。それはわれわれ自身が進んで自分のものの考えかたを単純化しようという考えかたと癒着します。ヨーロッパにはそういういろいろな失敗の歴史というものが積みかさなっていますし、またアメリカにおいても新しいそれが実在していると思いますけれども、ヨーロッパに比べてアメリカのほうが新しく若いだけに、その失敗の歴史があまり切実には認識されていないということがあるかもしれない。しかも日本人はどうかといえば、ぼくはほかならぬ日本人の精神構造のなかにヨーロッパ人ともちがう、アメリカ人ともちがうひとつのタイプとして、ある行動に移るときにはできるだけ自分を単純化しようとする志向があるのじゃないかと疑います。

このまえの戦争のとき、日本の知識人の大半がそういう方向に走っていった。み<ruby>そぎ</ruby>などというものをして自分たちがもっている批判とか、疑いとか、逡巡の気持とかをすっかり押し殺してひとつの大きい運動のなかに——それはすなわち戦争ということですが、自分自身を投じようとした。信頼にたる詩人とか作家たちのなかにも、戦争がはじまってやっとすっきりした気持になったということを日記に書いたり、新聞に発表したりした人たちがじつに多かった。そういうときに自分がもっているいろいろな疑いとか、自分自身の現在のありかたへの否定たりうるかもしれないような考えかたというものを廃して、すっかり単純化することは、たしかにすっきりした気持になれることだろうけれども、しかしそのすっきりした自分がやがて大きいゆきづまりに到達せざるをえない。そのときに根源的な反省をおこなわず、また別の新しい方向にむかって、自分を単純化して走りだすということをくりかえす者たちもいました。もっともそれができればまだいいけれども、じつはそういうことをくりかえしえないような状況に、いま日本をふくめて核時代の世界というものがはいりこんできているのではないかということをぼくは考えます。それをぼくはいま、ヨーロッパ人よりもアメリカ人よりも、ほかならぬ広島・長崎を経験した日本人がもっとも反省しなければ人類が二十一世紀を体験する可能性は少なくなるのではないかと感じているのであります。

（一九六八年九月）

8

犯罪者の想像力

前回にぼくは避けがたくくりかえされる錯誤としての国家犯罪とでも総称しますか、国際法的に許しがたく、究極の国際法の視点からいえば明瞭に犯罪とみなすべきものについてお話したと思います。それは、ある政治体制が転覆したあと、ふりかえってみるときにはいかにもあきらかな犯罪であるところのものが、というのは国際法は究極の意味あいではやはり抽象的にしか存在しないからだろうと思いますが、その犯罪がおこなわれている現場においては、その現在時においては多数の人間がそれを犯罪とみなさない場合ということでした。犯罪的なるものがむしろ文化的な人間の文化の発展のベクトルにそっての努力であるとみなされることすらがあるのであり、そうしたことを弱小な一個人としてたとえふせぎえぬにしても、とにかく自分が文化的だと思っている行為、文明にむかっていると信じている行為が根底にふくんでいるところの野蛮、反文化的なるもの、結局は文明にたいして犯罪的なるものにたいする想像力をもたなければならないのではないかということをお話したのでした。いまやとくに核兵器がわれわれの時代の最先端の文明の象徴となっている。したがって、しかもなお核兵器のみならず、核文明そのものが、われわれの人間としての野蛮の最大の実体ともなりうる、そういう時代なのであって、あの厖大な核エネルギー、核破壊力を考えれば、とくに今日のわれわれが自分のおこなおうとし、自分たちのまきこまれようとしているところの文明の流れにたいして、それが内包しうるところのもっとも野蛮なるものにたいするイマジネイションをもたなければ、人類全体が具体的に滅び去りかねないというぼくの暗い未来図にかかわってお話しました。

きょうは、その逆に、誰の眼にもあきらかな犯罪者として、現在の社会から確実に拒否されているところの犯罪者たる個人のうちに、一応のところ正常な、そして犯罪をおかさないでなんとか生きている人間の想像力にたいして喚起力をもったものがあるのではないか？　犯罪者の心理と行動のうちに、犯罪者の内部と外部のゆがみそのもののうちに、われわれへの意味の深いよびかけがしこまれているのじゃないかということを考えたいのです。もしそうだとすれば、われわれは犯罪者をつうじて、あるいは犯罪者の想像力の働かせかたをつうじて、あらためて考えてみなければなるまいと思うからです。もっとも犯罪者の想像力という言葉は使いかたがむずかしいということに、まず留意する必要があるでしょう。小松川高校事件とよばれるあの犯罪では、それをおかした李という少年が、かつて犯罪について書いた小説があったことから問題が複雑になりました。そして、小説は李少年の想像力の所産であるが、李少年のおかした犯罪は事実そのものであって想像力の所産ではない、という考えかたが結局おこなわれたように思います。そのふたつを結ぼうとするのが、犯罪について想像しつづけているうちに、それだけでは満足できなくなって、実際の行動に移っていったというような考えかたです。そうした考えかたは李少年について好意的な人たちのなかにもみられましたが、とくに、この少年を死刑に処すことを強く望んだ検事の論告は、まさにそうした線にそっておこなわれたものであったと思います。しかしそこには想像力と現実のかかわりかたについての誤解というか混乱というか、危険なまちがいがあったと思うのです。ぼくは逆に、李少年が書いたところの小説には、想像力の機能の発揮がほとんどなされていないと考えるものです。この少年の行動の全体を、想像力の問題として考えるとすれば、想像力においてきわめて貧困な李少年の小説よりは、かれの犯罪と、その犯罪のあとでの新聞社に電話をかける挑戦をもふくめて、李少年の行為そのものに、想像力の実体があると考えるのです。それについてぼくは『政治的想像力と殺人者の想像力』という文章をかつて書きましたので(『持続する志』所収)、ここでそれをくりかえすことはいたしません。ただぼくの考えかたの輪郭を申します。李少年の犯罪の前提には、かれが非常に貧しい在日朝鮮人の子供として育ってきた過程において、かれを抑圧しているもの、ねじ曲げているものがたしかにあるということを知っていながら、しかし、それを実体としてつかむことができなかった、ということをまず考えてみる必要があります。同時に、対象を実体としてちゃんと把握ができないことは、自分自身の想像力の実体をも確実につかむことはできないということです。かれの小説の貧しさはそれを示しています。ところがこの不安な少年が実際に殺人をおかし、しかもそれを核《コア》として社会に様ざまな呼びかけをすることをつうじて、かれは、かれ自身をそれまでかたくしばりつけてきたもの、ひどくゆがめてきたもの、それらの綜合的な実体として日本の社会があり、他人があり、権力があるということを具体的に把握するにいたるのです。在日朝鮮人に圧力をくわえている日本の社会の本質的なひずみというものがある。そのひずみに押しつぶされてきたかれが、殺人をおかしその殺人の内容を新聞社に電話をするというかたちで、新聞社の代表する社会一般や権力の下部構造としての警察に挑戦しつづけるあいだに、ついにそのひずみの正体に出あいます。李少年はかれ自身をとらえてねじ曲げているものの実体を明瞭につかみうることになります。その対象をはっきり把握し、そのうえでそれを否定することによってかれは束縛から自由になるのです。他人どもの社会というものがかれにとって集中的に表現されている媒体はなんであったかといえば、それは新聞社と警察でした。そこでかれは新聞と警察の権威を否定する。それを自分の力のもとに屈伏させる、少なくともいっぱいくわせることを望みます。そこで、電話をかけて新聞社に挑戦する。警察に証拠品を送りつけて挑戦する。その行為をつうじてかれは自分の眼のまえに確実に、社会の実体を見据えることができたのです。自分の頭のなかの、具体的な内容として警察と新聞——かれをそれまで圧迫しつづけてきた社会の実体をとらえることができたのです。そしてそれを否定することによって、かれ自身が自由に解放される、自由な自分の全体を確実に意識することができる、それがあの李少年の犯罪についての、想像力にかかわる側面だったとぼくは考えているのであります。

さて犯罪者の想像力という場合に、犯罪者にたいする、われわれの想像力と、犯罪者自身の想像力、というふたつの意味あいがあります。ぼくはそれを重ねあわせつつ考えてゆきたいと思います。犯罪者自身がもっているイマジネイション、犯罪者の行動がふくんでいる想像力についての喚起的な因子が、一応は実際に犯罪をおかさないところの人間であるわれわれの、想像力にどのように働きかけうるか、ということを焦点に置いて話を進めたいのですから、論の筋道としては、当然に犯罪者自身の想像力と、そうした犯罪者へのわれわれの想像力を重ねて、すなわち犯罪にかかわって人間一般がもちうるところの想像力の全体の意味を考えてゆくことになると思うのです。犯罪者がまったく想像力を備えないたぐいの人間である場合は、まことにしばしばあります。発作的な暴力をふるうようなたぐいの犯罪者はおおむねそうでしょう。しかし逆に想像力を豊かに備えた人びととよぶべきではないかと考えられる犯罪者の一群があります。逆のがわからいえば、われわれが犯罪者の問題を考えるさいに、あれは想像力に欠ける人間、人間的なイマジネイションの力をもともともたない人間だからこそ、ああした犯罪をなしえたのだと考えて、そうした犯罪者から自分たちを分離して安心することがあります。獣がわれわれに襲いかかってくる、あるいは原始的な未開人がもし戦闘的だとすれば、そうしたものが突然襲いかかってきてわれわれのうちの不運な者の腕を食ったり、頭の皮をはいだりする。そういう人間の悪夢は映画のスクリーンをみたしていますが、犯罪もまた、われわれの社会でそのようにおこなわれるのだという考えかた、そういう動物のような犯罪者がいるのだという考えかたによって、われわれはときに自分を安全圏におきます。すなわち自分は猛獣ではないのだから、自分はちゃんとした想像力を備えているのだから、当然にあまりひどい犯罪はおかさないだろうと考えて安心する、ふたしかな権利をもつわけです。しかし、それはほんとうにそうだろうか？　じつは犯罪者が想像力に欠けているどころか、われわれ自身に犯罪者にたいする想像力が欠けているために、にせの安心がおとずれる場合こそが多いのではないか、その安心はもろいものではないかとぼくは疑うのです。そこで、ぼくは犯罪者の問題をわれわれ一般の人間全体の問題であるとして、犯罪者について、できるかぎりの想像力を働かせてみる必要を見出すのです。

ある特異な犯罪者がどのように動物あつかいされるかということの端的な例を挙げてみます。

鬼熊事件という大騒ぎがありました。千葉県に岩淵熊次郎という人物がいたのです。もしこの事件がおこらなければ、荷馬車引きとして一生を過した日本人の模範として紫綬褒章くらいはもらったかもしれないところの、荷馬車を引きつつ地方社会に貢献していた人物です。ところがそう安穏でないことになった。千葉県香取郡に上州屋という飲み屋があって、そこのおけいさんという女性と恋愛していたのですが、冷たくなったので、愛の恢復を求めたけれども断わられた。そこでかれはその女性を薪で撲殺した。さらに自分の情婦を横取りしたと信じた男の家に放火して、そのまま山の奥深く逃げこんだ事件です。そこにいたって社会は岩淵熊次郎氏を「鬼熊」とよびはじめ、人間あつかいすることを止めました。

その鬼熊事件を報道する新聞記事のひとつにこういうものがあります。東京日日新聞の記者が山にはいりこんでいってそのいわゆる鬼熊と会ったところの、いわゆる特ダネです。

「深夜、うす月の下に、本社記者『熊』と語る」

「危険を冒して密林を潜行中、自首をすすめて別る、佐原にて馬場、坂本両特派員発」というのですが、あまり昔でもない新聞記事スタイルがいかにも古風で興味をひきますから引用してみます。

「われら両名は懐中電灯の光を頼りに、三十日午前零時半過ぎと思うころ、檜《ひのき》、出沼《でぬま》の境いになっている道路にさしかかった。あたりは鬱蒼たる森林の断崖になっていて、小さい月が西に落ちかかり、警官隊は引き上げたので何となく物凄い」

まことに文学的に書いてあります。

「われらは崖下に沿うて黙々と行くと、道路から七、八間離れた小径に何か黒い物の坐っている様子なのが薄れかかった月影に見える。われらは電気に打たれたように立ちすくんだ。しかも黒いものはむくむくと起き上って、大鎌の様なものを空間に打ち揮う。正に人間である。『君は誰だっ』とどっちかが声をかけた、するとその男は更に猛烈な気勢を示し、『俺は熊だっ』と叫んで仁王の如く踏張った。(中略)『熊さんですね』」

この新聞記事は微妙に二つの特徴的性格をあらわしているように思います。まず、ある殺人者、犯罪を自分たちからすっかり切りはなしてしまう、人間という同類項でかこいこみません。熊なら熊と同一化させます。同時にこの記事は、犯罪者と自分の力のバランスが本質的にあいまいであることを露呈してもいるでしょう。腕力では相手が強いことがはっきりわかっている、絶望した殺人者に暗やみで出あったりすると、いかにわれわれが自分をひ弱く感じるか、犯罪者と自分とのあいだの差をまったくあいまいにしか感じえないかということをも示していると思うのです。

われわれがなぜ犯罪者にショックを受けるのか、なぜ犯罪に興味をひかれるのかということを考えてゆきますと、犯罪者の行為そのものにわれわれ一般の人間の行為とつながっているところがあるからだということを認めないわけにはゆかないでしょう。犯罪者の行為がわれわれ自身とまったく異質であり無関係であるならば、われわれが犯罪者の存在にたいして強くショックを受けるということはない。本質的に興味をひかれるということはないでしょう。犯罪者がほかならぬ自分を襲うかもしれないという恐怖心から関心をもつことがあるにはありますけれども、一般に新聞で犯罪記事を読む場合には、たいていその犯罪をおこなった人間はもうつかまっているか、追いつめられてしまっています。その逃走している犯罪者にひょっこり会うのじゃないかというような恐怖心は一般的ではありません。しかもなお、なぜ犯罪者の行為にわれわれが興味をもつか、内面の深い所でショックを受けるのか？　それはやはり犯罪者の行為が、われわれ一応は犯罪をおかさない者の行為と、人間としての本質において結びついているところがあるからであるはずです。しかもそれをいったん認めて、一歩踏みだせば、犯罪者がなぜそういうことをおこなわざるをえなかったのかということにむかって想像力を働かせることによって、いわば犯罪者と自分とを想像力において同一化することによって、われわれ自身の現在の日常生活で、われわれがはっきりとはつかめなかったところのものをたしかめることができることがある。犯罪者への想像力をそのように働かせることによって、われわれ自身の存在のしかたの本質的な意味あいを理解することができる場合もあるからであろうとぼくは思うのです。

すでに紹介しましたトルーマン・カポーティの『冷血』、ノンフィクション・ノベルといわれているようですが、小説の構造をもった、心理的にも深い犯罪実録といいますか、新しい小説ですが、それを読みますとふたりの異様な犯罪者があらわれます。そのふたりの犯罪者にたいしてトルーマン・カポーティが想像力を働かせて近づく。現実にトルーマン・カポーティとなん度も会って話しているうちに犯罪者たち自身が、トルーマン・カポーティの影響を受けて、かれらもまた想像力を強く生きいきと働かせるタイプの人間に変ってきているらしいということもありますが、ともかくそのような犯罪者の行為と心理を深くきわめることによって、トルーマン・カポーティはわれわれにアメリカを、または裏がえしの「アメリカの夢」を、その本質にかかわらせて把握させます。かれはわれわれのすぐ鼻先までアメリカの実体を押しだして見せるのです。それはニューヨークの高級アパートに住んでいる人間にとってもまた、アメリカという国家の根源にはじつに荒涼たるものがある、アメリカの荒廃は押しとどめようもなく進んでいる、ということを理解させます。それは単に外国で戦争をしているということによる荒廃にとどまらず、アメリカ本国にいるひとりひとりの内部にまで戦火のような荒廃を浸透させつつあるということについて端的に多くのことを教えます。それは犯罪者の行為がまことに例外的であるにもかかわらず、われわれ自身の本質と直接に結びつくところがあるということをトルーマン・カポーティがしっかり認識していることをも示すと思うのです。

しかし、狂気の犯罪者はどうなのかということもまた、考えてみる必要はあります。犯罪者のなかにはほんとうに生れつきのように、子供のときから確実な犯罪者への個性をもっている人間がいるようです。それについてもまた実例にそくして考えてみなければならないでしょう。そのような、犯罪をするためにだけ生れてきたような人間にたいしてもまた、われわれが想像力を刺激されるのはなぜかと考える必要があります。この場合、自分もまたそういうことをやりかねないからというので想像力を刺激されるわけではないからです。たとえばデュッセルドルフの殺人者として名高い、ペーター・キュルテンという人間がいます。このキュルテンは絶対に根本のところでわれわれとちがっていて、完全に性犯罪者たらざるをえないような生きかたのみを選んで生きた、そういう人間です。たとえばぼくがこれまでまずまずのところ性犯罪をおかさずに生きてきたことを考えれば、キュルテンとぼくとのあいだにはまず直接のつながりはないというべきでしょう。しかもなおなぜぼくが、この怪物に興味をひかれるのか？　くりかえしますが、それは自分がこの男とおなじことをやりかねないからというのではない。むしろ、こういう怪物めいた犯罪者とおなじく、われわれが人間である、という認識によるといったほうが正確だと思います。このまことに救いがたい、そうした犯罪のためにのみ一生を捧げるといった犯罪者が、われわれとおなじく人間だからという根本のところで、われわれをつかまえて離さないのです。それは、やはり犯罪に人間の存在の本質そのものと深くからみあったものがあることを意味するでしょう。それを簡単に図式化していえば、そもそも犯罪はひとつのコミュニティと個人との相関のうえでのみ成立するものだ、ということとつながりがあるはずです。いいかえれば他者、他人と個人としての自分とのあいだにのみ犯罪は発生するものだ、ということにかかわるでしょう。もしコミュニティの概念が人間にないとすれば、なにも禁じられることはない。なにものかを禁じる制約のあるコミュニティが存在しないならば、いかなる犯罪も存在しないのですし、他人がいなければ犯罪というものは存在しえない、それは単純なことですがあらためて意識にのぼせておくべきだと思うのです。

　個人が他人にたいしてある種の行動をおこすと、それが他者たちによって犯罪とみなされる。あるコミュニティがあって、そこに属している、あるいはよそからそのコミュニティにやってきた人間が、当のコミュニティで禁止されている行為をおこなう、それが犯罪です。したがってコミュニティのなかで生きているわれわれ、社会あるいは集団のなかにおける個人としてのわれわれの本質について、犯罪はもともと根本的に考えさせるところがあって当然でしょう。われわれは、あらゆる犯罪をつうじて、他者と個人の関係、コミュニティと個人の関係について認識を深めてゆくということがあり、そこで、犯罪が一般的にわれわれの興味をひくのだというべきかと思います。

そこで実例をひきたいのですが、コーリン・ウィルスンに『ENCYCLOPEDIA OF MURDER』という本があります。わが国にも翻訳されましたが、それは抄訳のようですので、さきにのべたキュルテンという犯罪者について書かれている部分を、アーサー・バーカー書店版から引用して話をすすめたいと思います。

このキュルテンという男は、コーリン・ウィルスンによれば十九世紀における切り裂きジャックというロンドンの殺人者に比較すべき、人類の歴史のうえで最高の犯罪者のひとりだという評価です。キュルテンは一八八三年に生れました。すなわち明治十六年の生れで、この現代を共有すると考えてもいい人間です。そのことについてとくに念を押しますのは、かれの犯罪が非常に驚くべきものであって、およそ歴史の遠い暗がりのむこうの神話か伝説のような犯罪にちかく感じられるからです。しかし神話、伝説と異なってこの犯罪については心理学的なデータが充分にそろっています。それはキュルテンがつかまったあとで、カーレル・ベルクという心理学者がかれに獄中でインタヴィューをしばしばおこなったからです。あまりたびたびインタヴィューにくるので、そのカーレル・ベルクの連れてくる秘書がキュルテンの気にいり、ついにはその秘書の咽喉を締めつけて殺したいということを告白するにいたったほどだということです。ともかく、われわれはキュルテンという犯罪者の内部の問題を心理学的にかなり明瞭にとらえうる資料をもちます。

キュルテンの家族はふしぎな家族で、母親は働き者の普通の女性ですが、父親は猛烈な人格で、酒に酔っぱらってはその妻に暴行をくわえる。母親がそういうことをされるのを見ながらキュルテン少年は育ちます。キュルテンには女の姉妹がたくさんいて、キュルテン自身もオーバー・セックスドと批評したようですが、そういう性的な関心が強すぎるタイプの姉妹たちであった。キュルテンはその実姉から性的な教育を施されます。もっともキュルテン自身はもうひとりの姉あるいは妹を愛していて、いわば恋愛関係にあったらしいのです。ところが、キュルテンの父親もまた、かれの息子が愛しているところの実の娘に暴行を働いて監獄にぶちこまれた、そういう家族環境です。この子供のときに非常にゆがんだ性的な環境にいたということをベルクが強調しているところに、ぼくはいくらかの疑念とともに注目します。李少年の犯罪の場合にも、検事がこの少年は子供のときに自分の両親の性交渉を見た、そして性的な好奇心が強くなったのだという証言を、李少年自身から引きだして、かれを性的な異常者として印象づけるようにつとめたことを思いだすからです。ともかくキュルテンについてもそういう詳細な記述があります。キュルテン少年は自分の家から八歳のときに逃げだします。そしておなじ地所内に住んでいた野犬処理をする男に会い、その男から犬にたいして性的ないたずらをすることを教えられます。しかもキュルテン少年は、男がおなじその犬を殺す情景をいつも見せられてもいたのです。そこでキュルテンが血まみれなもの、とにかく赤いものにたいして特別に異様な情熱をもつところの人間になったのだと学者は分析するわけです。

実際キュルテンは相当な犯罪の天才であって十二歳ころまでに、すでに二人の友達を殺しました。デュッセルドルフの川で、筏《いかだ》に乗って遊んでいた友達を突き落したのです。もうひとりの友達がそれを助けに飛びこみましたが、その友達の頭をもまた、水のなかに押えつけて殺したのだというのです。そのようにしてかれは成長してゆくわけですが、その間、キュルテンはちょっとした泥棒を働いたり小さな性犯罪をおかしたりして、獄中にあるときは特徴的な夢見る男となります。獄中でかれはつねに自分がなにものかに復讐する夢を見ていた。そして誰かを殺すことを考えると、自分が性的に非常に興奮するということを感じていたというのです。

それともうひとつかれが夢想したのは放火でした。どこかに火をつけることを夢見るとやはり性的に興奮した。このキュルテンという男はその犯罪を実際におこなうまえに、その細部のいちいちを明瞭に想像することができるタイプの人間であった。その点においてやはり特別な人間なのですが、また、様ざまな犯罪をおかしたあとも、その細部について非常に明瞭に多くを思いだすことのできる人間であったというのが特徴的です。たとえばかれは十五、六年も以前に、自分が押しこみ強盗を働いたうえ、性的ないたずらをして殺した女性の部屋の細部をほとんど完全に思いだすことのできる、そういう人間でした。かれはしだいにその犯罪をエスカレートさせてゆきます。その犯罪はじつに酷たらしいものですが、ともかく女性をつかまえて、暴行して殺す。それにとどまらず老年の男まで殺すのです。男の子供も殺す、あらゆるタイプの人間を殺す。そして殺した犠牲者を土のなかに埋めておいて、ときどきそれを掘り出しにいっては眺めながら性的な楽しみをあじわうということをかれはつづけました。

このキュルテンの犯罪が最高潮に達するのは、ある監獄にしばらくはいったあとそこから帰ってきて、ひとりの女性と結婚してからです。その女性はキュルテンが、かれの一生においてはじめて普通に愛情らしいものをもった人物のようです。その女性は六年間も、ある庭師と婚約していたにもかかわらず、その庭師から婚約を破棄されて、かれをピストルで撃った、そのために処罰された経験のある人物です。キュルテンはその女性を愛した理由として、彼女には solid な感じがあり、reliable であった、頼りになる感じであった、それに彼女は苦しんでいたといっています。それまでにもキュルテンはしばしば同棲していましたが、それらの女性は、たいてい娼婦で、しかもキュルテンからいじめられることを喜ぶといったタイプの娼婦でした。この唯一の結婚の場合も、もし自分と結婚しなければおまえを殺すと、なかばおどかして結婚したのです。ドイツにはふしぎな女性がいると見えて、この女性のみならず、キュルテンの殺したなん十人かの女性たちのうち、ひとりの若い娘はキュルテンが彼女を愛撫しながら首を締めようとするのでそれを拒むと、いや、これこそが愛というものだ、とキュルテンがいったので、それで納得し、しばらく恋人としてつきあってついに殺された、というのであります。

このキュルテンもそういう犯罪の頂点で、新聞社に手紙をだします。あそこに死体があるから発見しろ、というような手紙を送ったりしました。結局はつかまって死刑にされますけれども、その最後の獄中ではじめのうちキュルテンは、自分がなぜあのような犯罪をおかしたのかということについて、それは社会にたいする復讐だったのだと主張していました。そのようなかれを心理学者が、たび重なるインタヴィューで追いつめてゆく、子供のころからいろいろな性的な悪癖に染まっていたじゃないかというふうに指摘してゆきます。そのうちかれはしだいに、たしかに自分の犯罪には、sexual origin という言葉があてでありますが、性的な原因というものがもっとも大きくあるんだということを認めざるをえなくなってきます。そこで心理学者は、結論的にキュルテンという人間は、性的な動機から犯罪をおかした異常者だと心理学的に説明しつくして、そしてキュルテンを心理学の歴史のファイルのなかに位置づけるのに成功したわけです。

しかし、ぼくはキュルテンの考えている社会にたいする復讐、revenge on society ということと、sexual origin of his crime 犯罪の性的な原因ということとは、じつはこの心理学者によって片方がとり除かれたのですけれども、それはまずかったのではないかと思うのです。そのふたつはかたく結びついていたのではないか、キュルテンのようにほとんど生れつきのように性的な異常者であって、様ざまな性的犯罪をおかしたところの人間においても、自分の犯罪のありようの根本のところに社会をもちだす、社会にたいする復讐だと、かれがいうならば、そのままうけとるべきであったと思うのです。かれが人を殺して性的な興奮をみたすときもとくにかれがいっとう望んだのは、自分が殺人をおかしたその現場にいって、そこに多様な市民が集まり恐怖心にかられているのを見ること、そのようにして他人の恐怖に接することであった、ということは注目されるべきだと思うのです。かれはまことにゆがんだ性的な傾向をもつ性来の犯罪者だけれども、同時にかれは社会に対置される自分の、その存在感を、犯罪をおかすごとに強く感じて興奮していた。そのようにして自分に対置される社会そのものを明瞭に把握する瞬間があったのだ、というべきではないかと思うのです。キュルテンは知的にとくに進んでいる人間ではありませんが、これはそういう人間にとっての端的な想像力の行為だったとよびうると思うのです。

このキュルテンがふしぎな夢をもっていた。その夢想はデュッセルドルフでいまなん十人もの人間が殺されている、そうした危険な殺人者の襲撃のもとで、ほとんどパニックに陥っている、それをほかならぬ自分が救うという夢想なのです。実際、パニックはおこっていました。たとえば田舎からデュッセルドルフにやってきたばかりの娘が、駅に降りたったとき、見知らぬ若い男が近づいてうちにこいという。その娘は、デュッセルドルフにはいまおそろしい殺人者がいて評判だから恐くてそんなことはできぬという。そこへりっぱな帽子をかぶった、おとなしそうな紳士があらわれて、その青年を追い払ってくれる。そしてふたりでお茶を飲んで、それから森に散歩にゆくと、その紳士が、じつは私こそがデュッセルドルフの殺人鬼です、と自己紹介して、娘の首を締め暴行を働いたというケースまであるのです。そういうかたちでデュッセルドルフの市民の恐怖の根源をなしていたキュルテン自身が、奇妙な話ですがこういう夢をもっていたのです。すなわち自分がデュッセルドルフを恐怖におとしいれている怪物を打ち倒してデュッセルドルフ市民をパニックから救う。そして市の警視長官に選ばれて松明《たいまつ》行列がおこなわれる、ということを夢見ていたのです。それは李少年の小説『悪い奴』の最後の部分を思いださせます。そこで李少年は作中人物に、自分は娘を殺したけれども、そのあとで小さな女の子が溺れようとしたのを助けた、そこで警視庁から表彰されることになる、しかもその自分が警視庁から表彰されるのを、女の子を助けたためではなくて、娘を殺したからではないかと感じられる、といわせるのです。そのように考えて、かれは社会の秩序、価値を自分の犯罪の力によってすっかり転換してしまう夢を見つつその小説の結びとしたのだったと思いますが、キュルテンもまたそういう根本的に社会と対決している性格の夢想を大切にもっている人間だったのです。

このキュルテンの犯罪とほぼおなじころに、日本にも一連の殺人事件がおこっていました。その日本的に小型になったキュルテンともいうべき人物は吹上佐太郎といいます。大正十五年九月二十八日にかれは絞首台上で殺されたのですが、かれにもまたふしぎな人間観がありました。かれの暴行した女性は十数名にのぼりますし、六人もの女性を殺しもしました。しかもかれ自身は、自分のおこなったことを絶対に犯罪だとは認めていないのです。愛したのだと、恋愛したのだと信じているのです。自分が締め殺した犠牲者のことを、死に別れた愛人だとよんでいる。あの人と死に別れて私は悲しいといっています。暴行したけれども殺さなかった女性については、生き別れとよんで、あの恋人と生き別れて私は悲しいといっている、まことに徹底した人間観の持主です。この犯罪者の記録にもまたさきほど例をひきましたように、かれはじつは子供のときから性的な偏向があったのだと、その結果、こうした犯罪者になったのだ、われわれ一般の人間とはちがうのだ、という方向づけの露骨な記述が係官によってなされています。かれは京都に生れて、九歳のときに西陣の織屋に奉公にだされました。奉公先に手伝いの女がふたりいる。小僧もまたふたりいて、その小僧のひとりが後年この殺人者となるわけですが、小僧たちはふたり一緒のふとんに寝ている。そこへ女のひとりがはいってきてかれらを愛撫してくれる。それが遠因でこういう性犯罪者になったのだというかたちの記録がのこされています。その分析記録は、終始この人間は性的に一種の異常者なのだ、この男は性犯罪をおかすしかほかに生きようがなかったのだ、そうした人間であるところの吹上佐太郎は、われわれとはちがう、正常な社会にまともに生きる人間とは認めがたい、という結論をめざして様ざまな分析がおこなわれているのですが、この犯罪者は相当したたかであって、分析医の希望に充分にこたえます。死刑になるまえに、係官が、きみはどういう夢を見るかと聞きますと、私の見る夢は姦淫している以外にはありません、と答えたというのですから、まことに徹底しています。

さてもういちど整理しますが、キュルテンにしても、吹上佐太郎にしても、こういうまことに異様な人間になぜわれわれが深く根本的な興味をひかれるのか？　われわれ自身が、こうした犯罪者のうちに、自分と共通なものを発見することをおそれている。そこで、できるだけ自分たちとはちがった人間、たとえば生れつき性的にゆがんだ人間というふうに、切りはなして考えたいという希望がひとつあって気にかかるということがあります。それと同時に、この犯罪者には、しかもなおわれわれに共通したところがあるようではないかという深いおそれもあります。実際のところ性的なものについてわれわれが正常な関心をもっている。それがある以上は、たとえどのように特別なかたちに偏向している人間だからといって、その人間の偏向が性的なものにかかわれば、それはわれわれの性的な関心とまったく無関係であるとはいえないということなのです。したがって、ある殺人者の異様に個性的な性的偏向ということを深く分析すればするほど、そのどろどろした暗いものを掘りだせば掘りだすほど、じつはわれわれ自身の内部にあるところのキュルテン的なるもの、あるいは吹上佐太郎的なるものに思いいたらざるをえないのだということは、多くの人びとが認めるのではないかと思うのです。

考えてみればわれわれは、性的なるものと、暴力的なるものと、そして死という三角形の三つの頂点のうちに囲いこまれて生きているのかもしれません。犯罪は当然にこの三角形のうちにふくまれます。したがって、われわれがある犯罪を、それが自分たちの日常的世界とまったく無関係な異常者の行動だと考えようとして、分析すればするほど、その分析そのもののうちに、われわれ自身の存在と深くかかわりあったところのものを見出してしまうということがあります。それがとくに二十世紀の犯罪の分析において、しばしばみられてきたことではないかとぼくは考えるのです。そこでむしろぼくはこうした、ほとんど生れつきの性的偏向を備えていたとみなされるような犯罪者にたいしてもまた、そこに自分自身の属性と共通なるものを見出すべく、まともに想像力を働かせることが、こういう犯罪者にたいしてのまえ向きの態度なのではないかと考えるのです。

ぼくのそのような考えとは逆の、たとえば性的犯罪は確実な病気のうえでの犯行なんだから、犯罪者を病人として治療すればいいという考えかたもわれわれの世紀になって進んできました。たとえばH・J・アイゼンクという学者が『犯罪とパーソナリティ』という本を書いていますが、それはそもそも染色体の段階からはじまって、人間の悟性のうちに犯罪者的要素がある、それが拡大されると精神病にいたり犯罪がおこなわれると主張する立場にたって書かれているようですが、そこにひとりの性的倒錯者を病者として治療した実例がのっています。ぼくはそういう学者の態度は犯罪のもっている人間一般につうじる意味あいをとらえることを拒む態度だとみなしますので、つぎの例の全体についてあまり感心しないのですが、ともかくこういう治療法があり、それをおこなっている人間と、おこなわれた人間がいるのです。三十三歳の既婚の男がいます。かれは、乳母車を襲う男です。乳母車のなかにいる子供を襲うのではなくて乳母車そのものを襲う。これは精神病者だというわけで、前部前頭葉白質切截法というものが必要だということで、病院に連れてゆかれます。頭の内部のどこかを切ると犯罪をおかさなくなるというわけです。しかしそれも非人間的ではないかということで、ロンドンのある病院の医者が心理学的な療法でその男を直す研究をはじめたのです。まずかれの犯罪がどういう程度のものでどのようにおこなわれたかを説明しておく必要がありますが、かれは十二回も警察につかまったのですけれども、奇妙な犯罪で、乳母車を押している婦人がいれば、追いかけていって、乳母車に油を塗りつける。駅に置いてあった二台の革の乳母車を切り裂き火をつけたこともある。乳母車を引っ掻いてつかまったこともある。そこで警察へ、それから精神病院へと連れてゆかれたわけですが、しかし、かれの乳母車にたいする激しい復讐心はいぜんとしてのこったままであった。当然に医者は乳母車にたいするかれの復讐心を研究しなければなりません。その結果この男にとっては乳母車が性器の象徴である、乳母車およびハンドバッグが性器の象徴であるという、なんとも心理学者におあつらえむきのことが解明されました。

そこでここに焦点をおいて治療がはじまります。乳母車を見るとこの男は性的に興奮するのですから、当の乳母車を見るとかえって不愉快になるように変化させることを目的とすると、医者は患者に説明します。病院のかれの部屋にたくさんの乳母車を置いた。また乳母車の絵や、写真のたぐいも部屋じゅうに張りつけました。そして、アポ・モルヒネという薬品、これは吐き気をもよおさせる薬品だそうですが、このアポ・モルヒネを注射して、かれが吐き気をもよおす直前にその乳母車の置いてある部屋にいれることにしました。かれは乳母車を見ながら非常に苦しんで吐く。そういうことをくりかえしているうちに、ある日かれがとめようもないほど激しく泣いて、それらの乳母車を全部どこかへもっていってくれと頼んだ。そこでそれらをいっさいもち去ったあと一杯のミルクと鎮静剤とをあたえるとかれはおさまった。それからはもう、乳母車を見ても興奮することがなくなったし、その日常生活の態度、会話、外見などすべてが著しい改善を示した、仕事の面でもかれは、より重要な位置に昇進したと報告されています。しかし、こういう典型的な心理学的治療というものを見せられると、それはたしかに具体的に必要な開発でしょうけれども、それがわれわれに、犯罪がもっている真に人間的な側面、われわれ一般的な人間の本質にかかわっているところをすっかり無視させてしまうおそれもあると思うのです。そこでこうした心理学的な治療法と同時に、そうした性的なゆがみを土台とする犯罪がもっているところの社会的な要素、あるいは人間の根源に根ざした意味あいも把握する必要があるのじゃないか、というのがぼくの反省です。

同じように性的な異常をもった犯罪者なんですが、すでにお話しした『ボニー・アンド・クライド』という映画であつかわれているボニー・パーカーという娘の実録があります。映画では当然ながら美化されていましたけれども、現実のボニー・パーカーについて調査した人間の報告によると、彼女は異常なほど性的な欲望の激しい女性であった模様です。しかもこのパーカーと組んで強盗を働いているクライド・バローという青年は、ホモ・セクシュアルであった。当然に悲劇的な緊張がおこります。なによりも魚の嫌いな娘さんが魚屋と結婚したみたいなことになったわけです。そこで強盗の共犯に第三者を誘いこんでは、同時にかれをボニーの性的な対象とした。しかもクライドのホモ・セクシュアルの恋人をも兼任させました。この共犯者に選ばれた男こそ、まことに憐れなことになります。実録ではついに共犯者はそのおそるべき「passion《パッション》」から逃げだしたと書いてありましたが、このパッションというのは、もちろん性的な情熱《パッション》ということでもあるでしょうが、受難《パッション》から逃げだしたという意味でもあるでしょう。そういう異常をそなえた女性であるボニーにはギャングとしての犯罪の坂道を疾走するほかに、彼女自身にふさわしい生きかたはないというたぐいの人間だったのだ、と学者は分析し、現にそういう実録も書かれました。

しかし、われわれがいまボニーとクライドの犯罪を想いおこすとすると、同時にアメリカの不況の時代の社会をもまた明瞭に喚起せざるをえないということがあきらかです。もっとも反社会的な性的偏向をもった人間の犯罪であるにもかかわらず、それが、アメリカの一時代の社会を根深いところまで力強く明瞭に反映しているのです。そういうところに、ぼくは犯罪が人間の個人的な内部に片方の根をもちつつ、片方では一般の社会そのものの構造のうちに根をもっている歯のような構造において、われわれの心を強く嚙む理由があろうと思います。

キュルテンについて、コーリン・ウィルスンはつぎのようにいっていました。もしかれが犯罪者にならなければ、ヒトラーにとってもっとも有力な共犯者となりえたにちがいない、なぜなら、デュッセルドルフの町を歩きながらキュルテンが考えたことは、この町をすべて破壊することができればどんなに自分は幸福だろうかというファンタジーであったからだ、とウィルスンはいったのです。そこまで発展させてゆけばキュルテンの犯罪は性的な特異性の範囲にとどまらないで、社会全体にひとつの根をもつところの動機づけを獲得します。犯罪には、そのようにわれわれ個人の、非常に内密の恥ずかしく暗いところに根ざしながら、しかも社会そのもののひずみを鋭くあきらかにする力があります。そしてそれが犯罪の個人とコミュニティの関係づけをもっとも明瞭に写しだす所以であろうとぼくは考えるのです。

ぼくがここに引用しました例の多くは古本屋街でいわゆるゾッキ本というものを店頭で安売りしているようなところから集めてきた例ですが、最後に一冊だけ、永く記憶されるべき書物のなかから引用して終りたいと思います。それは日中戦争のさいに、中国において反戦同盟をつくり、中国のがわから日本の軍人にむかって反戦運動をよびかける役割りを果していた鹿地亘氏自身が編纂された『反戦資料』という本であります。そこに日中戦争において、日本の軍隊から逃亡した人間、自殺した人間、反乱をおこした人間、そして行方不明になった人間についてのリストがあります。軍隊という場所は野間宏氏が「真空地帯」という表現をあたえられたとおり限界状況ですが、またひとつのコミュニティでもあるでしょう。われわれのこの社会もまた完全に解放されているところの自由な社会だとはいえません。閉じている部分がある。時代閉塞という言葉があるとおりに、閉塞している社会という側面があります。しかし、その社会全体がどのように閉じているか、ゆきづまっているかの具体的な実態は、強く想像力を働かすことのできる人間によってでなければ、確実にはつかめないはずです。しかし軍隊で、しかも中国に侵略していった軍隊のなかでまことに苦しい戦争を一兵卒として戦っている、逃げだせば殺される、戦わなければならないが、戦ってもまた殺される、そういうことに追いつめられた限界状況の、それも固く閉じたコミュニティとしての軍隊の内部では壁がはっきり見えます。そこである兵隊は逃亡しますし、ある者は自殺する、反乱をおこす者もあれば、行方不明になってしまう者もあります。それらのリストにおける、原因と動機という項目を通読しますと、自殺の場合も、逃亡の場合も、反乱をおこした場合も、行方不明の場合も、じつはその原因あるいは動機はほぼおなじなのです。もっとも多い理由は、故郷から手紙がきて、その妻から、あなたが兵隊にとられたために生活が苦しいということを訴えられて、心理的にも進退きわまってしまう例です。それを悩んで自殺する。あるいは逃亡してしまう。あるいは反乱をおこして上官を撃ち殺す人間もいます。発狂する人間すらもいます。ぼくはふしぎな感銘を受けるのですが、逃亡する者、自殺する者——発狂した場合はほとんど自殺においやられてしまうのですが——反乱をおこした者の事情がほとんど同一のように似かよっている。ただそれを受けとめるがわの人間の資質によって、自殺してしまうか、反乱をおこすかがわかれるのです。軍隊という閉じた社会内の締めつけにあって、ほとんど同一の状況のもとに、ほとんど同一の動機において、逃亡、発狂、自殺、反乱がそれぞれにおこなわれる。その実例を見てぼくがあらためて考えることは、われわれはいま軍隊にいるわけでないけれどもやはり閉じた社会のなかにいるということについてです。その閉じた社会の全体を明瞭に把握できるのではないが、たしかにひずみのあることは感じている。そのひずみのなかで自殺する人間がいる。行方不明になる人間がいる。そして犯罪をおかす人間がいる、というふうに認識すべきではないかとぼくは考えるのです。

反乱という言葉に、いまや様ざまな意味づけがなされています。ぼくは、ある種の犯罪のうちに、ほかならぬ反乱を見ます。ある犯罪者は社会にたいして、かれの属せしめられているコミュニティにたいして、おれはいやだという。コミュニティにたいする対立関係をはっきり自分のがわからうちだします。そこで殺人がおこなわれ、暴行がおこなわれる。もちろんそのように意識しない犯罪者もいるけれども、しばしばまことに自覚的な、まさに意識的にその個人的な反乱をおこなった犯罪者たちがいることはわれわれの知るところです。

李少年の場合のように、またキュルテンの場合のように、そのような犯罪者が新聞社にみずから連絡するということがあります。その連絡をつうじて、社会と自分とのあいだにきわめて強い具体的な緊張関係をはりめぐらし、そして、それをほかならぬ自分のがわから、犯罪者個人のがわからうち破る。コミュニティにたいして、ノオという拒否の言葉を発する。そのようなかたちでわれわれの社会において様ざまな反乱をおこしている人間にたいして、われわれは想像力を働かせることが必要であろうと思います。なぜならわれわれ自身が、もしかしたらこの社会においで行方不明になっている人間かもしれないからです。反乱をおこさず、自殺もしないけれども、もしかしたらすでに逃亡している人間かもしれない、という疑いがときに自覚されるからです。軍隊から逃亡した人間のことは自他ともにすぐわかるけれども、われわれの社会には、具体的に明瞭な柵があるわけではない、現実的な塀があるわけではない。そこで現実生活に正面から参加して生きてゆくことなしに、じつは逃亡していても、それこそ自他ともにあいまいです。そうである以上、われわれはもしかしたら自分が行方不明者ではないかと自省する必要があるはずです。

そのために個人としての自分と、コミュニティとの関係を明確にとらえるための自己訓練としても、ほかならぬこの社会のうちで反乱をおこしている者たちへの想像力をもつということが有効なのではないかとぼくは考えるのであります。

しかも犯罪のなかには、性的なものをもふくめて、人間の個人的な内部に深く根ざしていながら、しかも社会そのものの仕組み、社会と個人との関係のしかたについて直接に喚起的なところがあるのです。それがわれわれに犯罪者への想像力をもっとも鋭くかきたてる理由であり、それについて考えることは、われわれが一応は正常な人間として、なんとか正常であるべき社会に生きてゆくうえで無意味なことではないとぼくは信じるのです。

（一九六八年九月）

9　行動者の想像力

しばらくまえ激しいデモンストレイションがあった翌日、この場所に、頭に繃帯をまいた若いかたがきていられて、ぼくは話しながら心の奥底でまことに困惑していたということがありました。これから行動者の想像力という主題をめぐって話しはじめようとしながら、あの繃帯をしていた青年が、なぜきみのように行動しない男が行動者の想像力という話をするのかと叫んだとしたら、ぼくは立往生するにちがいありません。

ここしばらく、ぼくは沖縄に滞在していました。一週間、沖縄にいたのですが、今度はじめて沖縄に主席公選がおこなわれる、その重要な選挙において教職員会を中心とする沖縄の革新勢力は、復帰運動の中核の存在だった屋良朝苗氏を統一候補におしています。屋良候補のためになにか話すことができるのを希望して一週間滞在したのでした。沖縄でいくたびか話をしましたが、しだいに自分が話しているところの沖縄の展望について自信がなくなってくる、暗く滅入ってくるのです。ある復帰運動の現場で働いている青年が、「たいていの人間は、話をするたびごとに明るい確信をもってくるのだけれども、きみはしだいに確信をなくしてゆくようだ、それがふしぎだけれども、きみがなんとか問題を深めてゆこうとしていることはわかった。選挙に役立つかどうかは別にして、それはそれでいい」と激励してくれたりもしました。

沖縄から帰ってきてすぐ反戦デーの大きいデモンストレイションがありました。ある友人は、こういうときに非行動的な人間は自分を恥ずかしいと思いながら、しゃがみこんでいるほかないのではないかといいましたが、ぼくにはぼくの内部および外部の問題があり、それは決してつらくない経験ではありませんでした。そして、翌日ぼくは長崎にゆき、維新百年について話をしました。ぼくは「明治百年祭」に、それも東京で政府によっておこなわれるものに反対です。その反対の意志を表示するのにぼくはふたつ方法があると思いました。ひとつは直接それに反対する集会に出ることです。しかし、そうした直接的に反対の集会で話すには、ぼくよりもっとふさわしい人たちがたくさんいられます。

第二は広島あるいは長崎で維新百年の会がおこなわれればそこにゆくことです。なぜならおよそ東京で「明治百年祭」として祝われるもののまさに逆の、維新百年が、ヒロシマ・ナガサキに象徴されているからです。結局ぼくは長崎にいってそのようなことを話してきました。ぼくの日常生活としては、この二週間はまったく例外的に「行動的」だったことになります。もちろん、そうしたことを行動と全面的にみとめているのではありませんから、かりに「行動的」と枠にかこんでいうのですが。

さて琉球大学で屋良候補のための話をしていたとき、以前に話しあったことのある、優秀な学生運動家から、「軍政下の沖縄での主席選挙というものにどのような意味があるのか」という激しい質問をうけました。それは重要な質問あるいは糾弾であったとぼくは考えています。

主席の公選が沖縄でいま初めておこなわれるということは変則的ですし、たしかに軍政下の主席公選でもあります。様ざまな干渉があるでしょう。しかしこの主席公選の実現もふくめて少しずつ沖縄の民衆の権利を、かれら自身の力で拡大してゆく、内容を充実させてゆく、というのがもともとの、たとえば沖縄教職員会の活動の持続的な性格であり底力であったことを考えてみる必要があるとぼくは考えているのです。憲法の権利が認められていないところで、まさに憲法の真の精神というべきものを少しずつ生きた力として充実させてきた、その実績を見きわめねばならないと思うのです。沖縄には高等弁務官の出すところの布令というものがあって、それはまことに理不尽な内容をしばしばもっています。その布令にたいしてなんとか抵抗しなければ、まともに生き延びられぬ、そういうとき沖縄の民衆の抵抗の中心は沖縄の日本人の裁判所でその布令を審査する権利です。この布令はいわば戦後すぐの民主主義の時代に占領軍たるアメリカの名において出された行政命令という、そもそもの原則に、違反しているのではないかということを裁判所で問う、という方法においてです。しかしそれはまことに小さなきっかけをたよりに、そうした布令審査権を真に沖縄の人間の権利とするための地道な努力によって支えられているのです。ほとんどごくわずかな手がかりしかないところからかれらは出発します。しかも、米占領軍がつくった事実上の最高法規としての行政命令という、いわば相手の武器を逆手に取って、沖縄の人間の武器とする、そして沖縄の現実生活にそくした内容をそこに積みかさねてゆく、という型式が沖縄の民衆の権利のための運動の原則だったと思うのです。

今度の主席公選について、それに野党の統一候補が勝っても軍政下の主席だし、本土が保守政権であることとの相関について思いめぐらせばそれがナンセンスだ、という論理はおおいになりたつでしょう。しかし、ぼくはこれまでの復帰運動と統一戦線の中心をなしている、ある指導者が、今度ぼくが沖縄をたつとき、この選挙に負けることがあれば、すでに復帰問題をどうするかなどという段階ではない。沖縄は根本から、領土的にも、政治的にも、経済的にも潰《つい》えさってしまうだろうと、まことに絶望的な言葉をのべられたということだけをいまここでいっておきたいと思います。それを踏まえて、なおかつあの学生運動家にはかれの考えかたを発展させていただきたいし、また屋良主席が実現しても問題の困難さはつづくのだと覚悟していたいと思います。ぼくは、日本人が行動者の想像力ということを考える場合に、沖縄の問題を抜きにすると、ほとんどなにもあきらかにならないのではないかと、つねづね考え、それを基本的に検討することをしたいとねがい、現に少しずつそれをはじめていることをここで申しあげておきたいと思うのです。

ぼくはこれから行動者のイマジネイションとはどういうことか、ということを考えてゆくにあたって、できるだけ身ぢかな例をひきたいと思うのですが、まず戦場で戦ったひとりの日本人青年、それも戦後育ちの日本人青年のことからはじめたいと思います。それは清水さんという、ヴィエトナム戦争に参加しそれから蒸発した、広島生れの日本人青年についてです。かれの行動がその全体において明治維新から百年の時点において、いわゆる維新百年の展望にたってどういう意味をもつかということをまず考えたいと思うのです。さきにのべましたように東京で「明治百年祭」という式典がおこなわれました。首相が話をし、日本国の象徴も声を発しました。その記録をぼくは長崎にゆく汽車のなかで読みましたが、そこには原爆の経験については、ただ一語もふれられていませんでした。のみならず沖縄の現実の問題もまた出てきはしませんでした。明治維新から百年のあいだの歴史において、なにが日本人にとってもっとも大きい事件だったか。われわれにとってまことに汚辱であり、そして今後なお百年かけても償いきれぬほどの事件に朝鮮の併合ということがあるでしょう。日中戦争はもとよりです。それからまた、こうした大きい視点から、歴史の現実面にもっと眼をちかづけると、大逆事件をああいうかたちで葬ってしまったということなどもあらためて考えざるをえません。そして核爆弾の経験と沖縄の現実についての課題があります。それについて首相がなにもいわなかったということは、それは当然であったかもしれない、かれがそれらについて内心暗く惨めなことを考えていたとしても、それを口に出してしまうと、およそお祭りでなくなってしまいます。しかし、お祭り気分ぬきで日本人の維新百年について語るならば、どうしても原爆の問題を話す必要があった、沖縄の問題を話す必要があったと思うものです。現にこの式典で首相はつぎのようなことはいっています。すなわち、われわれは敗戦の痛手を受けたが、その焦土と廃墟のうえに新しい理想を掲げて、国家再建につとめた、のだと。廃墟と焦土のうえに日本人が理想を掲げた、それは事実でしょう。ただそれがどういう理想だったかといえば、端的にいって核戦争に将来ずっと反対しようという理想だったはずです。核兵器が広島と長崎に落されてまことに数多い犠牲が出た。その犠牲はいまなお悲惨につづいているのですが、その犠牲にたって、それをになうようにして、生きのこった日本人が核兵器のあらためての使用に絶対に反対しようとした。のみならず戦争を全面的に放棄することをわれわれの国家の原理とする憲法をつくりました。新しい憲法こそが、日本人が戦後に掲げた理想と名実ともによばれるべきものであったはずです。

敗戦にいたるまでの維新以後の日本人の歴史は、アジアの様ざまな国へ侵略的に膨張してゆくというかたちでずっと進んできたのでした。そこで朝鮮はいうにおよばず中国との関係を中心にアジアでの日本の位置を、侵略的な国家でないものとして新生しようというのがもうひとつの理想だったはずです。その理想は実現されたか、実現されないまでも理想としてもちつづけられているか？　不幸なことに、ふたつともそうではありません。その不幸をもっとも端的に示すものが沖縄です。そこには核基地があり、しかも誰の眼にもあきらかにそれは対中国の核基地です。それが日本人の理想は、この二十年間にまことに無残なことになってしまったわけであります。それについて考えつつでなければ維新百年ということを言葉にしてもすべては無意味であったはずです。

そこで、為政者、権力をもった存在が政治的な行動をおこすとき、その行動は本質的にどのような構造なのか、それをわれわれマス・コミュニケイションをつうじてのみ政治的な行動に接している人間は、どのようにとらえて、なにを為政者の政治的行動、強権の政治的行動と考えるか、それらがふくんでいるところの、イマジネイションにかかわる意味あいはどういうものなのかということをとくに維新百年の近代化という問題とつきあわせつつお話したいと思います。

さてべ平連が、いまぼくの話しているこの場所で公開シンポジウムを開き、そこにさきにのべた清水さんがこられたようです。そしてそれにたいしてある詩人・劇作家が批判の声を発した模様です。ぼくはこの詩人の才能の質をいくらかは知っているつもりですが、この発言の場合、気にかかることがあるのです。まず清水さんはこういわれたようです。自分はおなじアジア人にたいして銃をとったことを恥ずかしいと思う。他人の眼のまえでなにごとかを恥ずかしいと思うとほんとうにいうことは、まったくやさしいことではありません。清水さんは重い恥を忍んでそういわれたのだろうとぼくは思います。それにたいして詩人が、ある報道によれば、じゃ、ヨーロッパ人にたいして銃をとるのはいいのか、と反論した、ということです。清水さんがそれにどう答えられたか、それは記事にないのですが、ぼくは清水さんの発した言葉はその範囲で正しいと思い、自分ならこの詩人のような反問はしないだろうと思いました。とくにそれを維新百年という文脈のなかで考えれば、清水さんの告白は正しいともなんとも、胸の重くなるように切実な内容があります。明治維新のあと、われわれの国家は発展してきた、近代化されてきた。それは首相のいうとおりです。もっとも、その「近代化」とはなにか、ということをはっきり押えてゆくのでなければ、問題の奥底にはいってはゆけません。ここでその近代化とは原理的になにか、日本の現実においてどうだったか、と考えようとして、ぼくは歴史学者の色川大吉氏にならいたいと思うのです。原理として色川氏の定義によれば、近代化とはつぎのような四つの性格をもちます。第一はまず民主化ということです。政治体制が民主化されなければ、近代化という作業はおこなわれえないにちがいありません。第二は産業化あるいは資本主義化ということです。資本主義社会が成立しない段階の経済状態ではやはり近代化といっても有名無実だろうと思います。第三に、個人の自我の解放、主体的にいえば自我の確立ということがおこなわれなければならぬ。個性の解放、自我の確立がおこなわれなければ、近代化を支える個人があらわれえない、近代化を持続しえない。それもそのまま封建制の時代との対比の上で納得できると思います。第四にはなにかというと、そこに様ざまな問題のでてくる可能性があるわけですし、またその意味をこめて切実に重要な論点なのですが、封建制から統一国家ができあがる、この場合日本という統一国家ができあがるにあたってナショナリズムという課題があらわれることになります。すなわち、いわゆる近代化の特徴を色川大吉氏にしたがって整理すればそれは、民主化と、産業化、あるいは資本主義化、そして自我の確立、個性の解放、そしてナショナリズムということになります。ぼくはこの論点にのっとりつつ、われわれの国の近代化の進みぐあいの段階で、日本人がどういうことをしてきたか、とあらためて考える基本態度に賛成なのです。

色川大吉氏によれば明治維新から現在までの百年間に、ほぼ十五回、わが国は外国に兵隊を送って戦争をしました。そのうち四回だけ、白人と戦いました。日露戦争を戦った。第一次大戦のどさくさまぎれにドイツ軍のいる青島に上陸し、つづいてソヴィエトの革命に干渉するためのシベリア出兵をおこなった。そして太平洋戦争です。そしてそれよりほかの十回をこえる戦争は、日本人がその近代化の名において周辺のアジア人にたいしておこなう戦争だったのです。朝鮮を併合する戦い、中国に攻めこんでゆく戦い、現在のヴィエトナムにおけるアメリカの戦いへのなしくずしの協力もそれにつながっているでしょう。福沢諭吉が明治十八年三月『脱亜論《だつあ》』という文章を書いて、われわれが近代化してゆくためには、アジアとつきあっていてはならぬ、近い隣りのそうした連中をふりきって、西洋の文明国家と一緒に近代化してゆこうじゃないかと「主義とするところはただ脱亜の二字にあるのみ」と書きましたが、事実は悪友を拒絶する、どころか先方でこちらを拒絶したいところを、むりやり合併し、侵略しつつ、近代化を進めてきたのでした。したがって、われわれがまともに維新百年ということを考えるとすれば、その根底に日本人が、アジアの人間を裏切ることでのみ自国を近代化してきたのだという歴史的および今日的な問題を考えつめなければならないはずです。その直接の展開のうえにまず沖縄の犠牲というものがあります。その沖縄の犠牲にたち、そこを基地として、またもやアジア人たるヴィエトナム人と戦う、そのような戦争に日本人として直接に参加した人間として清水さんが、自分はアジア人と戦ったことを恥じているということはまことに当然な反省だと思います。それは維新百年の歴史にたち、また間接的には日本人総ぐるみで参加している今日のヴィエトナム戦争の現実にたって、もっとも深く日本人の内部を揺さぶる言葉ですらあるかもしれません。それにたいしてヒューマニズムの名においてか、ゲームじみた論理のうちかえしとしてか、ともかく白人にたいして戦うのはどうかというかたちで反論することは、ほんとうはフェアではないとぼくは思います。あるいは少なくとも歴史的ではないとぼくは思うのです。清水さんの言葉はそれを聞いたものに深く暗い内省の沈黙を誘うはずの言葉です。

さて、政治行動は、ある意味では行動のうちのもっとも根本的なものとよんでいいでしょう。その政治にかかわっての行動を、ぼくはふたつのかたちに区分して考えたいと思います。すなわち第一は為政者の行動であり、第二が民衆の行動です。強権の行動と抵抗者の行動といってもいいでしょう。こうした政治行動を今日のもっとも大多数の民衆はなにをつうじて認識しているか。政治行動とわれわれとを結ぶ最大の媒体はなにか、それがいまやマス・コミュニケイションだとぼくは考えるのです。

われわれみなが政治について考えざるをえない。しかし、ある場所でデモンストレイションがおこなわれる場合に、そこに参加する人間は別として、そうでない大多数の人間は、マス・コミュニケイションの様ざまなメディアをつうじてそうした政治行動を見つめています。為政者の政治行動についてはもとよりです。そこで、われわれとくに行動的でない民衆の、政治行動にたいするかかわりかたというものは、一般には、強権の政治行動についても抵抗者の政治行動にしても、まことに多くの部分をマス・コミュニケイションを媒介として、やっと想像力を働かせているのだと考えていいのじゃないかと思います。したがって現在のマス・コミュニケイションの果している役割りについて、注意深く検討する必要があるのは論をまたないでしょう。そしてその役割りがじつは、われわれの政治についてのイマジネイションを鈍らせるばかりか、押しつぶしかねぬ方向にむかっているのではないかというのがぼくの疑うところなのです。それもさきに挙げたとおりに、為政者の行動についても民衆の行動についても、おなじ性格の効果をあげているのではないかと疑うのです。強権の、ある行動の真の意味というものをわれわれが考える能力、強権の政治行動の真の意味へのわれわれの想像力を鈍らせるための働きが、今日のマス・コミュニケイションの根底のところにすえられているのじゃないかということです。その政治行動の真の意味あいといいながら、ぼくがどういうイメージをもっているかといいますと、やはりそれにもふたつの側面があります。ひとつの政治行動の具体的な内容ということ、それが現実にどういう内容をもったものかということを、個別にできるだけ具体的に考えてつきとめてゆくということがまず第一です。第二にその行動をおこなっている人間のモラリティというか、その人間の核心にかかわっての意味というか、それを見きわめることが必要とされると思います。ぼくがモラリティとか人間の核心にかかわってとかいうような言葉を使うと、またあいつらしいあいまいな言葉を使うと感じられる人びとがいられるかもしれません。しかしぼくはそれをもまた、現実的な感触のあるかたちで思いえがいているのです。ある政治行動についてそれが具体的にどういう意味なのかということをまず考えること、同時にその行動が本質的に人間のモラリティ、人間の核心とどう結びついているのかということを考えること、それをぼくは政治行動の真の意味あいをさぐるふたつの手がかりだと考えているわけです。

ところが、マス・コミュニケイション自身と、それにたいする直接・間接の力関係において、強権あるいは為政者がどういう方向づけの作業をしているか？　政治的現実の真の意味あいを知ろうとするわれわれのイマジネイションの芽をつみとり、発育を阻むためにのみことをおこなっているようではないか？　まず政治的現実の具体的な意味をあいまいなままにしておこう、できるかぎりその具体的な意味づけをあきらかにしないですまそうとすることがまことにしばしばみられるでしょう。さきほどの例にもどれば、首相が近代化ということを、明確な実体をそなえた言葉のごとくに口にだします。かれは近代化ということについて実際にはどういう意味をみずからあたえているだろうか、ということを具体的にわれわれが考えることを許さぬところの道具だてで、首相の演説があり合唱団が歌い、万歳の叫び声があげられて式典は終り、既成事実がひとつ積みかさねられたのです。そしてもう議論はつくしてその後での「明治百年」万歳といった感じの論調が新聞をおおいつくすことになりました。近代化という言葉はともかくきれいな言葉ですから、漠然とした内容のままではその暗い側面をうかびあがらせることはむずかしく、「明治百年祭」のはったりは成立してしまったかに見えます。

ぼくはいまあらためて色川大吉氏にならいつつ近代化の四つの要素ということを検討することをやってみながら首相の言葉を反芻します。産業化、資本主義化の百年であった、ということは確実です。しかし、民主化ということにおいてこの百年はどうだったか。それはむしろ少なくとも政治の現場において、戦後しだいに後退してきているのであって、百年はなだらかにまえへ進んだのではなかった。自我の確立ということはどうか。自我の確立をおこなって、ということをぼくは希望をこめて信じますが、自分の責任において行動している若い人たちがいます。強制されるのでなく、内部の要請にしたがって行動の現場に出てゆく若い人たちがいる以上、理由なしに、かれらの個性が解放されていないと疑うわけにはゆきません。しかし、その逆にそれはおよそにがい皮肉をこめて沖縄の人たちの誰かれがぼくに注意をうながしたことですが、オリンピックで優勝した競技に関係すれば、その人間を沖縄の総人口をこえる票で選挙に勝たせる、そういう、「自我の確立」しかしていない日本人というものもまた現実です。

そこでナショナリズムということについてはどうか。今日の日本のナショナリズムはどのようなかたちをそなえているか。首相は、われわれが敗戦の痛手を受けて立ちあがったことをいうのですが、この戦後二十三年に獲得されねばならず、持続され確認されつづけねばならぬまえ向きのナショナリズムというものがありえたとすれば、瓦礫の上の経験において（それは日本本土の瓦礫であると同時に、沖縄の瓦礫、中国の瓦礫ということでなければなりませんが）、それは明瞭に核戦争にたいして否定的な力を国民的規模においてたくわえているナショナリズムでなければならなかったはずでしょう。そしてアジアの国々を侵略することなしに日本人の尊厳を保ちうるところのナショナリズムでもまたなければならなかったはずですし、それよりほかのナショナリズムの幻をいま意図的につくりあげて、ナショナル・コンセンサスなどといっても、それは少なくとも戦後を持続的につらぬいているものとしてのナショナリズムでありうるはずがありません。

そこで首相のいうところの近代化ということについて、かれ自身を裏切らずにかれがこれは事実じゃないかと提示しうる唯一の要素は、資本主義化ということのみになります。しかしその日本の戦後の経済的膨張ということ自体が内外にひずみをつくっていることをもまた認識しつつであれば、首相もあまり晴ればれと「明治百年」万歳を菊の香につつまれて叫ぶことはできなかっただろうと思うのです。すなわちわが国の為政者が、近代化という言葉ひとつについてすら、真の主権者たる民衆にむかってはっきりした内容をそれにあたえないで用いますし、マス・コミュニケイションもまたそれを執拗に追求しようとはしない、毎度のことで、という感じすらがあるわけでしょう。それは強権の政治行動を支える隠然たる力たりえます。この「明治百年祭」について、モラリティにかかわる意味を問うとすれば、すでに右にのべたような内容あいまいで強権の方向づけのみ露骨な、そういうお祭りが平気でおこなわれたこと自体において、政治家のモラリティの退廃は、あえていいたてる必要もないほど明白です。それを退廃だと眼くじらたてる気持すらがすでにわれわれにおこらないという、それはこちらがわのモラリティの感覚の鈍磨ですが、そうした事態ですらあります。しかしあの式典が、テレヴィをつうじて沖縄で見ている人びとにはどう写ったか。沖縄において、この沖縄が本土に還ってくるまで戦後は終らないと涙ながらに語った人間が、沖縄の問題についてまったく触れることなしに「明治百年」を語ったのです。この百年のあいだ、三十三年間しか民衆としての権利を認められなかった沖縄の土地に立ってこちらを見つめている人間の眼に、なにもかも退廃していると、あの式典の中継の全体が退廃のきわみだと写ったことを誰が否定しうるでしょうか。ともかくこのような手続きによっても、われわれは現実の強権にたいするイマジネイションの内容を充実させつづけてゆく必要があるといいたいのですが、また逆に、権力にたいする抵抗者の行動の内実へのわれわれのアプローチのしかたにも、またおなじような手続きが有効なのではないかと思うことがあります。

すなわちマス・コミュニケイションをつうじてであるかぎり、もっとも果敢というかなんというか、激しい街頭行動をくりひろげる若者たちへのわれわれの一般的な出あいは、ある朝の新聞に、突如として、というか、ついにというか、留保条件なしに、「暴徒」という言葉が使われるのを見出す、というかたちをとります。自分がそこに参加しなかったのみならず、ただ茫然と「暴徒」という言葉を見つめているのみであるとき、現にぼくはそのデモンストレイションに参加した人びとの肉体と精神の内部を具体的に検討する手がかりを断たれていることに気がつきます。あれら暴徒たちが、とだけ新聞は語っているのですから。暴徒という言葉でよぶことによって、ひとりひとりの学生あるいは若い労働者にたいするイマジネイションの発揮のきっかけをわれわれから失わしめる力を、マス・コミュニケイションが発揮しているように思います。それはすでに挑発ですらあるとぼくは思います。その挑発にあえてのってゆかぬことの困難さについて考えると言葉はにがく重くなるのみです。

ひとりひとりの街頭の行動者について、かれらを指揮しうる政治的な指導者のようにでなく、また、かれらを強大な力でおしまくりうる権力のがわに立ってでもなく、こちらもひとりの個人としてのイマジネイションを働かせなければ、とらええぬところの意味あいが、デモンストレイションの参加者のひとりひとりの肉体と精神にやどっているのはあきらかでしょう。暴徒という言葉はそれらをすべてひっくるめて拒否してしまう言葉です。われわれのイマジネイションの手がかりをはじめから切り取ってしまう言葉です。

ぼくはここで現在ほとんど数限りなく傷つきつつある若い人たちのあるひとりを具体的に例にひくことができませんが、たとえばつぎのような人間を、「暴徒」という、活字のうえにべったり塗ったタールそのもののような活字によっておしかくしていいか、おしかくしうるかということを、考えたいと思うのです。

それは、さきほどからその著作をひいて話してきたのが、これからのべることの土台としての作業ということでもあったのですが、ぼくはまだお会いしたことがありませんけれども、色川大吉氏という歴史家のことなのです。氏自身の書かれた文章によると、色川氏は学徒動員で戦場にむかった学生たちのひとりでした。それもあの十月二十一日に東条英機という将軍が壇上に立っているまえを行進して、戦場にむかってゆき、まことに数多くの人びとが死ぬ、その学生たちのひとりでした。これらの学生たちは言葉のまともな意味においてインテレクチュアルな人びとであって、すでにまことに暗い戦争の見通しをたててしまわざるをえない青年たちでした。自分たちはたしかに死ぬだろうと見きわめつつ、学問を放擲して戦場へゆかなければならないところの、いわゆる学徒出陣の人びとでした。さいわいに色川氏はその戦争を生き延びて、敗戦とともに大学に帰ってこられた。そのようにして勉強された同時代の方がたには、まことに苦しい学問を積みかさねられたという風格のある人びとがしばしばみられるように思いますが、色川氏はそういう若い研究家として学問をつづけられるうち、いわゆる安保闘争に正面からむかいあうことになります。氏は若い歴史家として反安保運動に参加します。そしてあの六月に、ほかならぬ民衆の力というものをはっきり発見されたように思われるのです。歴史家の氏が、やすやすと指導者を信じえたわけではない。むしろそれをこえてそこに集中された民衆の力、非常に強い民衆の行動力というものを感じとられた。明治維新は、ひとりの坂本龍馬が準備したのではない。大久保利通が先ゆきを把握しつくしていたのでもない。その大きい時代の変化の背後には民衆の力の充実、成長というものがあったわけであり、それゆえにこそ維新後の、危険もはらんだ近代化が可能であったのでしょう。ご承知のとおり維新直前に「ええじゃないか」という、踊りというか蜂起の一型式というか、そういうものが流行し、民衆がみんな「ええじゃないか」と歌い、踊り狂って、そのふくれあがった全体は幕府の体制ではすでに押え切れぬものだった。一揆もふくめてそうした動きがかずかず全国的におこっていました。そうした転換期の民衆のエネルギーは、かたちとしてはとらえにくいにしても、むしろそのゆえにこそなお確実に、暗く深く実在するように思われますが、それと同一の性格のものを歴史家の氏が、六・一五を焦点にして発見されたようです。

しかし反安保の統一戦線の指導層はデモンストレイションに集まった人びと、まったく複雑で多様な人びとにたいしてほんとうに新しい方向づけをあたえることはできなかったと氏は考えられる。そうした統一戦線の指導層のうちではやがて暗殺にたおれるところの浅沼稲次郎氏がきわめて苦しげだったということを記録しておられます。その六・一五の大きいデモンストレイションのなかで、前衛党のある幹部の乗っていた宣伝カーが、あのときいわゆるトロツキストグループとよばれたグループを批判した言葉のうちに裏切り者という表現がはいっていた。それを聞いてごく一般の市民が激しく怒って、いまここで分裂してどうするのかとその宣伝カーをとり囲んだということです。そのとき突然に、車のスピーカーから「裏切り者は去れ」という叫び声があがり車は走りだしてそれはほとんど、デモンストレイションの人びとを殺さなかったのがふしぎなくらいだったということも色川氏は報告しておられます。それを見てこの歴史家は自分の態度をきめられた。指導層になにごとかを期待して頼っていてはだめだと、現にここにあるこうした民衆の力、民衆のもっているほかならぬ行動力に、またそれ自体のそなえている新しい未来へのイマジネイションに自分もまたくわわらなければならないと態度をきめられた。そこで、東京駅構内で流れ解散するデモンストレイションの隊列にむかって、もういちど国会議事堂にむかおうということを、それも流れ解散を指導している前衛党の宣伝カーの上に這いあがってマイクをうばい取り、そう叫ばれたそうです。そして氏は車から追い落された。そのときはじめて色川氏は、自分は歴史学をやるのだ、歴史家として、自分はいまほんとうに六・一五の現実を見ている、それはすなわち、維新前後の歴史についても、自分にそれを見る独自の眼ができたことなのだと考えられた。そしてあらためて歴史学の研究生活にむかったということを書いておられます。ぼくはそれに感動したのですが、そしてこれらの言葉の全体をぼくは信じるのですが、それはぼくに、この六・一五にかかわって氏と本質的におなじ体験をした友人がいるからであります。かれはぼくの同年代の学者として誇るべき人間ですが、かれは色川氏とは逆に、六・一五を契機にあらためて前衛党に入党した人間です。しかもかれは色川氏のそれを端的に思いおこさせる経験をし、それをおなじく本質的に持続しているのです。かれは六・一五のデモンストレイションで研究者グループというのでしょうか、そこにくわわっており、おなじ隊列には新劇の女優さんたちもいられた。そしてその部分へ機動隊が襲いかかってきた。そのときかれは、ついこういってしまったというのです、「かんべんしてください。もうデモに私はきません、頭をなぐるのをかんべんしてください」と。それはもしかしたらかれが自分自身のためにいったのではなく、かれのすぐわきの新劇の女優さんをなぐる警官から、女優さんを救うべくいった言葉なのかもしれないのですが、しかし、かれはとにかくそういう言葉を自分の口から発したことをじつに深く恥じているのです。もう八年間もずっと恥じているのです。それは威厳にみちて、人間らしい威厳にみちて恥じているといっていいほどです。かれはこのデモンストレイションを終えたとき、これでは学問もなにもないと思ったといいました。警官がやってきて、まったく理不尽になぐりかかる。かれにはその荒あらしく無知な若者よりも自分たちが、主張において正しいことがわかっている。日本および日本人の未来にとっても、それはその警官たちもふくめての未来ですが、自分たちの行動が正しいと見とおしている。それにもかかわらずかれは、かんべんしてください、もうきません、と泣いて、懇願してしまった。そういうことではいまにも自分の学問はすべて崩壊するにちがいないと彼は深く思ったのです。その直後かれはフランスに行ってまことに猛烈な勉強を開始します。ともかくまず学問の世界に深くはいりこんでいって自分を救済しようとする、そしてそれのみではかれの内部に納得させえないものがある、そして、かれはひとつの具体的な政治集団に参加してゆくことを選んだのです。

ぼくには、そのように安保闘争の経験によって、それもにがくみじめな経験によって前衛党に見きりをつけ、それに核心のところで対立することになる、独自のいわゆる新左翼の運動を現場でおこなっている友人がおり、また逆に前衛党を選んだ友人がいます。友人たちが集まり、そこで討論がおこなわれるさいに、すっかりふざけたやわな男もいるにはいますが、おなじ大学の教室で学んだ友人たちみなが中心のところではその経験につながりがあるということを強く感じるのです。かれらの政治的な現実にたいするイマジネイションの根本のところが、具体的におなじ認識から出発している、おなじモラリティにかかわっているというのが共通の土台です。そうした共通なるものが生きている以上は、そこにいつか統一戦線とでもいうものがあらためてできるかもしれない、革新団体のプログラム、市民の運動のそれぞれが、求心的に孤立して自己防衛に専一するというのでない、綜合的な力を発揮することがあるのではないかという展望をもつのです。想像力が権力を握る、という言葉がフランスのいわゆる五月革命のさいに発せられた模様です。ぼくはそれを、現実とそのとびでている側面としての政治的現実にたいする、イマジネイションをもった人間が行動をおこすときに、はじめて力がある、そのような時代だ、という認識にたった言葉だろうと思います。いままことに大きいマス・コミュニケイションの情報網が張りめぐらされて、ものの実体をあきらかにするとおなじくらいに、それをわれわれの眼からさえぎってもいる。そのとき、市民の行動がほんとうの力となるためには想像力がもっとも基本的に重要である、そういう時代が今日だという意味かと考えるのです。

それにかかわらせつついえば、現在、沖縄でおこなわれている選挙こそは、端的に、想像力が権力を握りうるかどうかの戦いだと思うのです。革新の統一戦線の母胎をなしている沖縄の教職員会は、その仕事をゼロから小さい成果を積みかさねるようにして進めてゆくにあたって実際的な足がかりはそもそもなにもない、かれらをバックアップするものはかたちとしてはなにもない、というべきところから運動をおこしたのです。それを支えたのは、本土にしか施行されぬ新しい憲法についてのイマジネイションを強くもつということ、というまさに想像力の支えでした。

そして本土では、革新の分裂に分裂が重なり統一行動がおこなわれえない現在において、沖縄の教職員会はその周囲に統一の枠組みをはりめぐらして、いま統一候補をおしたて主席公選にのぞんでいるのです。もしこれらの人びとがイマジネイションをもたぬ人びとであったとすれば、いかなる行動もおこりえなかったにちがいないのです。そこには本土の人間のそれをこえた政治的なイマジネイションに富んだ新しい人びとが行動をおこしており、なおかつ、より新しい人間の想像力がきたえられつつあるはずです。

この選挙は沖縄の命運をきめると同時に、日本のその全体にかかわっての命運をもきめるもののひとつではないか、もっとひろげてアジアの将来にむけてひとつの命運ともいうべき方向づけのあきらかになる選挙なのじゃないか、とぼくは考えています。それにむかって本土からわれわれも自分の想像力を働かせつづける必要があると思います。それがなければたとえ沖縄で革新が勝利をおさめても、それがそのまま沖縄の民衆への本土の保守政府の皺よせのための踏み石につかわれることにすらなるでしょう。いま沖縄について考えることが、行動的な、また非行動的な人間をとわず今日の日本人のいちばん基本的なところでの政治的想像力の発揮ではないかとぼくは考えて、ついそこから発ってきたばかりの沖縄をふりかえります。

（一九六八年十月）

10　想像力の死とその再生

とくに個人的な話を進んでしたいという気持はないのですが、きょうはまずきっかけとして個人的な話からはじめねばなりません。それをお許しねがいたいのです。

ぼくの子供が二週間ほどまえ脳外科の手術をうけました。かれの麻酔が充分にとけるまで、まるまる一夜と昼のなかばくらいのあいだ、ぼくはかれの脇に眠らずにいて、そこばくのことを考えました。はじめは本を読んでいたのですが、隣りのベッドのかたが明るすぎるといわれて、それは当然ぼくがまちがっているのですから、それからは暗がりのなかにぼんやりと坐って寒さに閉口しながらものを考えていると、結局のところ意識の焦点は死ということにむかいました。これまでのぼくの生活において死はどういうことだったろうかと、あらためて順をおって思いだしてみようとしたのです。

赤んぼうとして生れるときはいうまでもなく無意識で生れてきます。なぜ無意識で生れてくることになっているのか、といまさら抗議してもしかたがありませんが、しかしそのようにして生れた以上は、ぼくは死ぬときに意識をはっきりもって死ぬ権利を主張したいと、それが人間の最低の権利じゃないかとひそかに考えています。

そしてなんとか、意識があるうちに死にたいと願っているのですが、そういう事情もあり、手術のために麻酔されたままの子供の苦しげな呼吸を聞いていると、このままかれが死ぬとすれば、それはもっともいやな死にかただと思いました。

死について、アンドレ・マルローが、現在の政治家マルローではなくて、小説家だったところのもっと荒あらしく、かつもっと繊細な魂をもっていたころのアンドレ・マルローが、いかなる死よりもおそろしい死はどういう死だろうか、と思いめぐらした内容を書いた一節がありました。それは拷問され凌辱を受ける恐怖にみちた体験に、そのままつづく死ではなかろうか、ということでした。拷問され、それを忍耐するのは、その忍耐のときが終れば新しい生命のときがはじまると思うからこそ、忍耐しえているはずでしょう。ところがじつはその忍耐のとき、苦難のときにすぐつづいて死のときが待ちかまえているという場合はまことにしばしばあるはずです。現にヴィエトナムでそういうことが日々、おこなわれていると報道されています。そのような死こそがいちばん酷たらしい、いっとう償いがたい、最悪の、おそろしい死だと、マルローは書いていたと思います。ぼくはそのような死のことを考え、また幼年期のぼくの生れた村での死のことを考えました。ぼくの地方に、それも戦中までは、死についての古い慣習が外形的というより、内的にもまたのこっていたように思います。それは一種のお祭りでした。

われわれの地方では、貧しい森のなかの谷間ですし、ふだんはまことに消費生活においてケチです。できるだけお金を使わないで、自分の家の畑でとれたものを食うという基本態度がありまず。もともとお金がないのです。それが誰か死ぬほど重い病気になると、突然にもう絶望的にといっていいくらいに夢中になって金をついやして大騒ぎするという慣習が、すくなくともぼくの眼にはそううつるようなかたちであったと思います。それによって自分の家の家計の土台がひっくりかえっても平気なのです。なんでもかでも抵当にいれて、お金を借りてつかいつくす。そしてついに病人が死んでしまうとふだんの日常生活にくらべてまったく盛大なお葬式をする。

ぼくは子供のころ、そのように観察しましたが、それの理由を納得することはどうしてもできませんでした。なぜあの貧しい人たちがああいうふうに人間が変ったように浪費することになるのか、家族のなかのひとりが病気になる、というより、むしろ直截にいって死にはじめると、なぜあんなに熱中するのだろうか。じつのところふだんは、あのおばあさんなど茶の間に出てくると、蹴とばしかねないような息子が、いったんそのおばあさんの死の気配が近づくと、突然にそれに熱中する。だからといって、かれが母親の死を目前にしてやさしい人間にかわったというのではない。それはまさに死について夢中になっているということではないかと不可解に感じたのでした。

それが、しかもその家族のうちにのみとどまらない。誰か死にはじめると、村中が興奮してきます。そしてついにお葬式ということになると、ぼくの村ではその前後、四、五日のあいだずっと興奮がつづくのです。いまはどうなっているかそれは知りませんが、ぼくが子供のときに、ぼくの家で祖母と父とがつづけて死んだのです。そうするとぼくの家は谷間の興奮の焦点となりました。近所の女たちや子供たちがぼくの家に泊りこむし、男たちはなにやら忙しげに右往左往しています。

ぼくの地方では、ずっと土葬でしたけれども、ぼくの家では父の死から火葬にかえたのですが、その骨壺を一族の墓地に埋めるときには、一応、墓地の全体を掘りおこしてしまいます。あまり大きい墓でもないのですが、代々の当主の頭蓋骨だけひとつところにまとめてありました。それらはかなり保存のよい頭蓋骨でした。ぼくの祖父と曾祖父と、またその父との頭蓋骨を地面にだして、直射日光が当るとこわれたら困るのではないかといって、日陰に置いては、埋葬のあいだときどき水をかけたりしています。

ぼくの長兄が予科練にいっておりましたが、父親が死んだということで休暇をもらって帰ってきており、ぼくにちょっとした教育を施しました。これらの祖先たちの頭蓋骨をくらべると祖父のがもっとも大きく、曾祖父の父のものがもっとも小さい、それは人類の進化をあらわしている、猿の頭はもっと小さいぞ、と兄は教訓をたれたのです。

そのような感じの、にぎやかで盛んな葬式のことをいつも心の隅にのこしてきましたが、柳田国男氏の晩年の座談を集めたもののうちに、青野季吉氏たちと話していられる、戦争直後の記録があって、ぼくの疑問に答えがあたえられる部分がありました。新しいものはいいか、ということが全体のテーマであったと思います。様ざまな出席者が、たいていは一致して、新しいものはだめだ、なにもかもがしだいに悪くなってきているというようなことを発言しています。ところが、そのなかでいっとう長老の柳田国男氏が、いや、新しいものはいいんだ、と主張されたのです。それは柳田国男という人間の精神のかたちをよく示していると思いますが、とにかく戦争直後の欠乏の時代であって、本物の砂糖もなければ醬油だってない、そのかわりに質の悪い、新しいものがあるという時代です。しかし新しいというのはいいことなのだ、と柳田国男はいいます。木綿が肌にガサガサ触れていたのが絹に、あるいは人絹になって、ともかくツルツルしているだけでもたいしたことだと柳田国男はいいます。もっとも自分が惜しいと思うことがないわけではない。新しい時代に失われたことで自分が惜しいと思っていることがいくつかある、それはこうだというのです。すなわち、「いちばん私らの惜しいと思うのは、日本人のいままで長くあじわってきた興奮、きれいな興奮、それに伴うイマジネイション、これらがなくなってしまった。ふだんにあまり興奮が多いものだからなくなってしまった」と嘆かれるのです。この言葉のうち、日本の民衆があじわってきた興奮、それに伴うイマジネイション、という指摘は重要だと思います。そして、柳田国男氏は農村の例を引きながらその考えかたをくわしく説明していられるのですが、昔の農民はほとんど虫けらのように働いた。そのうち一日か二日、祭りの日がある。その日はもう徹底的に興奮する、非常に美しく興奮する、そして、それに伴うイマジネイションの解放をあじわう、それが日本の祭りであったと、いわれるのです。よく都会育ちの人間が地方の人間をからかいます。そうした場合に、農村では性的にきわめて乱れているというではないか、などといいます。そういう固定観念が一般に都市でもたれているようです。しかし、農村という小さな協同体で、性的に自由であることはきわめてむずかしいことなのであって、農民の日常生活は性的にもまたストイックであったはずです。それがある祭りの日に、突然にそれまで束縛されてきた人びとが、自由に解き放たれて、性的な自由をもまた獲得する、ということがあったのであろうと思います。祭りの日にだけ激しく興奮する、みんなが興奮する。その興奮によって、かれらの束縛されていたイマジネイションが解き放たれる。それまで自分の性的な世界が狭くかぎられているのに耐えてきた人たちが、それを突破するイマジネイションの力をもつことができるということにもなるのではなかったかと思うのです。

死の問題に話をもどしますと、すでにぼくの幼年時にぼくの地方においても祭りの興奮はなくなっていたように思います。祭りの本質的な興奮は失われていた。そのような状況のうちで死はなお、村の人びとを興奮させうる力をそなえた喚起的なるものであったのです。ふだんは日常生活の卑小な枠のなかに閉じこめられて生きている、あるいはその枠にまもられて生きている人たちが、その共同体のうちの誰かが死んでしまうことによってその日常生活の枠ぐみそのものが揺さぶられるのを発見する、それは不安な宙ぶらりんの状態にはいることですが、同時に想像力も解放されます。

ふだんの日常生活ではわずかな金すら、むだなことには絶対に使わないというのが一般であるのに、そういう家族の誰かが死ぬことになると金銭に関するそうした固定観念のかなしばりからぬけだすのです。それはかれの日常生活のうちの様ざまなものの価値の秩序をときほぐします。それは興奮というよりも激しい緊張といったほうが妥当でしょうが、それによってふだんは眠っているイマジネイションがよびさまされるのは自然のなりゆきであろうと思います。

そのイマジネイションの中核となるものは、自分もまた絶対に死をまぬがれぬところの人間だという認識でしょう。その死の認識にたってみれば、日常生活のこまごましたきまりなどというものは相対的だ、疑ってみることのできるものだと、眼を開かせられるということがあるはずです。それは農村という閉鎖的な共同社会で、そのなかの個人に一瞬、自由な生命への志向をめざめさせるものでありえると思うのです。しばらくまえ、フランス在住のすぐれた哲学者にお会いしてお話を聞く機会がありましたが、その哲学者は核戦争が将来あらためておこるにちがいないという絶望的な予測をもっておられるのです。それはなぜか、といえばこのような人間観にもとづいている。たとえば、いまむこうにいるあの老人は自分が死ぬということを忘れている、そしてのんびりしてなにか食べてるじゃないですか、とその哲学者はいわれるのです。それを人類全体におよぼして考えれば、人類は自分たちが死ぬということを忘れて日々をくらしている、したがって、人類の全滅をもたらしうる核戦争への不断の警戒がつづくとは思わない、といわれるのでした。

祭りのみならず、そうした死の想像力にかかわる喚起力もまた、しだいに衰えてきているのがこの現代かもしれないのですが、少なくもぼくの育ったころの地方においては、死が契機になって、村の閉鎖的な暮しのうちの人びとのイマジネイションを生きかえらせるということがあったのでした。

さて、人間の文化の歴史を不充分な知識ながら、ずっと眺めて見る努力をしますと、イマジネイションが死んではいないにしても、あまり生きいきしていない時代とその活力が再生してくる時代とが交互にあらわれつつ、この二十世紀にむかってきたというべきではないかと思えます。

ある文化の花やぐ時代があり、そこでは、かならずしもつねにではありませんが、文学的な想像力もまた開花します。つづいて、文化的なイマジネイションが衰退する、ほとんど死んでしまう。そしてつぎの再生の時代、歴史的な意味あいから離れて、いくたびもくりかえされる再生のときという意味あいにおいてのルネサンスの時代を迎える。そこで人間は生きいきと解放されるときをもちます、そういうことのくりかえしが人間の文明の歴史だったのではないかと思うのです。

文明の再生のもっとも端的な例をヨーロッパについて挙げれば、それはやはりルネサンス期でしょう。中世のあいだも、文明的なイマジネイションが死んでいたのではないという人びともいますが、ともかくそれまでの中世の持続的な文明の平面から、一応も二応もイマジネイションの飛躍がおこなわれるところのルネサンス期というものは、誰の眼にも目ざましかったはずです。とくに宗教改革が民衆を、たとえもうひとつの新しい束縛のなかへ追いこむにしても、古い束縛のおそろしい禁忌からは自由にして、かれらに激しい興奮をみちびいたことはたしかであったでしょう。それまで自分たちが閉ざされていた世界の呪縛から、すっかり解き放された自分の全体を想像力によって把握しうる時代がきたのであって、それをルネサンス期というのであろうと思います。

最近出ました、トーマス・モアとエラスムスという、ルネサンスのふたりの、おたがいに友人であった巨人たちの仕事を翻訳した書物に、渡辺一夫先生が解説を書いておられます。その解説のなかにひかれている言葉ですが、モアの『ユートピア』を翻訳したフランスの学者にマリー・デルクールという人がいるそうです。そのマリー・デルクールのルネサンス観を端的に示した言葉です。

一五一七年十月三十日にマルチン・ルターはヴィッテンベルクの教会の正面玄関に、広く知られているあのテーゼを掲げました。そして宗教争乱の嵐がまきおこり多様なかたちで永くつづくことになります。そして、その宗教争乱の嵐が、それまでにおこっていた大きな希望と、それから当然生れた陽気な大胆さとをともに葬り去る形勢になる。『痴愚神礼讃』も『ユートピア』も、一五二〇年以後においては書かれえなかったであろう。フランソワ・ラブレーだけがそのあとヨーロッパに重くのしかかる知的悲惨にたいして意気揚々と反撥することになるのだ、というような言葉をデルクールが書いているのだそうであります。

マルチン・ルターたちが宗教改革の動きを確実にはじめる。そして長い宗教戦争の嵐がヨーロッパ全土を吹きあれる、その直前の短い時代にルネサンスのエネルギーの激しい湧出があったと考えるべきなのでしょう。そして宗教改革がまことに複雑な力関係をひきおこし、ユマニストたちが、それぞれにそれを受けとめる、というかたちで、より複雑な知的嵐もまた吹きあれます。

そのルネサンスの初期には、そこにむけて中世的なる束縛から解き放たれた人びとの大きな希望がある、そこから生れた陽気な大胆さが、人びとの一般的気質であったということなのです。しかし一五一七年に、そうしたルネサンス的なるものの一表現であるところの宗教改革がはじまったあとでは、逆にそうしたものがしだいに圧しつぶされていった。大きな希望と、陽気な大胆さが失われていったとマリー・デルクールは書いているのだそうですが、この言葉に、ぼくはさきにひきました柳田国男氏の言葉をかさねたいのです。日本の農民がお祭りに開花させた興奮、それに伴うイマジネイションと、マリー・デルクールがヨーロッパのルネサンス期の人間についていう、大きな希望と陽気な大胆さとは実際に、重ねあわせられていいものではないかとぼくは思うのです。小規模な話でいえば、ひとつの村で祭りがおこなわれるときに、その周辺の農民たちに激しい興奮が襲う、それに伴うイマジネイションの解放があります。歴史的に広げた大規模さで話をすれば、文明的に沈滞した時代がある。それが大きな希望と陽気な大胆さを民衆にあたえる時代にむかって開く。そのような時代をヨーロッパで、ルネサンスとよんだのだということができるのであろうと思います。日本にそれをかぎっていえば、そのようなルネサンスにあたる時代とは、どのような時代であろうかとしばしば考えてきました。いまのぼくの考えは、自由民権運動の時代、すなわち維新後の一時期がすぎて、明治十五年あたりをピークとして高揚する自由民権の時代が、日本におけるそのように本質的な再生の時代、ルネサンスの時代であったといっていいのではないかと思います。それもとくに民衆のがわに、民衆的規模において非常に生きいきとした興奮がおこる。それに伴うイマジネイションが民衆の心に燃えあがる。当然に大きな希望を民衆がもち、陽気な大胆さをもつ、そういうことをいちいち具体的に考えてみれば、自由民権運動の時代は、ほんとうにわれわれの国のルネサンスであったろうと思うのです。

トーマス・モアの『ユートピア』が日本にはじめて翻訳された年は、明治十五年であって、すなわち自由民権運動の時代であったことを考えあわせてもよいかと思います。この自由民権運動の時代の日本人の民衆がいかに生きいきしていたかということは、様ざまなかたちでたしかめえますが、文学の世界でそうした動きを反映している人間として、子規のことを考えてみるのもいいと思います。俳句を革新し短歌を革新する、それまで千年ほども積みかさなってきた文学的伝統にたいして、まことにはっきりした正面からの挑戦、抵抗の姿勢をかれがあのようにも明確に提示することがどのようにして可能だったかといえば、その要因のひとつに子規が自由民権運動の時代に育った人間だったということを重くみたいのがぼくの考えです。様ざまな分野の人間にそういう力をあたえる源泉を自由民権運動の時代に見出すことができると考えていいはずだからです。しかもその自由民権運動は、ルネサンスの終末ちかくにおけるルターの時代の知的悲惨とおなじように重荷をになわなければなりませんでした。自由民権運動の末期は様ざまな悲惨にみちています。いうまでもなく、それは自由民権運動のがわが悪かったわけではなくて、それを強権をもって圧迫したがわに責任があるのでしょうが、実際にそういう状況の歴史がわれわれの国にも積みかさなっています。明治維新を契機にしてほかならぬ民衆のイマジネイションが解放される。それを持続し、展開させようとする人びとが自由民権運動にむかって集中する。そして、それが維新によって確立された強権の重い力で押しつぶされる。そして戦争の時代の暗黒にはいってゆくというのがわれわれの近代史ではなかったかとさえ思うのです。その戦争の暗黒のうちでは、自由民権運動の時代にとくに開花したようなイマジネイションは圧殺されざるをえません。それがふたたび生きいきと再生したのはいつだったかといえば、それは当然、敗戦直後でした。その時期のぼくの経験については、くりかえし書いてきましたから（『厳粛な綱渡り』所収）、ここであらためてお話する必要もないでしょうが、天皇制の問題にしても、革命の問題にしても、またそれをダイナミックにつなげて天皇制を日本の前衛党がどうあつかおうとしたかということについても、生きいきした考えかたがそれも多様に敗戦直後のわが国でおこなわれたと思います。中野重治氏に『五勺の酒』という短篇小説がありますが、それはそのような戦後を表現する、もっとも良い小説のひとつといえると思います。敗戦直後に、天皇制の現状とゆく末についてこういう鋭くかつ柔軟な考えかたをした人間がいたのかと、しかもそれは革新の中心にいた中野重治という作家の小説なのだということに、とくに今日の左翼政党にかかわる、また天皇制にかかわる閉塞状態を生きている若い人たちがこれを読まれれば、つくづく感銘を受けられるだろうとぼくは思うのです。現在こういう考えかたを誰がしうるだろうと考えますと、ここ十数年のうちにいかにわれわれの、天皇制についてのイマジネイションがあらためてしばられていったかということについてまことによくわかるのです。一事が万事といいますが日本人にとって、この天皇制の問題はやはり、ひとつの核です。それについての想像力が不自由だということは、やはり現在の日本人がイマジネイションをしばられている時代、想像力の死んでいる時代に生きていることだと考えざるをえないとぼくには思われます。

さて、ぼくはこの一年間つづけてお話してくる間に、自分が、想像力とは言葉にほかならぬ、想像力と言葉とをイコールで結んですらいいという考えかたにしだいに達してきたことを、いま問題の結論にむけて収斂しなければならない段階になって、はっきり申したいと思います。想像力が死ぬということは、その想像力を支えている言葉が機能を失うということ、言葉の実質が失われてしまうことだと思うのです。言葉が実質を備えぬまま発せられ、うけとられるときに想像力は死ぬ。われわれの具体的に使っている言葉が実質を備えなければ、そのときわれわれの想像力は根本のところで死んでいる、と図式化して考えてよいと思うようになったのです。想像力の再生ということをめざすためには、われわれの現に使っている言葉が死にかけていること、ほとんど死にかかっている言葉を使っていること、それをまず自覚しなければならぬ。そして言葉そのものの機能を考えつつ、それを効果的によみがえらせてゆく方向にむかわなければならないはずであろうということなのです。もっとも、言葉だけが独立して、死んだり生きかえったりするわけではありません。現実の状況とそれへの人間のたいしかたが言葉の貧困あるいは繁栄を決定しているはずです。

この秋の主席選挙以来、沖縄でおこっているところのことの総体は、あらためて、ぼくにイマジネイションとは、ほかならぬ言葉なのだ、言葉の機能がイマジネイションの機能にかさなるということを悟らしめる力をそなえていると感じられます。

なにが沖縄に革新主席の勝利を可能としたのだったか？　それをぼくはもっとも端的にいって、正当な意味での、状況というものが屋良朝苗氏を主席に選んだのだと考えていますが、屋良さんたちはどのように、その状況をにないつづけてきたのであったか。屋良さんを中心にしてつくられた沖縄教職員会が独自な運動を積みかさねてきて、それが復帰運動の中心となっていることは周知の事実ですが、この沖縄教職員会は、いちばんはじめ、どういう考えかたによってつくりだされたのか。屋良さん自身が話していられるところによれば、かれは自分たちは構想をもっていたのだというのです。この構想という言葉は、三木清に構想力という言葉を使っての研究があり、それは想像力という言葉と、ほとんど重ねあわせていいようですが、それとおなじくこの場合も、屋良さんは、われわれは想像力をもっていた、といわれたのだとうけとっていいでしょう。つづいて屋良さんは、われわれには想像力しかなかったのだということもいっていられます。敗戦直後、本土から切りはなされている沖縄で（いまもそのままなのですが）いったいどういう教育をするか、ということをまじめに考える人びとのまえには、およそふたつの道があったと思います。ひとつは占領軍たるアメリカの文化方針にべったりくっついてゆく教育です。それにくわえて実用的な英語教育などを強化すれば、それもひとつの方法だったかもしれません。屋良さんは物理の先生でしたが、そのひとりの教育者としての根本の態度は、日本人であるという教育ということでした。そういう構想をまず据えられた。イマジネイションの根本のところに日本人の教育ということを据えられた。日本国の教育というものを据えられたのでした。しかし、これも屋良さん自身が同じインタヴィューのうちでいっておられることなのですが、じつは日本という国家は現実の沖縄にそのとき存在しなかったといってすらよかった状況なのです。われわれの教育の現場には、実際の日本が存在するのではない、現実の日本国が存在するのではない、ただ、沖縄においてわれわれは日本人の教育をするのだという構想だけがあった、と屋良さんはいわれるのです。そうした構想のみに支えられて、日本人の教育をしてきたのであった。国としての日本および本土の日本人が、沖縄における日本人の教育を支える力をあたえてくれることはついになかったのだと、屋良さんは、じつは糾弾する心をこめてあのようにいわれたのであろうと思うのであります。それは想像力から出発することでした。自分たちは日本人だということをめぐって想像力をあたうかぎり発揮すること、それが教師の仕事であり、生徒の勉強でした。そのようにしてのみ教育をすすめてきた二十三年間というものがあり、その二十三年間にわたって、地道にねばり強く、教育をすすめてくるために、自分たちのイマジネイション、自分たちの教育構想を支えるために最低限必要な具体的手がかりを、ひとつずつ積みかさねてこられた。その核心ともいうべきものが沖縄における教育基本法の獲得です。教育基本法といってもそれは本土の教育基本法と異なって、米軍の行政命令、布告、布令のたぐいと戦いながらつくりあげられたものです。そこには、自分たちは日本人だということ、日本人として子弟を教育するのだということがまず書いてあります。そういう手続きによってかちとられたこの法律は、すでに現実そのものです。そこでこの新しい現実としての教育基本法に足をふまえて、つぎの段階にむけてより新しい状況にとりくんでゆく、より新しいイマジネイションを組立ててゆくという構造において沖縄の教育は進展してきたのです。

本土の事情を考えあわせますとまことに皮肉ですが、いまや本土の日本人が教育基本法をあまりまじめには考えなくなってきているのではないかと思うことがあります。それが形骸化してきているということよりもまえに、そもそも教育基本法を読んだことがないという人間も増加してきているにちがいありません。そしてもとより本土の保守政府は、ここのところ数代の文部大臣たちは、教育基本法を、いまやほとんど問題にもしていないでしょう。文部大臣が教育基本法についてタカをくくるという状態はあまりにも歴然としています。あの悪名高い学力テストというものがあり、それが教育基本法に反するという判決を旭川の裁判所がくだしました。ところがそういう事実がありながら、われわれの政府は、当の学力テストをこんどは沖縄へもっていってやっています。そういう理不尽なことを政府が臆面もなくやる以上は、かれらが教育基本法に敬意をはらっているといっても誰がそれを信じるほどおひとよしでしょう。しかし沖縄の教育の現場では、沖縄の教師のつくった教育基本法はかれらの現実的な武器なのです。

屋良さんの現実にたちむかう想像力のもうひとつの特徴は、教育の現場で達成したことを、ほかの分野に少しずつでも波及させてゆく、教育の現場でかちとったものを政治にかかわって他の分野にまで広げてゆく、という方法の自覚でした。それがそのまま今日における沖縄の教職員の実際行動のスタイルを決定しています。それをぼくは、感銘とともによく考えてみなければならない事実だと思っています。まず教育構想がある。日本人として教育しようという大筋の構想、それから、そのために少しずつ既成事実を積みあげ、ついには教育基本法というようなものまでも獲得してゆく。そのような方針にしたがって教育した子供たちが青年に育てば、かれらの新しい力が、こんどは政治的な現実に持続的でかつ新しい局面を切りひらいてゆく、それが沖縄の教育と政治の、沖縄の日本人のがわからみたありようだったわけでしょう。そういう連続性の頂点で、教職員会の責任者であった屋良さんが初の公選主席に選ばれるということはじつに当然なことであり、しかしその当然ということが、まことに重い当然なのであって、それはやはり状況が屋良さんを選んだのだというほかにないであろうと思うのです。

　この状況という言葉にかかわりつつあらためていえば、沖縄の教職員は、状況と民衆とのあいだのがっちり嚙みあった歯車の役割りを果してきたのだとぼくは考えています。沖縄の状況の全体につなげつつ、日々の小さい事柄がどういう意味をもつかということを、子供たちに語り、それをつうじて母親や父親に伝える役割り、すなわち、状況を言葉にかえる役割りを、沖縄の教職員が果してきたのだと思うのです。それは、逆にいえば言葉しか、実際の武器としてとるべきものがないということでもあります。できるだけ明瞭な言葉に、状況の全体と細部をつきあわせる操作を、かれらはねばりづよくつづけてきました。沖縄とおなじような状況をもった基地が、この世界に数多くはないにしても、沖縄が唯一だということはありません。しかし、沖縄においてのように状況をはっきり見きわめる力を基地の民衆がもっている場所はほかにないでしょう。それは沖縄の教職員が、状況を言葉にかえる努力をつづけてきたからこそだとぼくは考えています。状況を言葉にかえる。われわれが担いこまされているのは、こういう状況なのだと沖縄の民衆に正確に示す、そしてその言葉によって、すなわち新しい状況に対応しうるイマジネイションによって、日常生活にたちむかいうる人間に沖縄の民衆を育ててゆく、ということがおこなわれてきたのです。苛酷な状況がある。それは苛酷すぎ、かつ絶望的な見とおししか許さぬたぐいの状況です。しかしともかくもそれを沖縄の民衆が言葉にかえる。その言葉にかえるということは、状況を沖縄の民衆が認識して、それを沖縄の民衆の声とする、民衆の力とするということです。その成果として米軍にバックアップされた保守派の本土ぐるみの物量作戦にもかかわらず、革新候補が選挙に勝つという現実があらわれたのです。

　いうまでもなく、だからといって言葉だけが有効だ、などということではありません。やはり状況というものはそこにもっとも重くあるのです。そして状況と、言葉とが確実に密着しているからこそ、言葉がひとつの力をもっているということだとぼくは思うのです。屋良さんが主席に選ばれる前後、それは選挙のはじまる直前から、といってもいいのですが、文字どおりお祭りのように沖縄の人たちが非常に強い興奮を巻きおこして、みずからそれに参加してゆくということがありました。それはまた新しいイマジネイションを、沖縄の民衆にあたえたはずです。公選で新しい主席が出現した経験をつうじて沖縄の民衆は、自分たちがはじめて直接的な民主主義の権利の行使たる投票において選んだ人間がそこにいる、それが教職員たちの代表であった人間であり、これまでの復帰運動を代表する人間でもあるということを、具体的にはっきり見きわめることができたのです。それは復帰運動に、より新しい展望がみちびきこめるのじゃないかという、新しいイマジネイションへの誘いを多くの人びとにおこなう経験でしょう。もし屋良さんが負けていたとすると、そういうかたちのイマジネイションは閉ざされていたはずです。屋良さんの勝利はそういうイマジネイションをはっきりひらいたものとしました。ところがそういう新段階を心の内部にそなえた沖縄の人びとの眼のまえでなにがおこったか。B52墜落という事故がおこりました。そしてB52が墜落するということが沖縄の人間にとってどういう現実なのかということを、あらためて認識させました。屋良主席の出現で、地獄が天国に変るというのではない。しかし選挙の結果が反対だったとしたら、B52墜落についても、もっと無気力な絶望的な受けとめかたしかありえなかったのではないかとぼくは考えるのです。

そのB52墜落の現実をしらせるニュースと前後するようにしてたまたまテレヴィジョンが古い映画を写しました。『戦略空軍命令』という映画です。職業野球の花形選手になっている空軍中佐が、あらためて空軍に呼びもどされて、新しい爆撃機の操縦士になるという話でした。ジェームズ・スチュアートの扮するその空軍将校が格納庫にいって、新型の爆撃機、たしかB47がいく機か並んでいるのを見て、こんなに美しいものが世界にあるだろうかといいます。当時のアメリカの観客も、その格納庫のシーンを見ておなじくそう思ったにちがいないと感じられるふうに映画はつくってあります。そうした課題で人間が受身でもつイメージを、片寄ったものに操作することはとくにむずかしくはありませんから、一般のアメリカ人から見てあの爆撃機がほんとうに美しかったということはおおいにありえます。主人公の妻が、もう飛行機はやめて、野球をやってくれ、と説得しようとします。しかし将校は、あの爆撃機が核兵器を載せて出動すれば、あれはこれまでのB29の千倍の役割りを果すのだ、美しいとは思わないか、とおそろしいことをいって反論します。すると妻に扮しているジューン・アリスンがすっかり感心して、じゃ、そういうことにしましょう、と納得するしかけです。それはアメリカの市民の核兵器とそれを載せる爆撃機についての感覚をともかく赤裸に表現しています。ところでこの映画のクライマックスは、アメリカ本土の基地からはるばるやってきた爆撃機が横田基地に降りようとすると、地上からいま天候が悪くなってきたから沖縄へ降りてくれと連絡されて、沖縄に、すなわち嘉手納基地にむかうシーンです。肩をいためたりしながらも、なにやら副操縦士と協力して嘉手納基地に降りることに成功して、映画は美しく終ります。しかしその状況をそっくりそのまま沖縄の民衆の眼で見ればどういうことになるか。核戦略に大展開をもたらす爆撃機隊が太平洋をこえて横田基地にくるが、そこへ降りるのをことわられる。燃料もなければ嵐も近づいている、操縦士の肩まで故障している。そういう危険なしろものが嘉手納基地にやってくるのですから、それが美しい映画の主題になりうるとは、沖縄の人たちが思いうべくもないでしょう。あの映画が沖縄のテレヴィジョンでもまた放映されたとすれば、それは絶対に歓迎されなかったはずです。しかし現在の本土の日本人はテレヴィジョンがあれを放映するのを見てB52墜落炎上のことを考えたろうか？　それはウイスキーの会社がスポンサーとなって放映している番組でしたから、その映画を見て本土の日本人がやけになり、ウイスキーをがぶ飲みするだろうという企画でなければ、やはりそれは本土の日本人に、ああいい映画を見た、それではウイスキーでも買おうという気持がおこることを期待してのことだったのでしょう。それはスポンサーのみが鈍感なのか、といえば、視聴者たる本土の日本人にも、それを許容する鈍感さがあるのではないかと、おおいに疑われてなりません。

Ｂ52が現実に沖縄において墜落炎上した、そのつぎの日だったと思いますが、首相は沖縄の人たちは基地を認めているのだ、基地の任務というものをよく認識しているのだ、と語っていました。この鈍感さを許容するところのものもまた、本土の日本人一般にあるのではないかと疑われます。沖縄の人びとは、Ｂ52の墜落について恐怖し憤怒したはずです。つづいて新聞であの首相の言葉に接し、怒りを新たにしたはずです。Ｂ52が墜落炎上した夜、新聞記者もふくめて沖縄の民衆は現場に近よれず、ただ大きい爆裂音が十何分もつづいた、暗い夜のなかを子供たちは戦争がはじまったと叫んで走り廻ったということです。このＢ52の墜落炎上をきっかけに沖縄の新聞は、沖縄には核兵器がある、ということをはじめて正式に報道しました。推測ではありますけれども、それは確実にあるという推測だと地元の新聞が勇敢に書いたのです。その推測の根拠として、核爆弾が置かれているとみなされている地下貯蔵庫を中心に消火活動がおこなわれて、現に墜落炎上している飛行機そのものはむしろ放っておかれたという、基地労務者の証言を載せております。このＢ52の事故と核兵器の現実的な存在の可能性の指摘にたいしてわれわれの首相は、沖縄の人たちはよくその立場を認識しているのだといったのみです。アメリカ政府はランパートという人間を新しい高等弁務官としました。この人物はマンハッタン計画に、すなわち原爆をつくるための計画にくわわった人です。B52が墜落する、それにたいしてコンピューターのはじきだしたアメリカ政府の態度は、ともかく核兵器の開発計画に参加した人間をそこにもってくるという反応だったのです。沖縄の人びとは、あらためて本土政府から見棄てられ、米軍から押っかぶせるような態度を示されて、屈服したかというと、そうではない。かれらの発した激しい怒りは、根深い恐怖にも支えられてたかまり、ひとつのきわめてはっきりした方向性を示しました。これまでは、沖縄の復帰運動と基地反対運動は一応のところ切りはなされていました。しかしそれを原水協と復帰協とが、これから共同で働くという声明をだし、しかも来月のなかばには軍の労務者をもふくめてゼネストをおこなう、という決意をあきらかにしたのです。ぼくはこの新しい選択に、初の主席公選に勝ったお祭りの興奮とそれに伴うイマジネイションというものがおおいに作用していると思います。B52の墜落炎上への自分たちの怒りと、核基地に住んでいるのだという状況認識とを、復帰運動を基地反対運動に結びつけて展開させるという現実的な反応にまっすぐむけてゆく力は、それによってみちびかれたといっていいはずです。それが発展してゼネストへの決定もまたおこなわれたのだろうとぼくは思います。だからといって、イマジネイションだけがそういう新段階を出現させたのではなくて、B52が落ち、それにたいして本土からはいかなる救いの手も伸びてこないという状況があるからこそということでもあります。この新しい想像力と新しい状況は、そのまま屋良主席への内部からの批判の刃ともなりうるものであって、まことにむずかしい現実の局面に沖縄全体がむかおうとしているのです。

本土の日本人はすでに、政治家が発する言葉を本気では受けとめない習慣をえてしまっているように思います。政治と日常生活の接点において言葉の機能が失われている。首相の言葉を信じないということは、結局、野党の言葉も信じえないということでしょう。わが国の革新政党が、あまり有効な議会戦術をもちえないという現状の根底には、かれらが言葉でしか戦うことができないにもかかわらず、その言葉そのものが内部に充実する力をしだいに失って、無力なひとりごとめいてきているということがあるでしょう。首相がしゃべっているシーンが永くつづくとたいていの人間がテレヴィのチャンネルを廻します。しかし社会党のいかに雄弁な人間がしゃべってもそれが民衆に新しいイマジネイションを喚起するとは感じない人がおおかたでしょう。政治的な言葉が、言葉そのものの本質たる想像力の機能を失う、政治的な言葉が死んでしまうということは、いま単に保守政党においてのみあらわれている現象ではなくて、おなじ政治の場で争っている野党がわでもまた言葉が失われているということです。ただ言葉の機能が衰弱すると、均等に両方が被害をこうむるというのではない。言葉がほんとうの力を失うとき、それは権力をもっているがわにとっては有利なことです。問答無用、という叫び声があがることになれば、かれらには機動隊も自衛隊もあり、最新式の兵器がそろっているのですから。そして言葉によって、現実を少しずつでも変えてゆこうとするがわにとっては、困ったことになります。単純すぎるようですが、そこに日本の野党の最近の伸びなやみのもともとの本質があるのではないかとぼくは考えています。

政治の領域で、言葉がほとんど機能を失うという状況はおそろしい現実です。政治家たちが民衆を言葉でほんとうに納得させることができない、民衆もまた自分たちの言葉で有効に政治家の反省をひきだすことができない。そこで、言葉のかわりに物理的な力を用いようとする人間があらわれてくる、無力感に苛だっているがわが、より性急にそちらへむかって走ってしまう、ということにもなりかねません。ぼくは、暴力という言葉が新聞で最近よく使われるのを見るたびに、それは反・言葉とおきかえるべきではないかという感慨をいだきます。言葉の機能を信じようとする人間の民主主義と、言葉の機能に絶望した人間の民主主義というふたつがあるのかもしれません。かならずしも前者が幸福だとはいいませんけれども、後者はやはり不幸なことではないかと思います。そこをなんとかしなければならない。しかし、片方が権力をもっている場合に、そのがわで反・言葉の勢いをエスカレートさせてくるとなると、それに抵抗するがわの反・言葉の行動もまた、それにそってエスカレートさせざるをえない、そういう力関係の場が出現し、そこで自転運動がはじまると、それは第三者にはほとんど止めがたいのです。しかし沖縄では本土との比較にたつかぎり、あきらかに言葉の機能が生きて政治の現場で動いているということがあると思われます。政治家が言葉を発する。それを批判する、容認する、はつぎの段階の問題として、まず民衆がまともにそれを受けとめる。沖縄においてその仲介者として教職員たちの努力があるということは明瞭です。

それと同時に、現在の沖縄にあるもっとも大きな反・言葉はなにかといえば、それがほかならぬ核兵器だと思うのです。直接に民衆が言葉で参加する民主主義にたいして、もっとも強力に対立するのは核兵器です。どういう陣営に核基地があるにしても、まず大統領選挙のような投票があって、ボタンを押すほうに投票が多ければ核攻撃あるいは核反撃というものがおこなわれるというような手続きは絶対にとられえないのですから、およそ、直接的な民主主義にたいするいっとう大きいアンチテーゼが核兵器にほかならないでしょう。

いま沖縄でおこなわれようとしている、まったく新しい行動は、さきの選挙をつうじて、直接に参加する民主主義の力を確信した人たちが、議会制否定のそれとは異なった意味のそういう直接的民主主義にたいして、あるいは言葉の機能にたいして、もっとも大きい敵であるところの核兵器にむかい、ほかならぬその核基地において抵抗するゼネストをおこなうということです。そこで悲惨なことがおこる大きい可能性もあるであろうとぼくはおそれとともに予感します。

ぼくは具体的なイメージとして、中城村という中部の村に屋良さんをはげますための集会にいったときのことを思いだします。夜ふけの吹きさらしの運動場に農民たちが集まって、ムシロに坐ってじっとしているのですが、こういう人たちは基地経済の繁栄からすっかり取りのこされた人びとです。しかも中部で、基地の脅威のただなかで生きている人びと、こういう人たちもまたゼネストに参加してゆくのであるとすればまことにどういうこともおこりかねないでしょう。アメリカの指導者たちは、B52が墜落炎上したことによって、沖縄からB52を撤退させるどころかグワム島にあったB52もすべて沖縄の基地にもってくる、核兵器の倉庫を米大陸に移動させるどころか、核兵器に開発当時から関係のある人間を沖縄にもってきて高等弁務官にするというエスカレートぶりです。それにたいして復帰運動と反基地運動とを正面から結びつけてのゼネストを、いま沖縄の民衆がおこなおうとしているのです。本土ではゼネストが二・一ストの挫折以来いちどもおこなわれたことがないのだということをぼくはあらためて考えざるをえないのですが、そのゼネストが米軍基地のただなかの沖縄でいまおこなわれようとしている。相手は核兵器まで備えた大規模の米軍です。そのおよそ絶望的な闘いにたいしてわれわれ本土の人間が、どれほどの責任をとりうるか、とるつもりなのかを、ほかならぬ自分に訊いてみる必要があるとぼくは思っています。沖縄において、まことに悲惨な状態におしこめられながらも、様ざまな小さな行動の積みかさねをつうじて、政治的な言葉を、政治的なイマジネイションを生きつづけさせている、かれらは、自分のイマジネイションが死んでいないということをゼネストをつうじて人間的な威厳とともにあらわそうとしているのです。それに呼応すべくつとめながら、本土の人間もまた、自分たちの政治的な言葉に再生の機会をあたえなければならないと思います。文学の仕事を現場でやっている人間にすぎぬぼくにとって、確実な唯一のことは、政治家がＹＥＳという言葉を発すれば、それはＹＥＳという内容をもっているのだと、まともにわれわれ一般の人間がうけとりえ、それにたいしてそれぞれに反応しうるという最初の踏み石が、この現実の日本の泥水のなかに置かれねばならぬということです。われわれ本土の人間がその日常生活の現実における言葉の機能、ひいては想像力の機能を恢復させうるか、どうかということに、このままゆけば十二月には沖縄でおこなわれるであろうことのゼネストの全体にたいする、われわれの人間的かつ政治的態度のすべてがかかってくると思います。いま沖縄で民衆のあいだにおこりつつある渦巻に本土の日本人もまた、われとわが身を包みこむようなかたちで正面からたちむかうことを、ぼくはまず自分の課題として考えたいと思うのであります。

（一九六八年十一月）

11　想像力の世界とはなにか？

ぼくにとってこのように連続して、ひとつ核《コア》をめぐるべくつとめながら毎月、話をするという経験ははじめてのことでしたし、教師になることもないであろうぼくには、これがおよそ唯一の経験となるであろうと思います。ぼくは文章を書いて生きている人間です。文章を書きつけるときにはまことにひんぱんに立ちどまっては、さかのぼりつつ考えます。また、消してしまうこともできます。しかし人びとの視線のまえに立って話す以上、しばしば永く沈黙していることはできませんし、いったん発した言葉を消しゴムで消すようにとりけすこともできません。しかしそのような部分を摘発する力をもった質問をいただき、ぼくひとりでは解決しなかった問題がまえに進んでゆくということもあったと思います。現在の学生運動の尖端のところを見ていますと、まことにしばしば魯迅が北京にいた時代と状況が、もちろん悲劇的な意味でよく似ていることを思います。そこで、この日ごろ、魯迅がその状況にかかわって考えたことを勉強したいという気持に強く揺さぶられては、魯迅を読みます。たとえば『忘却のための記念』という文章を読みます。広く知られているとおり、この文章はひとつの詩をふくんでいます。

柔石という文学者をふくむ魯迅の若い友人たちが殺されます。その痛ましい死に怒りと悲しみのこもった叫び声をあげるような詩です。ぼくは詩を理解するための自分の方法として、といってもそれは多くの人たちのおこなっている方法でしょうが、まずその詩を暗記することからはじめます。われわれの国の言葉の詩のみならず英語の詩、あるいは仏語の詩をなんとか不正確な発音ながらおぼえます。わからない部分がわかる部分より大きいほどであっても、それをおぼえてしまうことからはじめます。くりかえしその何行かを記憶に再生しつつ理解してゆくのがぼくにとってもっともなじみのある方法です。ところが中国語の詩についてはそもそもの根本のところに、ほとんどこえがたい困難がぼくを待ちうけています。というのはぼくが、中国音を知らないからです。しかも「漢詩」という感じとりかたがわれわれにあり、日本語として読みくだしてしまう誘惑にとらえられます。その結果は詩としてのもともとのかたちときわめてちがったものをうけとることになります。読みくだす、ということはすでに翻訳です。そこでぼくはその「漢詩」としての中国詩を翻訳しておぼえるのだと、くりかえし意識にのぼせながら、そのうえで詩の本質を少しずつ理解してゆこうとします。魯迅の『忘却のための記念』という論文にひかれている詩は、とくにその前半がむずかしいように思われます。読みくだし、という方法での翻訳においても、様ざまの、尊敬すべき中国文学者たちがそれぞれに微妙に異なった読みかたをしていられます。後半はかなり明瞭で、読みくだしとしてもおぼえやすい詩句です。

看るに忍びんや　朋輩の新鬼となるを
怒りて刀叢に向い、小詩を覓《もと》む
吟じ罷《おわ》りて眉を低くすれども、写すに所なし
月光は空しく緇《し》衣《い》を照らす

というほどの意味の後半なのです。緇衣というのは囚人服のような黒い服ということでしょう。

いま、ひとりの学生が路上で殺される現実をまのあたりにしつつ、看るに忍びんや朋輩の新鬼となるを、という詩句がこみあげてくるのを感じ、怒りて刀叢に向い小詩を覓むというくらいのことしか作家がなし得ないことを考え、いうまでもなく魯迅の偉大に決しておよばぬことを知りつつ、自分で二重、三重に深く恥じつつこの詩にとりつかれているのです。

魯迅は『吶喊』という短篇集を出版するにあたって美しい序文を書きました。そこで魯迅はつぎのようにいっていました。およそひとりの人間の主張というものは、賛同をえれば前進が促される、反対にあえば奮闘が促される。見知らぬ人びとのなかで叫び声をあげる。人びとは一向反応を示さず、賛同するでもなく、かといって反対するでもない、あたかも身を果てしない荒野に置いたように為すすべもない。ただそれだけであるとしたら、これはなんという悲しみであろう。かくて私は、自分で感じたものを寂寞と名づけた、と魯迅は書いたのでした。もちろん魯迅の主張が荒野でひとり叫ぶようなそれでなく、はっきり受けつがれて、ついには中国の革命にいたったことをわれわれは知っています。かれの言葉の内包するところのものを受けつごうと努力して、革命前に死んでしまった多くの青年たちがおり、また受けついで仕事をなしとげた青年たちがいるわけですが、その両方の中国人たちに魯迅は深いところで連帯責任をとっていつまでも生きています。

ぼくはこの文章を読みかえしては、自分が他人のまえで話をして、賛同をえれば前進が促されたかというと、むしろ賛同をえるたびに、いま自分はいい加減なことをいったのではないか、ただ調子だけよいことをいったのではないかと疑いましたし、反対にあえば奮闘を促される、ということになったかというと、反対にあえば、それでは沈黙しようと、きわめてだらしなく考えたりしながら、この一年間ここに立ったことを思わないではいられませんでした。ぼくはそれらの反応の言葉を発していただいたことをありがたかったと思います。将来もそれらについて考えつづけるだろうと思います。ぼくについて発せられる否定の意志につらぬかれた批評にふたつの性格があり、そのひとつの否定のタイプは、ともかくぼくと一緒にものを考えてゆこうとしての否定の言葉でした。それらに接したときにはぼくといえども、いささか奮闘の気持を促されたと思います。全面的な否定の批判にたいしては、しかし、ぼくはこのようにして自分の考えかたを進めてゆかざるをえない、ということのみをしか答えることができなかったのがしばしばでした。そうした批判者にあらためて、ぼくの失礼をお許しねがいたいと思います。

ここで連続して話すことをつうじて、ぼくにもっともよくわかったことは、ほかならぬ言葉の特質についてでした。小説の言葉については、現に自分が小説を書いている人間なのですから、いくらかはそれについて考えを深めてきた、経験的に深めてきたように思います。書かれた言葉の性格を考えてゆく場合に、詩—韻文の言葉と散文の言葉とのちがいをはっきり区分する方法がおこなわれています。散文についてですと、その散文作品を理解するためにはなんページか読みおえたあと、わからないところが生ずればさっさとひきかえしてもういちどくりかえして読む、そしてそれにそってつづけてゆくという読みかたができます。たいていわれわれはそのように実行しています。韻文では、はじめはっきりわからないままに、それを自分の内部にとりこんでおく、そのうえでそれを消化するようにしだいに理解してゆくということがおこなわれると思います。理解できない異物のような言葉が自分の頭のなかに住みつく、それは異物ですからつねづね働きかけて嚙みこなすべくつとめねば気がかりでしょうがない。その精神の運動においてはじめて、われわれの内部で、言葉が意識に、異物としてぶつかる抵抗というものが意味をもちます。ぼくの経験でいえばオーデンの詩に『Night Falls on China』という作品があります。そのなかに、ぼくを永くとらえていながら、はっきり意味をつかみえたと思えない詩句があるのです。すなわち異物としていつまでものこる魅惑的な一節があります。The voice of Man すなわち人類の声とでもいうものがつぎのように救いをもとめる声をあげる、O teach us to outgrow our madness という詩句なのです。

深瀬基寛博士は、「人間」の声、われらの狂気を生き延びる道を教えよ、というように訳しておられますが、ぼくはこの outgrow という言葉が、どうしても充分にその全体をつかめないという気持をもちつづけてきました。ぼくは深瀬基寛博士の翻訳と、オーデンの原詩とを、outgr-ow という言葉の用いかたを考えながら、しばしばつきあわせて考えることがありますが、それはオーデンの言葉と自分の言葉とのあいだのダイナミズムがそのたびごとに更新される喜びがあるからです。そういう意味で詩をおぼえる、ということには、単に詩が散文よりおぼえやすい(とのみもいえないところがありますが)ということとはまた別の問題なのではないだろうかとぼくは思っています。それとあわせて、散文の機能も、その散文がもっている意味を直接われわれに伝えるというかたちだけで成立しているのかと考えると、どうもそうではないのではないかということを、ここでお話ししているうちに疑いはじめたように思います。

小説の言葉には、たいていの場合、自己否定の契機がふくまれているようです。たとえば、ぼくの小説を読んでくださるかたが、そのうちのある一行を抽出して、きみはほんとうにこのように信じるのか、こう信じて生きているのかと問いかけられるとしますと、ほとんどつねにぼくは、そこでそのように表現されているけれども、それにたいする直接の否定のきっかけもまたその一行にふくめられているはずだ、と逃げ口上ではなく答えてきました。評論家の指摘にたいしてぼくがなにごとかを答えなくてはならぬ、というさいにもそれはあります。ぼくに『遅れてきた青年』という長篇小説があるのですが、そこで「わたし」と名のる語り手＝ヒーローが、自分たちはおくれてきたのだ、兄の世代は戦争のさなかに生きることができてよかったと、嘆きをこめて叫ぶという一節をぼくが書きました。それをうけてこの作者には現実に生れてきた時代が遅すぎたという心情がある、という批評に接することがあります。あの男は平和運動にかかわってなにごとかをいうが、じつは戦争をしたいんだ、というふうに。ぼくはそこで自分がそうしたことを一人称の主人公に叫ばせることで読者のイマジネイションになにを喚起したかったかを考えます。ひとりの少年が敗戦時の混乱のさなかに生きていて、戦時の教育によってのみ幼い自分をつくられたかれ自身について、自分は戦争におくれてきた、英雄となりうる時代に生れなかったことがつらいと嘆く、そういうひとりの少年を読者の想像力のうちに喚起することによって、それがもっている滑稽さ、みじめさ、つまらなさおよび、それらにまつわりつかれたかぎりでの美しさもまた表現したいとぼくは願ったのではなかったか？　それは単純に、ある方向性をあたえるべく文章を書いているというのではありません。ひとりの人間を小説をとおして読者の想像力のうちに喚起するということは、その人間がもっている様ざまな多様性を総ぐるみにして喚起することをねがってのことです。古い型の、しかしいつまでも新しい力をそなえた批評に、この小説を読んだかぎりでは小説家の意図はよくわかるけれども、人間はよく書けてないといういいかたがあります。それはこの書き手の主張はパンフレットの文句のようにすぐさま伝達されうるけれども、われわれのイマジネイションに訴える力と、多様性をもった人間はそのうちに具体化されていないという批評なのです。逆に、この男は、もし論理的になにかを主張しようとした文章でも書けばなにをいっているかわからないことになってしまうにちがいない、と思われる作家の小説で、しかし確実に、ある具体的な人間のイメージを提出しうる力をもった作品があります。わが国の風俗小説は非常に激しく攻撃されてきましたが、たとえば昭和十年代の日本の状況と人間とをその様ざまな矛盾の総体において考える具体的なヒントをあたえてくれるのは、それは風俗小説です。そういうふしぎな機能が小説に、ひいては小説の言葉にはあります。小説はあるひとつの方向づけの主張のみを表現するものではない、じつはその表面にあらわれている主張そのものがもっている欠陥をあわせ表現して、そうしたすべてがからみあって構成している人間の多様性を表現する。読者の想像力にむけてひとりの人間を喚起するということがまず必要なのだということを、小説の散文ということを考える場合に、基本的なことですがくりかえし念頭におくべきだろうと思うのです。

小説の文章のもっている多様性と、たとえばここで話すスタイル、あるいは自分の部屋にもどって書くエッセイのスタイルということもいれてよいでしょうが、そうした散文の性格とにはちがった意味あいがあるように感じられます。散文のうちでも小説にはそういう多様性があるのであって、自分が知っていることよりほかのものもふくみこんで表現する危険というものさえ、小説のうちには実在するでしょう。それについてはルカーチの広く知られている、政治的立場と作品の背反についてバルザックを論じた文章をはじめ、様ざまな人間がそれをめぐって考えてきました。

小説の文章の言葉には、ひとつの意味と同時に、それとまったく逆の方向性をもつところの意味をくるみこんだ多様性があるというのが、その根本的な特質であろうと思います。叱られた子供、すっかり自信をなくした子供が、おそろしい大人から問いつめられるたびに「はい、いいえ」と答える、そういう情景をわれわれはときどき見ますし、小説でいえばゾラがその『ナナ』において、そういう子供をたくみにとらえています。ぼくはそうした「はい、いいえ」的な特質が、小説の言葉に、もともとあると思うのです。その特質によって作家は、自分自身の現実生活における平凡な限界をいくらかでもこえて、小説の世界に自分を解き放つ、そしてその限界をこえたところのものを、表現として達成することがあるというべきであろうとぼくは考えています。

すなわち作家には自分の言葉の世界に、意識的にはまだはっきり把握できないところのものを導入しうるのであるし、またそのはっきりわかっていないところこそを手掛りにしてのみ小説の世界をまえへ進め、かつ掘りさげることができるということすらあるのだと思うのです。そのわからないところというものはイマジネイションの機能と根源のところでかよいあう、秘密のパイプでもあるはずです。しかし言葉の機能ということで、小説の散文で許されるものがエッセイの場合には困ったことになる、ということがあります。端的な例をひけば、ぼくが沖縄に革新の統一候補が主席として選ばれたことを喜ぶというエッセイを書くとして、それをまともに読んでもなお、言葉がその内部にこの主席の当選を喜ばぬ意味あいを伝える要素をもてば、それではこのエッセイを書く意味がまったくなくなってしまいます。「はい、いいえ」ということになってしまう。そこで、エッセイの文体においては、言葉の意味の限定にできるだけ注意を払って、それにひとつの方向づけをあたえること、あいまいさとしての多義性を許さないようにつとめることが必要です。人まえで話をする場合にも結局はなにをいっているのかわからなかった、というのではやはり無意味でしょう。ここでのぼくのひとつながりの話が、そのようであったとすれば、それはぼく自身がまだ充分にはわかっていないことを、なんとか人まえで話すことで明るみにだし、それを認識してゆきたいと思ってきたからではないかと思いますが、それでもぼくはオプスキュランティスムはさけようとしたのですし、自分の考えていることを、あの男はこのようにも平凡な男かと見すかされることは覚悟して、できるだけ意味の方向づけをはっきりさせながら話してきたように思うのです。

しかし、そのように言葉の方向づけをしながらも、エッセイの散文が、つねに一面的なものとして終るかというと、それはそうではありません。エッセイにおいてひとつの意見を主張すれば、それにたいする直接的、間接的な反応がいくらかなりとあります。ぼくの場合は、あるエッセイを発表するたびにそれへの反論があらわれるときはじめて、一種の安心といいますか、完結した感じといいますか、とめていた息をはくような気分があるように思います。自分の考えかたがこえがたくもっている一面性にたいして、多面的な表現がそれによって達成されたことになる、という感覚があります。それが魯迅のいうところの、反対があれば奮闘の気持が促されるという言葉の、ぼくだけの使いかたにゆがめての現実的な内容です。

ここで話をして帰ったあと二、三日たって否定的な手紙が届く、それを読むたびに、ほとんどつねに自分の話があらわにしていた一面的な片寄りに気がつかざるをえないということがありました。それは自分の多面的でない話、一面的にかたむいている考えかたが、実際に現実世界で生きている他人であるところのあるひとりの聴衆によって批判的に受けとめられ、その人自身の考えかたとぼくの考えかたとのあいだにひとつのダイナミズムが生じる。そこでもって、いくらかなりと客観性というにたるものが、そのダイナミズムを土台にあらわれてくるという気持をいだいたこともありました。ぼくがAということをいう、それにたいしてBという批判がかえってくる、そしてCという結論がでる。その構造のなかに、そもそもCという契機があらためて否定されてDにむかってゆく方向づけのエネルギーとでもいうものが見えてくるという経験もいく度かしてきたように思うのです。

この連続講演のそもそもの核心たる、想像力という言葉にしましても、それのまわりをブンブン飛びまわる蜂のような具合にして話してきて、ぼく自身のそれにたいする意味づけの、多面的でない偏向が少しずつながらも訂正されてきた、と考えるのです。ぼくがこれまで内部に育ててきたそれがいくらかは第三者にたいして通りのいい言葉になってきたのではないだろうかと考えています。

人間のイマジネイションは、音楽や絵画や、踊りのような肉体による表現を別にすれば、基本的に、言葉に換えて表現することによってしか他人に伝わりません。あるいは他人を、また事物を観察するさいにも、それを言葉に換える操作においてわれわれのイマジネイションが確認されるのですが、言葉によってわれわれがものを表現するという行為には、その表現そのもののうちに、イマジネイションに深く根ざして、自分自身を乗りこえようとするひとつの動機づけがふくまれているということを、具体的にぼくはたしかめてきたように思います。それはひとつひとつの表現がいちいちそなえている自己否定の契機ということになります。そして、ほかならぬジャン＝ポール・サルトルの考えたイマジネイションの課題、想像力の問題が、すでにわれわれの日常生活の言葉になっていることを認めえたようにも思うのです。われわれは想像力の実質をすでに、サルトルの世界から自分の世界へと移している、それをわれわれの言葉の内容としているということをしだいに納得するようになったということなのです。ぼくはこのひとつながりの話の焦点におくはずであったサルトルの想像力論についてあらためて話をする必要がすでになくなったのではないかと思います。

たとえばここでぼくが話してきたことどもの背後に、じつにしばしばサルトルの光がひらめいたはずです。知覚の領域から想像の世界に移るにあたってのイマジネイションの力の性格と機能について、またわれわれが知覚的に観察するということ自体が、想像力において認識するということに深く結びついた行為だということなど、ここでくりかえし話しましたが、じつはその必要もないまでに、それはすでにわれわれの常識のなかにはいってきていると思います。そこでサルトルの開発した考えかたのうち、あらためて、われわれが自分の常識的なものの考えかたのうちにはいっているにしても、意識的に点検しておくべきだとぼくの考える一点について話したいと思います。

われわれ人間は、この現実の世界のなかに存在しているところのものです。様ざまな状況のうちに、様ざまな条件に制約されながら現実生活を生きているわれわれには、イマジネイションをもつということにおいてもまた、その世界のすべての状況にしばられてであるほかない、ということは、サルトルがそもそものはじめに想像力にかかわってした仕事と、近年にいたってますます社会的な参加の姿勢を強めながらの仕事とを結ぶ境界に根をおろしています。サルトルがまだ若い哲学教師であったときに考えめぐらした想像力の分析から、アンガージュマンをつうじて現在の、そして未来のサルトルにいたるその筋道はまことに長く、かつ複雑な起伏をそなえているのですが、まず人間が想像力によってかれ自身を乗りこえてゆく、自分自身を否定して新しい自分自身をかちとってゆくこと、しかもその新しいかれ自身もまた、新しくそのかれ自身を条件づける世界のなかの存在なのであり、かれはすぐにまた新しい段階にむかって飛びこえてゆかなければならず、それがアンガージュマンの考えかたに連なるばかりか、現実にそのようにしか人間としての存在がありえないということは、いまやわれわれにもはっきり見えます。散文のスタイルに、またはこうした場所で話をするその展開のうちに、おのずからそれ自身を否定する契機がふくまれているということも、右のような考えかたの筋道と重ねあわせて考えることができるかと思います。われわれが想像力を働かすことで新しいイマジネイションの段階にはいってゆく、新しい現実世界の認識をもつ。そしてそのイマジネイション、その認識は決して架空なもの、絵空事ではない。それは新しい条件として人間を現実のうちにより深く根ざさしめる。そこでそれをまた新しい契機にしてわれわれは、より新しい自分自身をつくってゆくことに現実生活の生き延びかたを見出します。たとえば李少年なら李少年という孤独な若い犯罪者が、徹底的にノオということを決意した在日朝鮮人という鋭い切り口に自分をこすりつけるようにして、国家権力をひとり全否定しようとする。かれがそれをおこなったにしても、その否定は絵空事にすぎぬ、ひとりの若者の心のなかの否定にすぎない、というような考えかたもありえますが、しかしぼくは自分に李少年がよびおこしたものは、この日本という国家のうちに生きている人間としての自分からすっかり死に絶えてしまうことはないであろうと知っています。イマジネイションの世界で生みだされたものもまた、この現実世界に赤裸のかたちで連なっているのであり、そのイマジネイションの飛び石をつたうことによってわれわれは、また新しい現実世界の向う岸にわたってゆくということがあります。想像力が絵空事に限定されるのではなくて、広く現実認識の方法なのであり、他人とのコミュニケイションとしての言葉の機能というものが、まったくそのまま想像力の機能なのだということは、現実に具体的に自分で検証してみればすでにあきらかに見えています。

そこで想像力において生きながら、われわれが想像力を行使するにあたっての、中核となるものはなにかといえば、それは当然に主体性ということでしょう。ぼくが一個の言葉を発するということは、ぼく自身の主体性においてその言葉の全体に責任をとっているということです。その言葉にたいする反論があれば、それをも自分の主体性において引きうけるということでしょう。逆にいえば自分の主体性と、世界とを結びつけるかなめとしてわれわれがなにをもっているかといえば、それはイマジネイションのほかにはない、という単純なことを、ぼくはくりかえし話してきたのであったように思うのです。

最近はとくに、大学で教師としての仕事をはじめたばかりの友人たちと話しますと、みんなが一様に、といってもそれぞれに立場をちがえながらも、その主体性の問題として、学生の大学改革の運動をうけとめているのを見出します。

それは、かれらを教師として学んでいる若い人たちのがわにもまた、自分たちの主体性を回復しようという、ぼくと同年代の教師たちのそれにまさるともおとらぬ内的な動機があるのであろうと、根本的な意味あいでそうであろうと観察されます。いうまでもなくそれを実際に行動の場へと移してみると、逆にその主体性そのものが、いっとうはじめに阻害されることになってしまうような場合はまことにしばしばあるでしょう。しかもなお現実にそれを乗りこえることで、新しい主体性の契機をつかむ人びともまたいるはずであって、それは行動者のイマジネイションということにかかわってきます。しかしともかくその根本には、自分の主体性を恢復したい、あるいはもっと端的に、それを発見したいという赤裸の、激しい希求があるのでしょう。学生たちの閉じこもっている東大の講堂に、支援のために多数の日大の学生たちがはいっていって、その日大の学生たちのひとりがおこなった挨拶を活字に印刷されたもので読みました。その挨拶は言葉の真の意味で美事な、言葉のまともな意味で美しい演説でした。あるいは官僚になり、あるいは経営者になるところの学生たちをつくる東大、エリートの養成機関であるところの東大において、大学の根本的な改革をめざしての学生運動がおこっているのは、東大の学生がかれら自身の主体性を見失いたくない、という基本的な態度から出発しているはずでしょう。そしてその課題をなんとか発展させようとしている現場へ、日大の学生たちがきた。自分たち日大の学生は、きわめて広いサラリーマン層を支えるべき者たちとして教育を受けている、そういう教育を受けながらやはり同じく主体性を恢復したいと願っている人間としてここへやってきて、東大の学生たちに連帯するのだと、その日大の指導者は挨拶したのでした。およそ人間は棒をもって闘うためにつくられているのではないはずですが、やむなく棒をつかんで実際行動をする、単に敵との衝突というのでない、複雑な人間と人間とのぶつかりあいがあるわけですから、この運動にもまったく多様な醜いひずみは今後ともにあらわれては積みかさなるにきまっています。まことに不幸なこともおこり、かつおこなわれるでしょう。しかも、ここにあげた挨拶の言葉すらも一歩まちがえれば、まことに眼をそむけたくなるようないやな様相すら呈しうる、というのが、いま激しく動いている運動の先ゆきでしょう。しかし、ぼくはこの挨拶の言葉を、その本質的な美しさを失わぬままに維持してゆく学生たちはいるだろうと思います。それらの人びとがどこにいるかは、あわてて推測してみる必要もありませんが、それはたしかにいるだろうと信じる点において、ぼくはオプティミストです。

学生たちのがわにそういうことがあると同時に、まともな、そして学者としてはなお若い教師たちが、やはり自分の主体性について考えつめてゆくということも現実にあります。あまり饒舌な人びとではなく、ジャーナリズムの波のうえで声を発することもない人びとですが、ぼくの友人たちのうち、多くの教師たちがそうです。そうした友人のひとりのところへ学生たちがきて、おまえはなんだ、といったというのです。そのとき友人は、おまえはなんだ、といわれてそのままままっすぐに、そうだおれはなんだろう、と考えこんだというのです。ぼくはそれを聞いて感銘をうけました。自分はどういう主体性をそなえてフランス文学を研究してきたのか、語学教育してきたのか、ということをかれはあらためて考えているのです。その友人にしてもごく最近までは、自分は学問をやるんだ、そのために大学で給料をもらいつつ研究室を確保して、そのかわりに授業を受けもっているんだ、という感じでした。かれは権威主義めいたものをもってはいない人格ですから、なんとかして教授になろう、とかいうようなことは思ってみたりもしなかったはずです。ただ、学問をしたいと思っている人物です。しかしそのかれがいまはじめて、教育者になろうとしているのです。自分自身の責任において、語学の授業をしてきた数人の学生たちにたいして、いまは自分の主体を、相手の主体のヤスリにかけるようにして話しあおうとしているのです。それは端的にいって自分の主体性を恢復しようとしている学生たちに、教師としてのかれもまたその主体性を検討してみなければすまぬようなかたちで、主体性を問われているからでしょう。このような若い教師にとっては学生たちのつきつける様ざまな否定が、決して不毛な否定にとどまらないで、新しい教師の人格を生れしめるための否定のかたちをとっているように思えます。われわれのイマジネイションにおいて不断におこなわれる自己否定、新しい自分にむけての否定とおなじようなダイナミズムが現にかれの教室にある、と信じることにおいても、ぼくはオプティミストです。

ぼくはそのような大学の改革運動の外にいる人間として、それを想像力の根源にかかわるような場所にひきこんで、これからも考えつづける必要があるだろうと思っています。それは、われわれが、日本の未来の社会についてイマジネイションをもつための様ざまな努力において、そういう赤裸の主体性をほんとうに恢復することがまず必要であるということを考えるからです。

さきごろガルブレイスの『新しい産業国家』という本が翻訳されました。ぼくのように経済学について無知な人間に、充分に理解できたという勇気はありませんが、小説を書いて生きている人間のぼくに、その仕事の未来にかかわって、ガルブレイスが呼びかけてくる強いアッピールは感じとることのできる本でした。もっとも単純化していえば将来の産業国家においては、テクノストラクチュアという言葉があてられるところの、高度な技術と知能とを備えた、様ざまな意味の技術者たちの集団がものを決定してゆく、そういうかたちにむかってわれわれの社会が進んでゆくであろうという観測がガルブレイスの考えかたのようです。

ぼくはこのテクノストラクチュアを構成する人びとのそれぞれが、主体性を、あるいは人間的な綜合性といい換えてもいいのですが、そのような属性をそなえていることを望みます。一面的な人間だけが集まって作った小集団が全人格的たりうることはないからです。たとえばナチス・ドイツはある側面だけ非常にすぐれている片寄った人物たちがつくったおそろしいテクノストラクチュアもどきの社会ではなかったでしょうか。そうした人間的な綜合性の存在しない構造の上にひとりの狂気めいた男がいて破滅にみちびいていったというほかはないと思うのです。

したがってやがてそのようなテクノストラクチュアをになうべき人びとに考えていただきたいと願うのは、まずかれら自身の主体性をはっきりさせてもらいたいということです。主体性を備えている自分を確立するためには、社会の全体像にたいするイマジネイションをもたなければならない。他人にたいするイマジネイションをもつことによってはじめて、社会のなかに、あるいは世界のなかに存在する、自分の主体性が確実になるということを考えてもらいたいというように思います。これはわれわれ作家のように幸か不幸かそうしたテクノストラクチュアの外がわにある人間の小さな願いですが、テクノストラクチュアというような未来像にえがかれるガルブレイスふうの社会で作家のような仕事がどういう意味をもつかといえば、ガルブレイスはつぎのように考えていると思います。大企業体制というものがじつに様ざまのことを個人に押しつけてくる。たとえばぼくが、デパートに服を買いにゆく、そして、おまえ、この服を着ろという大企業体制のひそかな、しかし抵抗しがたい声による押しつけに屈してそれを買う、というありかたがすでにわれわれの消費生活にはいりこんできているのでしょうが、それはますますエスカレートして、たいていのものがわれわれの選択によって私生活にはいってくるのではなくて、一応はそのかたちをとりながらも、じつは大企業が大量生産したものを押しつけられる。それは単に着物にとどまらず、単に食物にとどまらず、すなわち物質的な範囲にとどまらないで、もっと広く深くわれわれの精神の領域にまで大企業体制がはいりこんでくるということがあるはずです。

そのような事態にたいして、芸術家の役割りの有効さにふたつあるとガルブレイスはいっています。ひとつは、そうした大企業体制がいったいなにをたくらんでいるのかについての理解力、あるいは懐疑精神、懐疑主義をもつ、ということです。そして大企業体制がわれわれに押しつけてくるものを組織的に問いつめてゆき、それに対抗する行動をおこす、そのための理解力と懐疑主義をそなえる人間としての、未来の芸術家の役割りをガルブレイスは考えているようです。それは言葉をかえていえば、イマジネイションをもちつづける人間としての芸術家の役割りであろうと思います。われわれが現にそのとらわれびととなっている現実社会があります。それにたいして組織的に問いつめていって、自分のひとりの人間としての主体性にかけて、対抗する行動をおこすためには、社会の総体へのイマジネイションがなければならない。その想像力のことを理解力あるいは懐疑主義とガルブレイスはいうのだとぼくは了解しています。

ガルブレイスはつづいて、政治的な多元主義がそうした社会でもちこたえられるための芸術家の役割りをいいます。物質的側面でべったりと大企業体制にとらえられている人間の抵抗を片方におくなら、もう一方には、知的な意味で、政治的な意味でといってもいいでしょうが、大企業体制から抜けだしたいと思っている少数者の理念と目標とを表現するにたる政治的な多元主義が、政治的な多様性がもちこたえられなければ、将来の産業国家は非人間的になる、人間の主体性を押しつぶすものになるにちがいない、というのがガルブレイスの考えかただと思います。こうしたガルブレイス流の構想をめぐっていいましても、想像力の問題は絵空事の世界にとどまらない。作家の仕事の領域にとどまらない。革命を考える、考えないのちがいをこえて、社会体制が進展するその方向づけのはるかむこうにおいても、その体制のうちで自分の主体性を個人が確実にもちつづけるための根本的な武器が、ほかならぬ想像力であるとぼくは考えるのです。

いや、それはそうでない、それは実践なのであって、イマジネイションではない、実践をつうじてのみ新しい自分の主体性を恢復しうるのだという反論もあると思います。それにたいするぼくの考えかたは、実践という言葉とイマジネイションという言葉とを、ひとりの人間の内部で置き換えることもまた可能なはずではないかということです。実践とイマジネイションとがきわめて近くまで接近してくる。それがほとんどからみあう現場で、われわれ自身の主体性を考えるということこそが、ぼくには新しい時代にそくしての新しい態度ではないかと思われるのです。実践とのみいう場合には、歴史的な方向性がはっきりしているときにはじめて確実な力となるはずです。しかし、われわれの時代に、歴史的な方向性をさぐるとして、やすやすとそれが把握しうるかといえば、それはそうではないはずです。歴史的な幾重もの別れ道が、同時的に実在するような世界のなかにわれわれは生きていると思います。ある国では背中を火であぶられるように切迫した気持で産業国家が構想されている。ある社会主義国家ではその内部に生きているスターリン体制的なるものとの息のつまるような力勝負がおこなわれて、周辺の小国に異様な圧力がかかるというような状況がある。そのような時代に想像力は、およそ唯一の人間的な羅針盤の役割をはたすものだというふうにぼくは考えるのです。すなわち歴史的に様ざまな方向が同時的に存在して、しかもそれぞれのゆがみを露呈している時代にわれわれは生きています。そこで自分の主体性を中心におきながら、それを支えにして世界にたいするイマジネイション、他人にたいするイマジネイション、そして自分自身にたいするイマジネイションをたしかめるということのほかにどういう道の選びようがあろう、とぼくは疑うのです。

明治二十年に中江兆民は、『三酔人経綸問答』という刺激的な本を出版しました。そのなかに豪傑君という人物が経済的な膨張政策をとるべきことを語る部分があります。中国なら中国にむかって、日本は侵略してゆけばいい、とかれは主張します。侵略していってついにはそこに大きい国をつくる、この古い日本は放棄してもいい、天皇だけは新しい国にまねくという未来図を豪傑君はもっているのです。その豪傑君と対立する人間として、洋学紳士という人物が紹介されます。西洋学を学んだ紳士ということですが、かれの考えかたは、自分たちは滅亡してもいい、侵略者の攻撃にあって滅亡してもいい、それによって完全非武装の道義、道徳、モラリティの所在を示すことができれば、われわれが滅亡することの意味はあるではないかということです。そこで最後に、それらの意見にたいして南海先生という人物が、この豪傑君と紳士君にともに有効な反論をする、という形式の本ですが、南海先生の意見はもの事の実現というものにはときがあるのだ、ということです。私はあなたがたがその時どきに応じて自分たちの考えを実現するのを楽しみに見ておりましょうと先生はいいます。そのうえで明治二十年においてほぼ現実的であるような考えかたを展開してみせるのですが、この七十年ほどまえの問答はいまも生きていると感じられます。われわれが核時代に生きているということは、たとえわれわれが、それはいやだというにしても、われわれみなが滅亡しなければならないかもしれぬ危機に生きていることです。実際のところ核兵器に対抗する武器をわれわれがもっていない、それに抵抗する手段も具体的に存在していないのが現状でしょう。端的な例をひけば、沖縄に核兵器があることがなぜいけないのだと、自民党の議員がしばしばくりかえすのをわれわれは聞いてきましたが、それにもかかわらず、たとえば一昨日の国会では、沖縄に核兵器があるかどうかを知りませんと首相がいう。外務大臣もおなじことをいう、といった状態であって、われわれはそれを有効に追及もできないのです。日本人としては、沖縄の核兵器を、あるいは佐世保に寄港する潜水艦の核兵器をチェックすることすらできないのです。まったくわれわれが望むと望まざるとにかかわらず、直面している状況は、われわれが決定的に亡びてしまうかもしれない危険をもちつつ、その危険の根源に手をふれることもできぬ、ということです。そうした状況になんとか積極的にたちむかおうとして、日本人の態度はどのようなあらわれかたをしているでしょうか。日本も核兵器の体制に参加してゆこう、という態度がそのひとつですが、じつはわが国の政府が主体的に協力することになりようがないのであって、にせの参加にしかすぎません。それはもっと根本的に核体制と民衆との相関ということを考えても、あきらかににせの協力にすぎないけれども、ともかくそういう体制をととのえようという動きがこの一年間だけでもわが国においてきわめて強くなってきているのは眼にみえています。それにたいしてもう一度、完全な非武装とはなにか、を考えつめてゆく動きがあらわれてきました。戦後にあの憲法が発布されたときには、ともかく非武装中立の課題はわれわれの心をうつ力をもっていた。魂をとらえる力をもっていた。その記憶をひっくるめてそれが、あれは単なる感傷にすぎなかったのではないかという声がいまや盛んに発せられています。しかし、そこを一歩すすめて、核時代についての綜合的な認識にたつとき、もっと異なった視点から、われわれが全面的に滅びるか、あるいは核兵器をふくめたすべての武器を廃して新しい生き延びかたを発見しうるかということを検討することが、それこそ新しい現実の問題であるということを認めねばならぬ時代になってきているはずではないかとぼくは思うのです。そしてそのような検討をおこないうる人間は、イマジネイションをそなえた人間でなければならない。逆にそういう検討を望まない人間には、実際イマジネイションが欠けているのみならず、かれらはリアリスティックでもまたありません。なぜなら核時代の現実認識のリアリズムにおいては、なによりも想像力がその根幹たらざるをえないからです。それがぼくの考えかたの根本にあり、すべてはそれに根ざしているということを理解していただくことを願ってぼくは話しつづけてきたのです。

（一九六八年十二月）

《連続講演年月日》

戦後において確認される明治	一九六八年一月三十日
文学とはなにか？　⑴	一九六八年二月二十七日
アメリカ論	一九六八年四月三十日
核時代への想像力	一九六八年五月二十八日
文学外とのコミュニケイション	一九六八年六月二十八日
文学とはなにか？　⑵	一九六八年七月三十日
ヒロシマ、アメリカ、ヨーロッパ	一九六八年九月十日
犯罪者の想像力	一九六八年九月二十七日
行動者の想像力	一九六八年十月二十四日
想像力の死とその再生	一九六八年十一月二十六日
想像力の世界とはなにか？	一九六八年十二月十九日

於て紀伊國屋ホール

限りなく終りに近い道半ばのエピローグ

ぼくは自分の書いた本からしばしば引用する、ということで評判の良くない人間ですが、この本だけは、一九七〇年に出版してから一度も読み返したことがありませんでした。

三十三歳の小説家が、広い範囲に主題をとって、一年間にわたり毎月講演するということは、今になってみるとおよそ信じがたい冒険です。その後、繰り返したことはありません。終ってから、ほぼ一年半をかけて、記録に加筆訂正したことを、やはりかつてないほど苦しい作業だった、と思い出しもします。

それでは、なぜこういうことをしたのか？

二〇〇七年のいま、ぼくは初めてこの本のページを開き、思いがけなく、熱中しました。いうまでもなく、ぼくが自分を講演する人間として評価し直した、というのじゃありません。むしろ、あらためて自分はやはり小説家であって、それ以外の者じゃなかった、とほぼ終りに近づいている自分の生の、全体について判断することができたくらいです。

ところが、この本のプロローグとして置いてある「沈黙の講演者」という短い小説は、なかなかのものだと思います。たとえば、《開幕ベルの鳴っているあいだ、舞台脇の穴で、汗をかき、舌をかわかせ、発熱に赤くなったかと思えば、悪寒にあおざめるかれは、あわれな希望の蝶をないいいいいいいいいいいい、いいいいいいいいいい、なんとか咬もうとする犬のようであった。》という一節の、傍点をうったところには、小説の比喩として出色なものがある、と感じます。そして、この連続講演を企てた若い小説家は、確かにこういいたかったのだ、とぼくは納得したのです、老年の小説家として。

　――ぼくは核時代に、想像力を頼りに生きています。

老年、ということをいいましたが、ぼくがこの本を読み進むうち、強い驚きを感じた箇所のひとつが、それに関わっていました。そこを引用します。

《しばらくまえ、ぼくの先生が、自分はもう六十歳をこえて、生きている友人よりも死んでいる友人のほうが多くなった、そこで死にやすくなったと感じる、死んでしまった者たちの世界のほうに、むしろ自分と深くかかわった世界があると感じられるのだ、といわれたことがあります。》

　このようにぼくにいわれたのは、渡辺一夫さんです。若いぼくはそれを聞いて理解したと考え、この本であらためてそれを追認しているのですが、自分が六十歳どころか七十歳をこえ、先生の亡くなられた年齢に近くなってみると、この渡辺さんの認識がどのように懐かしく平穏で、かつ徹底して荒涼としたものであるかを、茫然として思うのです。

　この本のはじめにぼくは《長篇小説を書きおえたあとは、その成果の良否にかかわらず、まことに気が滅入》る、といっています。その長篇とは『万延元年のフットボール』ですから、成果の良否といえば、ぼくの生涯の仕事のなかで、良いものに数えたい、と思います。それでいて、気が滅入っていたことを、あらためてしみじみと思い出します。そしてこの感情は、四十年近くなお小説を書き続けていまもぼくの抱いているものです。

　ことほど左様に、この本でぼくが考えていたことは、ほとんどすべてが、いまに続いています。

なにより具体的なことをいえば、講演のひとつでふれている、脳外科の手術を受けた子供は、いまは中年でしかしぼくとずっと一緒に暮しています。沖縄を訪ねては見たり聞いたりしたことも講演の主題をなしていますが、ぼくはいまそのようにして考え始めたことを書いた『沖縄ノート』で、沖縄戦で日本軍が沖縄の民衆にあたえた悲惨を、教科書から消そうと企てる者らから、裁判の被告にされています。しかも公判中のこの春、文部科学省はそれをやりました。

　そして何よりも講演の全体をつらぬく主題であった、核状況は、いかなる好転の兆しもありません。老人のぼくが深夜に目ざめるたび考えることは、この国の、そして全世界の原子力発電所に、いまや永年の時のもたらした事故の因子が積み重なり続けて、それこそ臨界を超えつつあるのではないか、ということです。さらにソヴィエト崩壊後、世界に散らばっている小型の核兵器を実際に使用するテロリストたちが現われようとしているのではないか、ということです。これらの状況を人類が（つまりぼくらのひとりひとりが）光の見える方向に向けて乗り越える、その確実な一歩を踏み出す前に、ぼくは死ぬことになるだろうと思います。

　つまりは、巻頭にある短い小説の結びは、この老年にいたっても年に数度は講演の舞台に立つぼくが、会場の「ベル係」にあたえ続けているはずの思いとつながっているのです。

《まったくあいつは最後の尋問のさいの陪審員席にむかって話しているかのように死にものぐるいで、くちごもり、つまずき、それでもまた、しゃべりつづけようとするじゃないか、と閉幕ベルを鳴らしたくて苛だちながらもベル係は、なんとなく根源的な不安を感じて考えた。》

（二〇〇七年四月十六日）

新潮選書

本書は1970年 7 月30日刊行の初版に、
書き下ろしのエピローグをあらたに
付したものである。

核《かく》時《じ》代《だい》の想《そう》像《ぞう》力《りょく》

著　者……………………大《おお》江《え》健《けん》三《ざぶ》郎《ろう》

発　行……………………2007年 5 月25日

発行者……………………佐藤隆信
発行所……………………株式会社新潮社
〒162-8711 東京都新宿区矢来町71
電話　編集部 03-3266-5411
読者係 03-3266-5111
http://www.shinchosha.co.jp
印刷所……………………大日本印刷株式会社
製本所……………………株式会社植木製本所

乱丁・落丁本は、ご面倒ですが小社読者係宛お送り下さい。送料小社負担にてお取替えいたします。
価格はカバーに表示してあります。

ISBN978-4-10-603584-5 C0395